CHANGERS

KYLE

T COOPER
ALLISON GLOCK

CHANGERS

KYLE

Aus dem amerikanischen Englisch übertragen
von Anja Herre

KOSMOS

Umschlaglayout: Henry's Lodge, Zürich, unter Verwendung einiger Fotos von © GlebStock/Shutterstock und © ostill/Shutterstock

Diese Geschichte ist frei erfunden. Alle Namen, Charaktere, Orte und Ereignisse entspringen der Fantasie der Autoren. Etwaige Ähnlichkeiten mit realen Ereignissen und lebenden oder toten Personen sind rein zufällig.

Unser gesamtes lieferbares Programm und viele weitere Informationen zu unseren Büchern, Spielen, Experimentierkästen, DVDs, Autoren und Aktivitäten findest du unter **kosmos.de**

MIX
Papier aus verantwortungsvollen Quellen
FSC® C014496
FSC
www.fsc.org

Gedruckt auf chlorfrei gebleichtem Papier

ISBN 978-3-440-15117-4
Redaktion: Ina Lutterbüse und Juliane Voorgang
Lektorat: Ulrike Brauns
Übersetzung: Anja Herre
Produktion: DOPPELPUNKT, Stuttgart
Innenlayout und Satz: DOPPELPUNKT, Stuttgart
Druck und Bindung: GGP Media GmbH, Pößneck
Printed in Germany/Imprimé en Allemagne

Für Mary Gonzalez

1933–2016

Bevor er zu demjenigen wurde, zu dem er bestimmt war, bevor er diese vier Jahre, genannt Highschool-Zeit, durchlebt hatte, in denen alles, was ihm jemals vertraut gewesen war, sich in Luft auflöste, in denen ihm der Boden unter den Füßen weggezogen wurde und in denen er sich verliebte, in denen er Hass und Gewalt erfuhr und seinen besten Freund verlor und er Leben rettete, ohne sich bewusst zu sein, wie, und von einem Mädchen und einem Jungen gerettet wurde und von Worten und Musik und er alles falsch machte, bis er einige wichtige Dinge richtig machte, bevor er hinterfragte, was es hieß, etwas Besonderes zu sein, überhaupt irgendetwas zu sein, und sich seine Macht zunutze machte, die Macht, an die er nicht geglaubt hatte und die andere an sich zu reißen versuchten, bevor irgendetwas von alldem und hundert andere schreckliche, wundersame, wahnsinnige, magische Dinge geschahen, war er nur ein Mädchen namens Kim, das in Tennessee in den USA lebte.

FRÜHLING

KIM

CHANGE 3

TAG 201

Ich habe das Streichholz angezündet.

Ich habe die Flamme ans Dynamit gehalten, zugesehen, wie die Zündschnur zu Asche verbrannte, und bin reglos stehen geblieben, bis die Explosion mit gleißendem Lichtschein mein ganzes Leben in die Luft jagte.

Es war herrlich.

Wisst ihr, wie fantastisch es sich anfühlt, anderen zu zeigen, wer man ist?

Es ist wie bei den Naturdokumentationen, wo in jedem Lebewesen, jedem Insekt, jedem Blatt, jedem Tröpfchen Wasser so dermaßen viel Schönheit steckt, dass das Herz ganz voll wird und Endorphine den Körper fluten und man wieder daran glaubt, dass die

Welt, so voller Müll und Müllmenschen sie auch sein mag, trotz allem ein einziges Wunder ist.

So fühlt es sich an, wenn man die Wahrheit über sich preisgibt. Besonders, wenn man jahrelang ein riesengroßes Geheimnis für sich behalten hat: Wer man ist. Das kann man höchstens damit vergleichen, geboren und aus der Dunkelheit befreit zu werden, zu explodieren wie ein verdammtes gigantomanisches Feuerwerk.

Heute Nachmittag war ich ein Feuerwerk. Und ich weiß, dass es Kollateralschäden geben wird. Trümmer. Aufräumarbeiten. Aber ich bin zu müde, um darüber nachzudenken. Im Augenblick will ich mich nur in meinem Strahlen sonnen.

KIM

CHANGE 3

TAG 202

Also dann.

Audrey weiß es.

Alles.

Na ja, nicht alles alles. Aber sie weiß über mich Bescheid. Über alle Ichs. Oder zumindest, dass es mehrere Ichs gibt. Aber dass sie alle dasselbe Ich sind. Mehr oder weniger. Den Rest wird sie herausfinden. Ich helfe ihr. Ich werde erklären und sie wird verstehen, und die Puzzleteile werden sich zusammenfügen und das prachtvolle Bild wird sich in all seiner befriedigenden Vollendung offenbaren. Ich glaube daran! Endlich bin ich gläubig!

Die gestrige Demo der RaChas entwickelte sich zu einer beschissenen Darbietung erster Güte, als Audrey das Armband an mir entdeckte, das sie mir geschenkt hatte – das sie Drew geschenkt hatte, im ersten Highschool-Jahr. Ich sah, wie es bei ihr klick machte. Sie flüsterte: »Drew?«, mit einer Stimme, die ängstlich und zugleich erleichtert klang. (Das mit der *Erleichterung* bilde ich mir vielleicht auch bloß ein.)

Ich kann mich nicht erinnern, ob ich nickte oder lächelte oder mit den Schultern zuckte oder alles zusammen, aber ich weiß ganz sicher, dass sich ihr Blick eine ganze Minute lang nicht von meinem löste, und es fühlte sich endlich so an wie in alten Zeiten, als wir beste Freundinnen waren, die sich mehr aufeinander verlassen konnten als auf irgendwen sonst auf der Welt.

Audrey begann zu zittern und ich hätte sie liebend gern umarmt. Doch bevor ich dazu in der Lage war, kam, natürlich, ihr Bruder auf uns zugestürmt. Sein Halsband spannte über den geschwollenen Adern, die seinen Hals durchzogen. Jason hatte keinen Bock auf irgendeinen Aspekt der Botschaft »Anderssein ist keine Schande!«, die wir in den Straßen proklamierten, und noch viel weniger Bock darauf, dass seine Schwester sich mit uns Schilder haltenden und Slogans rufenden Alternativfreaks zusammentat, die wir für unser Recht eintraten, anders zu sein als seine Version von »normal«.

Ihm dicht auf den Fersen war Destiny (meine treue Beschützerin, seit Chase nicht mehr da ist), die, statt zu protestieren, nun herbeistürzte, um Jason abzufangen, bevor er die Schwefelbombe seiner giftigen, weißen, männlichen Privilegien zünden konnte.

Während Jason und Destiny auf uns zusteuerten, packte Audrey meinen Unterarm, drehte ihn um und schob einen Finger unter das Armband, um es ganz genau zu betrachten. Yepp, dasselbe, das sie Drew geschenkt hatte. Dasselbe, das Cryon irgendwie auch hatte. Und jetzt Kim. Den Tränen nahe schaute sie gerade wieder auf, als Jason und Destiny uns erreichten und Audrey und mich in die Zange nahmen.

»Na logo, wenn in einem Umkreis von hundert Meilen die Missgeburtenflagge gehisst wird, taucht die alte Kuh auf«, bellt Jason in meine Richtung.

»Hast du was gesagt, Faschist?«, schäumt Destiny und rammt Jason so überraschend fest gegen die Schulter, dass er fast hinfällt.

Jason findet rasch das Gleichgewicht wieder und lacht Destiny ins Gesicht. »Ihr Leute seid schon echt angriffslustig«, sagt er und leckt sich die Lippen.

Daraufhin tut Destiny, was Destiny tun muss: Sie holt aus und boxt ihm gegen den Kiefer, so fest, dass Jason auf dem Arsch landet. Audrey schnappt nach Luft. Mehrere Leute filmen den Zwischenfall mit ihren Handys. Ich greife nach Destiny und ziehe sie zurück.

»Weg hier«, flüstere ich. »Das könnte hässlich werden.«

»Ist es schon«, sagt sie und wirft einen wütenden Blick zu Jason, der sie spürbar zornig vom Gehsteig aus anstarrt.

Mittlerweile sind die radikalen Changers stehen geblieben und verstummt. Benedict ist sonderbar still geworden, der Vortrag vor dem Fernsehjournalisten abgebrochen, im Fokus der Kamera nun der brodelnde Konflikt zwischen Jason und Destiny. Audrey hingegen klammert sich immer noch an meinen Arm, ihre Finger umfassen fest mein Handgelenk.

»Aud, ich wollte es dir sagen«, murmele ich. »Ich wollte es dir nie *nicht* sagen –«

Ohne Vorwarnung springt Jason auf, stößt Audrey beiseite und katapultiert sie damit in die Menschenmenge, als er auf Destiny zuprescht. Er langt nach ihrem Gesicht und seine Hand quetscht ihre Nase und ihr Kinn, als wäre dies ein Footballspiel und er wollte einen Tackle verhindern. Hinter ihm taucht plötzlich Andy auf, brüllt: »Rühr sie nicht an!«, und hängt sich an Jasons Rücken. Die beiden drehen sich zweimal im Kreis, bevor sie zu Boden gehen, wo sie wie wild herumrollen und sich gegenseitig die Köpfe einschlagen, während die Fernsehkamera die ganze Zeit auf sie gerichtet ist.

Erschüttert, dass seine sorgfältig inszenierte Werbung um Frieden und Akzeptanz des Andersseins in eine blutige Straßenschlägerei ausgeartet ist, rennt Benedict zu ihnen. »Du solltest überhaupt nicht hier sein!«, schreit er Andy an und versucht, die beiden zu trennen, wird dabei aber selbst in die Schlägerei verwickelt.

Jetzt sind sie schon drei – Benedict, Anführer der RaChas, Andy, der schlagkräftige Verbündete der RaChas, und Jason, der flügge gewordene Getreue –, die auf dem glühend heißen Asphalt miteinander ringen und sich winzige Steinchen in die Ellbogen und Knie bohren. Destiny steht daneben, tritt Jason gegen den Oberschenkel und feuert Andy an.

Die wenigen Polizisten, die die Demo begleiten, stürmen heran und ziehen im Laufen ihre Schlagstöcke. Als Benedict das bemerkt, zieht er sich zurück, denn er will nicht auf der falschen Seite des Gesetzes landen (alles schon gehabt). Er schlängelt sich geschickt durch die Menge und außer Reichweite. Die Polizisten richten ihre Schlagstöcke gegen Jason und Andy, die sich trotzdem weigern aufzuhören, weshalb schon bald Holz auf Knochen kracht. Nach wenigen Knüppelschlägen lassen Andy und Jason voneinander ab, Jason heult auf und fasst sich mit schmerzverzerrtem Gesicht ans rechte Knie.

»Hoch mit dir!«, brüllt der Cop ihn an, doch Jason bricht beim Versuch, sein Knie zu belasten, sofort zusammen. »Wir dulden hier keine Anarchisten.«

»Ich bin keiner von denen!«, schreit Jason, als man ihn und Andy mit Kabelbindern fesselt. »Ich habe ein Footballstipendium!«

In all dem Chaos suche ich nach Audrey, und schließlich entdecke ich sie weit drüben auf der anderen Seite, orientierungslos. Ich hüpfe auf und ab und winke mit beiden Armen. Sie sieht mich und schiebt sich durch das Gedränge in meine Richtung. Mühsam arbeiten wir uns auf einander zu, die Arme ausgestreckt. Bevor wir uns erreichen, packt ihre Mutter Audrey am Kragen.

»Versprich mir, dass ich dir das erklären darf!«, rufe ich, als sie, Umstehende anrempelnd, weggezerrt wird. »Wenn du danach nie wieder mit mir reden willst, lass ich dich in Ruhe, ich schwör's!«

Audrey nickt und versucht, den Blickkontakt mit mir zu halten, während ihre Mutter sie immer weiter wegzieht, bis ich schließlich ihr Gesicht in dem Menschengewühl nicht mehr ausmachen kann.

Neben mir hüpft Destiny auf Zehenspitzen wie ein Boxer, der soeben den Titelkampf gewonnen hat. Die wenigen übrig gebliebenen RaChas zerstreuen sich, als Jason auf den Rücksitz des Polizeiwagens gedrückt wird.

Andy wird in einen anderen Streifenwagen geschoben und mir wird schlagartig klar, dass es an mir liegt, ihn wieder auf freien Fuß zu kriegen, da niemand hier weiß, wer er ist, und unser furchtloser Anführer Benedict sich sonst wohin aus dem Staub gemacht hat.

»Na, das ist doch mal ein Anblick, den man nicht alle Tage hat«, sagt Destiny und nickt den zwei weißen Jugendlichen nach, die mit heulenden Sirenen zur Polizeiwache gebracht werden. »Ich würde sagen, diesen kleinen Sieg sollten wir feiern!«

Ich lächle, bin jedoch geistig abwesend, rastlos. Ich will meinen *eigenen* kleinen Sieg feiern. Ich habe mich geoutet. Und obwohl es scheißkompliziert war, ist meine Welt nicht untergegangen. Im Gegenteil. Es fühlt sich an, als wär dies endlich der Anfang.

Die Sache mit der Wahrheit ist die: Wenn man einmal damit angefangen hat, kann man schwer wieder aufhören.

Nachdem ich mich Audrey offenbart hatte, wurde mir bewusst, dass meine Liste von Leuten, denen ich mein Geheimnis verraten wollte, ganz schön lang war. Das ist den Changers – natürlich – verboten. Die erste Regel vom Changers-Club lautet, man spricht nicht über die Changers. Meine Advokatin Tracy würde mich mit ihrem kanariengelben Tory-Burch-Gürtel strangulieren, wenn sie herausfände, dass ich unsere Bewegung verraten habe.

Aber ... irgendwie ist mir das mittlerweile ziemlich egal.

Benedict hat uns schließlich alle da auf die Bühne gestellt. Das Video von Destiny, wie sie Jason unerwartet ins Gesicht boxt, geht in den sozialen Medien viral. (Verschiedene Leute haben es mittlerweile sogar mit Musik unterlegt, wobei bei meiner Lieblingsversion der Schlag zeitlich genau auf den Einsatz des Schlagzeugs in Phil Collins' *In the Air Tonight* abgestimmt ist. Zu sehen, wie dieser Schlag in Jasons dämlichem Gesicht landet, ist ganz großes

Schadenfreudekino. War wohl nix mit »feel it coming in the air« für ihn, in dieser Nacht, ähem.)

Ich bin sicher, dass der Rat sich weder über diese noch irgendeine andere Form der öffentlichen Enthüllung freuen wird. So mächtig er auch sein mag, letztlich kann nicht einmal er die lauffeuerartige Verbreitung via SnapChat, Instagram und YouTube eindämmen. In der CB gibt es kein Kapitel über Geheimhaltung in Zeiten der sozialen Medien. Vielleicht kann Tracy einen Anhang mit Tabellen und Grafiken erstellen, wie man das Unbändige bändigt. Ihre Tabellen und Grafiken sind erstklassig.

Nicht dass es bisher überhaupt wahnsinnig viel öffentliches Interesse gegeben hätte. Dieser Tage sind alle so mit sich selbst beschäftigt, dass diese Angelegenheit vielleicht gerade mal ein Ruckeln von einer Millisekunde im sozialen Gefüge verursacht hat. Entweder begreifen die Leute nicht, was Changers sind (wahrscheinlich, da Benedict uns aufgefordert hat, möglichst vage zu formulieren), oder es interessiert sie einen schnuckligen Scheiß (wahrscheinlicher), solange es nicht ihr eigenes Leben spürbar behindert oder beeinflusst. Was mich zu Andy bringt.

Armer, bemitleidenswerter Andy. Er hat echt die Popokarte im Changers-Spiel gezogen. Erst verliebt in einen Changer, der ihn verlassen hat, gegenwärtig verknallt in Destiny, als ob Destiny je mit einem Typen wie Andy was anfangen würde, dem es, nennen wir die Sache ruhig beim Namen, an Coolness mangelt, und zwar nicht auf die charmant nerdige Art eines Jon-Cryer-Duckie. Und damit nicht genug, er hat auch seinen besten Freund an die Changers-Plage verloren. Nicht, dass ihm das bewusst gewesen wäre. Bis jetzt.

Ja, genau. (Siehe oben, Absatz zum Thema Wahrheit.)

Passiert, nachdem Andy und der rechts (und trotzdem nicht richtig) tickende Jason wieder auf freiem Fuß waren. Ein paar Stunden nach ihrer Verhaftung ließ man sie schon wieder gehen, mit nichts als einer Verwarnung wegen Störung der öffentlichen Ordnung. (Eine Liebenswürdigkeit, die Oryon, DJ oder Destiny sicher niemals zuteilgeworden wäre, wie ich aus eigener Erfahrung weiß und weil ich Augen im Kopf habe.)

Jasons Eltern waren schon auf der Wache, wo sie einen Aufstand um auf sein verletztes Knie machten und damit drohten, die Stadt auf entgangenes Einkommen zu verklagen, falls er nicht mehr Football spielen könnte, als Destiny und ich anrollten, um Andy abzuholen. (Kein Lebenszeichen von Audrey, die vermutlich gerade zu Hause wild *Gestaltwandler* oder *Genmutanten* in die Suchmaschine tippte, in der Hoffnung, herauszufinden, was Drew, Oryon und Kim verf***t noch mal überhaupt sein könnten.)

»Gut siehst du aus, Conor McGregor«, sagt Destiny, als wir Andy auf einer Bank entdecken, offenbar ziemlich gedrückter Stimmung. »Ich glaube, du hast da was Überfahrenes im Gesicht.«

»Ist das deine Yubaba-Cosplay-Maske?« Ich erschaudere bei seinem Anblick.

»Leckt mich«, murmelt Andy, folgt uns zu Destinys Wagen und legt sich vorsichtig auf den Rücksitz.

»Willkommen im Fight Club.« Destiny dreht sich um, tätschelt Andy das Knie. Verächtlich schnaufend dreht er sich weg.

»Du solltest was gegen die Schmerzen nehmen und das kühlen, was von deinem Kopf noch übrig ist«, sage ich.

»Was Essbares würde ihn auch nicht umbringen«, witzelt Destiny, legt den Gang ein, schert aus und zieht an Jason vorbei, der gerade in den schwarzen Wagen seiner Eltern steigt, reckt ihre Hand durchs Fenster und streckt demonstrativ den Mittelfinger erhaben in seine Richtung.

»Wer ist der Typ überhaupt?«, jammert Andy vom Rücksitz aus.

»Der Albtraum einer jeden Frau«, sagt Destiny.

»Haargel in Menschenform«, sage ich.

»Wandelnde Werbung für Abstinenz.«

»Wochenalte Muschelsuppe im Hautanzug –«

»Okay, okay, schon kapiert«, unterbricht Andy.

»Kim hat ihn auch mal geschlagen«, sagt Destiny, und ich werfe ihr einen Blick zu, um ihr zu signalisieren, dass sie vielleicht etwas zu mitteilsam ist. Sie ignoriert mich. »*Uuuund* sie hat letztes Jahr mit seiner Schwester geschlafen.«

»Andy ist das alles vollkommen egal«, sage ich laut, um Destinys Plauderzug abzubremsen.

»Die Schwester des menschlichen Haargels ist lesbisch?«, fragt Andy und fühlt sich offenbar fit genug, um sich aufzusetzen.

Destiny fängt an zu kichern, präsentiert ihr megamäßiges, Ich-bin-zu-sexy-um-mir-sagen-zu-lassen-was-ich-zu-tun-oder-zu-lassen-habe-Lächeln und gibt meine gesamte dreijährige, erbärmliche Changers-Geschichte mit Audrey zum Besten, angefangen bei Drew, als verliebte BFFs, über Oryon und die Sexkapade, die unter einem schlechten Stern stand und mich in eine Getreuengefängniszelle brachte (»Das Licht am Ende des Tunnels: Dort haben wir uns kennengelernt!«, merkt Destiny an), bis hin zu Kim, dem queeren Theatergroupie, die »der schlimmste Albtraum von Audreys Familie ist! Fett, Femme und Asiatin!«

Destiny stimmt das Lied von Kim Chi an: »*Every generation, Beyoncé, Madonna, got nothing on this triple threat, do the fat, fem and Asian*«, das sich in hysterischem Lachen auflöst.

Andy schweigt, hängt an ihren Lippen und versucht, meinen Mehrfachlebensgeschichten mit seinem Changers-traumatisierten Konstantengehirn zu folgen.

»Und wer warst du als Erstes?«, fragt er.

»Drew«, antwortet Destiny an meiner Stelle.

»Nein. Ich meine davor.«

»Destiny, fahr rechts ran«, sage ich.

»Spinnst du, Kim?«

»Mach schon.«

In einem parkenden Wagen, an dem andere Autos vorbeizischen, auf dem schmalen Standstreifen der I-75, das Dröhnen der Autobahn in den Ohren, erzähle ich Andy also, wer ich »als Erstes« war. Was bedeutet, dass ich ihm vor Destiny und einer nicht geringen Anzahl von Autofahrern, die düsen, wohin auch immer Autofahrer so düsen, sage, dass ich sein lange verloren geglaubter Freund Ethan bin, der Typ, der mit ihm in den gleichen Batman-Kostümen an Halloween von Tür zu Tür zog, der Typ, der mit ihm lernte, wie man einen Ollie macht, der Typ, mit dem er Furzwettbewerbe auf dem Ledersofa seiner Eltern veranstaltete, der Typ, auf den er sich immer verlassen konnte, sein Bruder im Geiste, der kurz vor der Highschool urplötzlich wegzog und ihn ab da vollkommen ignorierte.

Damit er mir wirklich glaubt, sage ich noch einmal klar und deutlich, dass ich Ethan war und nie vorhatte, ihn zu verletzen, doch dass es Regeln gab, die ich damals befolgt hatte, dass ich dies aber nicht mehr täte und dass ich hoffe, er könne mich verstehen, und selbst wenn nicht, dass ich hoffe, er könne mir verzeihen.

Andy sagt kein Wort, während ich endlos herumschwafele. Er meidet meinen Blick, während Destiny aus dem Fenster dampft und so tut, als würde sie nicht zuhören.

Von Andy kommt nichts als ohrenbetäubendes Schweigen, nachdem ich schließlich verstummt bin, nachdem ich zum Schluss noch das altbewährte »Du würdest es nicht verstehen« rausgekramt habe, was das Letzte ist, das man überhaupt *jemals* hören will.

Nach einer vollen Minute oder auch zwei (was sich nicht lang anhört, aber unerträglich lang ist, wenn man in einer Pfütze von Versagensbeichtschweiß am Rand einer viel befahrenen Autobahn mariniert): »Ich bin hergekommen, um nach dir zu suchen«, gibt Andy leise zu. »Na ja, nach Ethan.«

»Ich weiß«, sage ich.

Andy kaut auf seiner geschwollenen Lippe herum. Zuckt mit den Schultern. »Mission erfüllt, schätze ich.«

»Hurra?«, frotzele ich sarkastisch, wohl wissend, dass Kim nicht im Geringsten der Mensch ist, nach dem Andy gesucht hat. Ich auch nicht, Mann.

»Ethan ist immer noch da.«

»Ach ja, wo?«, schießt Andy zurück, nun noch erschöpfter als auf der Wache.

»Können wir los?«, mischt sich Destiny ein. »Ich werde langsam high von den Benzindämpfen, und zwar nicht auf gute Weise.«

Ich nicke. Dann fahren wir schweigend zum Hauptquartier der RaChas. Bevor Destiny den Motor ausmacht, will ich mich umdrehen und Andy erneut sagen, dass es mir leidtut, doch er hievt sich schon aus dem Auto und läuft den Gehweg entlang in Richtung Lagergebäude, ohne ein Wort oder einen Blick zurück.

»Furzwettbewerbe?«, fragt Destiny und zieht eine Augenbraue hoch. »Ich wette, du hast jedes Mal gewonnen.«

»Ist das eine Spielaufforderung?«, frage ich und beobachte Andy durch die Windschutzscheibe.

»Darling, du weißt, dass ich in dieser V nicht furze. Ich bin die reine Perfektion.«

»Du bist das reine Irgendwas.«

»Was machst du jetzt mit ihm?«, fragt sie ernst.

»Ich weiß es nicht«, sage ich, weil es stimmt.

»Er kriegt sich schon wieder ein. Vielleicht.«

»Und wenn nicht?«

»In ein paar Monaten bist du jemand anderes«, erinnert sie mich.

Da war es wieder – wie hatte ich das vergessen können? Der ganze Kram von wegen Wahrheit, Coming-out, Lern-mich-kennen-und-liebe-mich bedeutete nicht das Geringste, wenn ich nicht alles noch mal machte, sobald ich mich in meine letzte V verwandelt hatte.

Meine allerletzte V.

All das ist bald vorbei. Dann stehen meine Auswahlmöglichkeiten fest. Endlich kann ich wählen, wer ich für den Rest meines Lebens sein will. Die Erkenntnis ist gleichzeitig aufregend und lähmend. Wie bei dem Spiel, bei dem scherzhaft unmögliche Fragen gestellt werden: »*Wenn du für den Rest deines Lebens nur eine Sache essen könntest, was würdest du nehmen?*« Es gibt keine richtige

Antwort. Selbst die köstlichste Mahlzeit deines Lebens schmeckt nach ein paar dutzend Mal fad. Man glaubt, man will Pizza, dann isst man zehnmal hintereinander Pizza und schon ist Pizza eine Foltermethode.

Was, wenn ich mich nun in jemand Schreckliches verwandele? Was, wenn mein letztes Jahr das schlimmste von allen wird und ich nicht will, dass Audrey erfährt, wer ich bin? Was, wenn der Rat mir für meine Sünden im nächsten Jahr eine Lektion erteilen will und mir eine »herausfordernde« V zuordnet? Was, wenn? Was, wenn? Was, wenn?

»Hey! Kopfjunkie, wir sind zu Hause«, sagt Destiny und schnippt mir leicht ans Ohr.

»Tut mir leid, ich ...« *War abwesend.*

Destiny schaltet auf P, beugt sich herüber und umarmt mich fest. »Das wird schon«, flüstert sie und hebt ihre blau geschwollene Hand für eine Gettofaust. »Mann, ich hab einen Neonazi geschlagen. Ich bin eine schwarze Indiana Jones!« Dann: »Aufs Nazikloppen.«

»Aufs Nazikloppen«, antworte ich und meine Fingerknöchel stoßen gegen ihre.

»Aua«, jault sie auf.

»Ich hab dich lieb, Destiny.«

»Ich hab dich auch lieb, Versager. Jetzt schieb deinen widerwärtigen Arsch aus meinem verdammten Auto.«

KIM

CHANGE 3

TAG 203

»Was zur alttestamentarischen Hölle hast du dir dabei gedacht?«

Meine Advokatin Tracy braut sich wie gewöhnlich ein bitteres Substrat aus Panik und Urteil. »Demonstrieren? Dich outen? UNS outen? Hast du den Verstand verloren?«

Tracy geht in meinem Zimmer auf und ab. Dies ist ein Hausbesuch – eine Aufmerksamkeit von Alltagscoach Turner, der, kaum bekam er Wind von der Mobilisierung der RaChas, jeden verfügbaren Advokaten entsandte, um den ihm zugewiesenen Changer zurechtzuweisen, bevor sich aus einer einzigen Protestaktion ein Dutzend Mikrorebellionen formieren konnten, obwohl die ursprüngliche Aktion bisher kaum messbare Konsequenzen gehabt hatte, abgesehen von dem rasend schnell verbreiteten Video, in dem Destiny Jason k.o. schlägt.

»Hast du mal einen Gedanken daran verschwendet, was dies für uns bedeuten könnte?« Tracy flüstert, als würden wir in einer dunklen Tiefgarage Spionagegeheimnisse austauschen.

»Ja. Deshalb habe ich es getan«, sage ich. »Sich verstecken ist Schwachsinn.«

»Du klingst wie dieser nichtsnutzige Benedict *Arnold*«, faucht sie.

»Wenn du im Geheimen leben willst, okay, aber ich will das nicht.«

»Wir verstecken uns nicht. Wir treffen kalkulierte Entscheidungen«, entgegnet sie derart scharf, dass Snoopy von meinem Bett springt.

»Für wen?«, frage ich rotzig.

»Für alle. Für die *Menschheit*. Um Himmels willen, Kim. Hast du jetzt komplett den Faden verloren? Ich dachte, du wärst weiter.«

Schweigend beobachte ich, wie Snoopy mit seiner Schnauze den Türspalt weiter aufschiebt und hindurchschlüpft, während ich selbst die Anspannung genieße, die zwischen Tracy und mir durchs Zimmer wirbelt.

Sie drängt weiter: »Wir existieren doch bloß, um Empathie und Toleranz zu verbreiten, um ständig besser zu werden, um Vorbilder zu sein, um unsere Konstante zu finden und mehr Changers zu zeugen, damit es am Ende niemanden mehr gibt, vor dem man Angst haben muss. Wir Changers vereinen alle Seelen miteinander, erhalten und würdigen ihre Unterschiede. Wir sind hier, um das Konzept der Angst vor dem Anderssein auszulöschen.«

»Liebe und Licht, stimmt's?«, blaffe ich mit sarkastischem Unterton.

»Mach unsere Mission nicht schlecht. Dafür bist du zu klug.«

»Trace? Glaubst du echt, dass man nur dann etwas ändern kann, wenn man unterm Radar fliegt? Mitläuft, um voranzukommen? Die Leute mit Tricks dazu bringt, ihr gütiges Wesen zu entdecken? Ich weiß nicht, ob du dich in letzter Zeit mal umgeschaut hast, aber die Welt ist nicht unbedingt randvoll von menschlicher Güte. Die Getreuen sind auf dem Vormarsch, und zwar gewalttätiger und dreister als je zuvor. Sie vernetzen sich, wuchern wie Krebsgeschwüre.«

»Kim, wer die Macht hat, gibt sie nicht so leichtfertig ab. Zu unserer eigenen Sicherheit müssen wir uns an den Plan halten. Zusammenbleiben. Aus vielen wird eins.«

»Das Werkzeug des Meisters kann niemals dessen Haus einreißen.«

Bei diesen Worten schließt Tracy die Augen, so als würde sie sich an einen Ort meditieren, an dem sie glücklich ist, auch bekannt als die Welt, in der ich nicht existiere. »Du meine Güte«, sagt sie nach einer Sekunde und reißt die Augen wieder auf.

Sie tut mir leid. Sie ist doch nur hier, um ihrer Aufgabe nachzukommen, um zu tun, woran sie fest glaubt. Tracy ist ein guter Soldat, auf jeden Fall, aber sie ist auch ein guter Mensch. Und wieder einmal mache ich ihr das Leben besonders zur Hölle.

»Ich weiß, dass du nur mein Bestes willst«, setze ich an, doch sie unterbricht mich.

»Drei fast unendliche Jahre lang habe ich alles in meiner Macht Stehende für dich getan. Habe versucht, dir den Wert anderer

Menschen zu zeigen, den Wert deiner Aufgabe. *Unserer* gemeinsamen Aufgabe. Und doch hast du dich jedes Mal für dich und deine Bedürfnisse entschieden –«

»Moment mal, jetzt wirst du unfair.«

»Ich hätte nie gedacht, dass ich das einmal sagen würde, aber Chase hatte recht, was dich angeht.«

»Lass Chase aus dem Spiel!«, schreie ich, überrascht über die Zerbrechlichkeit in meiner Stimme.

»Du interessierst dich doch für nichts anderes als für deine eigenen Wünsche«, fährt sie fort.

»Es reicht.«

»Du hast recht, Kim. Es reicht. Ich habe versagt. Wenn du der Welt von uns erzählen, jeden und alles, wofür wir eintreten, in Gefahr bringen willst, dann geht das auf deine Kappe. Ich werde da nicht mitmachen.«

Und damit marschiert Tracy aus dem Zimmer, das Kinn gereckt, der Rücken peitschengerade. Ich kann ihre Empörung praktisch riechen, als sie an mir vorbeigeht.

Ich sollte mich mehr einbringen, aber – und das scheint gerade das Motto meines Lebens zu sein – ich tue es nicht. Ich habe doch um nichts davon gebeten. Wieso ist es meine Aufgabe, irgendwelchen Idioten beizubringen, dass sie sich um andere Menschen bemühen sollen? Eilmeldung: Deppen wie Jason werden sich niemals nie um Freaks wie mich scheren. Manche Leute werden immer »die Homos« und »die Schwarzen« und »die Juden« und »die Moslems« und »die Ausländer« und »die Feministinnen« und »die Armen« und »die Behinderten« und jede andere Gruppe hassen, die eine Bedrohung für ihr einsturzgefährdetes Privilegien-Kartenhaus darstellt.

Jason und seine treuen Getreuentrottel werden nicht eines Tages aufwachen und feststellen, dass sie ihr ganzes Leben lang unterentwickelte Fanatiker waren, und auf einmal anfangen, Essen auf Rädern auszuliefern oder Schichten bei der Selbstmord-Hotline für LGBTQ zu schieben.

Wenn mir mein Jahr als Kim eines gezeigt hat, dann, dass der Appetit auf Grausamkeit unter den Menschen nie gestillt sein wird. Die Oberbitch Chloe kam nie über mein Aussehen hinweg. Allein meine Kleidergröße reichte aus, um mich in eine Schublade zu stecken und sie zu vernageln. Klar, Kim zu sein, hat *mir* geholfen. Ich bin gewachsen. (Haha, und wie!) Und jetzt? War ich davor denn so ein Arsch? Wenn es nach Tracy geht, bin ich jetzt ein viel größerer Arsch. Heißt das dann nicht, dass diese ganze Changers-Sache eine einzige überholte Scheißidee ist, ganz besonders in Zeiten wie diesen? Und wenn das so ist, weshalb soll ich mich dann ans Protokoll halten?

Es ist mir egal, ob der Rat das hier überwacht. Ich schmeiße die Scheiße. Punkt. Und das Beste daran ist, dass ich mich mit Audrey treffen und ihr den ganzen Mist Stück für Stück erklären kann, und ich bin mir sicher – ich bin mir *sicher* –, dass sie dann endlich erkennen wird, dass sie zu mir gehört.

Was sonst sollte passieren?

KIM

CHANGE 3

TAG 205

Von dem Feuer habe ich durch Andy erfahren. Er stand plötzlich vor der Haustür, eine Reisetasche in der Hand, und tat so, als wäre er immer noch sauer auf mich, war dabei aber so verängstigt und verloren, dass er sein Motzgesicht nicht lange wahren konnte.

»Es ist weg«, sagte er.

»Was?«

»Das ganze Gebäude, das Hauptquartier der RaChas. Abgefackelt. Fast apokalyptisch.«

»Was? Wie?«

»Getreue, vermutlich. Vielleicht hat ihnen jemand nach der Coming-out-Demo einen Hinweis gegeben«, sagte er.

»Oh Gott. Ist jemand verletzt?«, fragte ich und dachte sofort an ein paar meiner RaChas-Zimmergenossen, mit denen ich während meiner Depression im Hauptquartier gewohnt hatte.

»Nein. Benedict hat so ziemlich alle weggeschickt, um seine ›gesunden Grenzen zu ziehen‹ und sein ›Regime der Selbstfürsorge wieder zu etablieren‹.«

Natürlich.

»Die meisten RaChas sind bei Freunden untergekommen oder in Notunterkünften, außer mir, Zeke und Layla. Layla hat geschlafen, als das Feuer ausbrach. Sie wollte noch was retten, aber so schnell, wie es ging, hat sie es gerade so selbst da raus geschafft.«

»Wo warst du denn, als es passiert ist?«

»Ich habe Benedict geholfen, das Auto zu beladen, für seine, wie er es nannte, ›Reise zu sich selbst‹.«

»Klingt wie ein Buch, das meine Mutter ihren alleinerziehenden Klientinnen empfehlen würde«, sagte ich.

»Wir waren gerade unterwegs, um den Reifendruck zu prüfen, als wir die Sirenen hörten. Bei unserer Rückkehr stand das gesamte Gebäude schon in Flammen.«

Ich wusste nicht, was ich sagen sollte. »Komm rein. Uns fällt schon was ein.«

Ich hatte keine Ahnung, wie ich das meinen Eltern beibringen sollte.

Einen Konstanten aus dem Leben vor der ersten V nach Hause zu bringen, widersprach sicher dem Changers-Protokoll. Ich wusste, dass mein Vater sich in die Hose machen würde, besonders mit seiner zunehmend wichtigen Rolle in der Zentrale. Aber es ging um Andy. Meinen ersten echten Freund.

Ich ging davon aus, dass ich auf Mom zählen konnte, wenn es darum ging, an den Regeln vorbei den Menschen zu sehen. Andy war jemand, der einen Zufluchtsort brauchte. Er konnte sonst nirgendwohin. Und die Sache mit den Changers hatte er schließlich ganz allein rausgekriegt, also mehr oder weniger. Aber er hatte alles von Benedict erfahren. Nicht von mir. Ich würde NIEMALS Regel Nummer eins brechen.

So verkaufte ich es zumindest Mom, deren Hirn, ohne Scheiß, Funken aus den Augenhöhlen schoss, als Andy hereinkam und seine Tasche auf dem Teppich abstellte.

Sie riss sich bestmöglich zusammen, ging zu ihm, erdrückte ihn mit einer ordentlichen Mütter-Umarmung und überschüttete ihn derweil mit tausend Fragen. Wo war er gewesen, wie hatte er uns gefunden, wann war seine Stimme so tief geworden und natürlich ob er einen Hühnchen-Chili-Käse-Burrito wollte.

Andy wirkte dankbar, wenngleich ein wenig peinlich berührt. Nach ein paar Minuten ging er ins Bad und im selben Moment drehte sich Mom zu mir um und verzog das Gesicht zu dem Emoji mit zusammengebissenen Zähnen.

»Dein Vater wird ausflippen«, sagt sie tonlos, als Andy außer Hörweite ist.

»Tut mir leid, ich wusste nicht, was ich sonst tun sollte«, antworte ich. »Sein Dad hat ihn rausgeschmissen.«

»Ich übernehme das«, flüstert sie.

Beinahe springe ich ihr in die Arme. »Danke, Mom. Ich schwöre, ich hab das nicht geplant – er ist einfach im Hauptquartier der RaChas aufgetaucht.«

»Darüber sprechen wir noch. Aber wir können ihn ja schlecht

auf die Straße setzen. Ich vermute, dein Vater und ich werden uns einig sein, Andys Eltern mitteilen zu wollen, dass er noch lebt.«

»Ich bin mir nicht sicher, ob sie das interessiert«, sage ich.

»Natürlich tut es das.«

Für den Augenblick beende ich die Diskussion. Das Wichtigste ist, dass Andy ein vorübergehendes Zuhause hat. Und ich eine Chance, mich mit ihm zu versöhnen.

»Ich kann nicht glauben, dass sie das Hauptquartier in Brand gesteckt haben. Was, wenn du da noch wohnen würdest?«, fragt Mom dann und ihre Schultern zucken kaum merklich.

»Auf dieser Welt gibt es immer noch ein paar ziemlich kaputte Leute, Mom. Leute, die uns lieber tot sehen würden. Leute, die uns lieber bei lebendigem Leib verbrennen würden, als etwas Fremdem ihre Herzen zu öffnen.«

»Das weiß ich, mein Schatz. Die Geschichtsbücher sind voll von Grausamkeiten.«

Sie sieht aus, als würde sie gleich weinen. Ich ahne, dass ein Teil von ihr genauso wenig daran glaubt wie ich, dass die Changers-Mission die Fehler der Vergangenheit wiedergutmachen kann. Wenn jemand die Grenzen menschlichen Wachstumspotenzials kennt, dann Therapeuten.

»Veränderung passiert nie so schnell, wie wir es gern hätten«, räumt sie ein. »Doch der Fortschritt strebt immer zum Licht.«

»Okay, Alltagscoach Turner.«

»Ich meine es ernst«, beharrt sie, meine Frechheit ignorierend. »Und je heller das Licht wird, umso stärker versuchen die dunklen Mächte es auszulöschen. Der Aufstieg der Getreuen, das Ausarten ihrer Gewalttätigkeit, beweist dass die Changers den Krieg gewinnen. Die Getreuen haben Angst. Sie spüren ihre Bedeutungslosigkeit nahen wie einen starken, reinigenden Regen.«

»Du klingst wie der Trailer zu einem Endzeitfilm«, witzele ich und übernehme den stets gleichen, tiefen Bariton des Erzählers aus dem Off: »In einer Welt voller Schmerz und Hass taucht plötzlich ein unerwarteter Held auf ...«

»... ein Held wie kein zweiter, einer, mit dem die Mächte des Bösen nicht gerechnet haben«, fällt Mom mit derselben schnulzig-tiefen Stimme ein.

»Ein Mädchen! In XL! Das auf Mädchen steht! Kannst du das fassen, Scheiße noch mal?«, intoniere ich, den letzten Teil in meiner besten Interpretation von Aziz Ansari.

Wir brechen in schallendes Gelächter aus. Mom gibt mir einen Kuss auf die Wange und sagt mit ihrer Filmstimme, ich solle nach Andy sehen, »bevor es zu spät ist«.

Ich sitze auf meinem Bett und denke über das nach, was sie gesagt hat. Ich möchte darauf vertrauen, dass die Welt sich zur Toleranz hin entwickelt, zu einer breiteren Definition dessen, was ein Mensch sein kann, mit allen Formen und Ausprägungen. Ich möchte sicher sein, dass Jugendliche wie ich, Kris und Michelle Hu, und sogar Audrey, wenn wir schon dabei sind, nicht mit der Angst aufwachsen müssen, dass wir in einem beklemmenden Albtraum à la »Report der Magd« landen werden, doch nach allem, was ich in meinen bisherigen Leben so mitbekommen habe, klingt das wie Fantasy. Die Jasons dieser Welt machen keinen ängstlichen Eindruck auf mich. Sie leiden nicht. Sie müssen sich nicht umschauen, wenn sie die Straße entlanggehen. Sie wirken dreister und selbstsicherer in ihren Überzeugungen als je zuvor.

Andy klopft an die Tür und unterbricht meine trostlose Gedankenspirale.

»Kann ich reinkommen?«

»Logo, Blödmann.«

Also tritt er langsam ein und tastet mit seinen Blicken blitzschnell den Raum ab, als suche er nach etwas Bestimmtem. Beweise für Ethans Existenz, nehme ich an.

»Cooles Zimmer«, sagt er.

»Danke«, sage ich.

»Das hier ist so peinlich, wie im Flugzeug zu furzen.« Er verzieht das Gesicht zu einer Grimasse.

»Yepp. Dabei muss es das gar nicht.« Ich versuche, Kim aus seiner Perspektive zu sehen. Frage mich, was er von ihr hält. Was er von ihr hielte, wenn er nicht wüsste, dass ich es bin.

»Nein?«, fragt er.

»Wär es dir lieber, ich wäre Destiny?« Ich mache einen auf verführerisch und schüttle den Oberkörper.

»Mann. Lass das.«

»Findest du mich nicht sexxxxy? *I'm too sexy for my cat, too sexy for my blouse, too sexy for my car*«, singe ich los.

»Alter, das ist nicht der richtige Text.«

»*Too sexy for my sandwich, too sexy for my jeans –*«

»Ich flehe dich an, hör auf!« Andy stöhnt verzweifelt. Es fühlt sich ein bisschen an wie früher, wenn er und ich uns zum Affen gemacht haben.

Ich stehe auf und tanze den Robotertanz. »*I'm too sexy for my external hard drive, for my animatronic limbs.*«

Andy springt auf, tanzt nun auch, und zusammen bringen wir die wohl traurigste Pop-and-lock-Performance aller Zeiten.

»*Too sexy for my empty, cavernous soul, too sexy for Sylvia Plath, too sexy for Kid Rock, I mean Robert Ritchie*«, singe ich und Andy lacht sich kaputt, bis wir beide völlig erschöpft und keuchend nebeneinander auf dem Bett zusammenbrechen.

Ich drehe den Kopf und schaue ihm direkt in die Augen. Mir kommt ein Gedanke, aber ich behalte ihn für mich – denn Andy wird ihn komisch finden. Doch dann kann ich mich nicht beherrschen und es sprudelt aus mir raus: »Ich hab dich vermisst, irgendwie. Es war schwer, alles allein durchzustehen, schließlich kennt mich niemand so gut wie du.«

Andy streckt sein Kinn Richtung Zimmerdecke und unterbricht damit den Blickkontakt, aber ich rede weiter: »Ich weiß, wie bekloppt das ist. Aber ich hab mir das nicht ausgesucht. Ich wollte dich auch nie im Stich lassen. Ich hab dich gebraucht.«

»Klar hast du das«, presst Andy hervor und dreht seinen Kopf noch weiter von mir weg.

»Hab ich. Hab ich immer. Weil Ethan ohne dich nicht existiert.«

Andy setzt sich auf und geht in Richtung Tür, bleibt dann aber stehen. »Na, der Ethan, den ich kannte«, beginnt er hölzern, immer noch, ohne mich anzuschauen, und ich spüre, wie meine Haut vor Anspannung schmerzt wie unter Nadelstichen, »konnte richtig, richtig mies ... singen.«

»Leck mich«, sage ich.

»Und noch beschissener tanzen. Sieht also für mich so aus, als wär er immer noch da.«

Innerhalb eines Augenblicks lösen sich Jahre der Scham in nichts auf. Ich versuche mich zusammenzureißen, um den Moment nicht zu verderben. »Als wärst du Travis Wall, du Penner.«

»Wer bitte ist denn Travis Wall?«, fragt er. »Ist das so 'ne Mädelssache?«

»Verpiss dich. Und ja, voll!«

»Willst du eine Cola, Spastmutti?«, fragt er.

»*I'm too sexy for a Coke, too sexy for a clichéd version of sexxxxxy*«, feuere ich zurück, als Andy sich umdreht und einen Moonwalk den Flur hinunter in Richtung Küche hinlegt.

Den Rest der Nacht haben wir über nichts anderes geredet als Graphic Novel »Harley Quinn« versus Film »Harley Quinn« und darüber, ob Männerfußball besser ist als Frauenfußball (ist er nicht), und dass wir beide tausendprozentig Sex mit Jennifer Lopez haben würden, obwohl sie älter ist als unsere Mütter. Dann guckten wir Dokumentationen über Serienmörder auf Netflix, aßen Nachos und Zimttoast und nahmen Zuckerstangen als Trinkhalme für unsere Colas.

Wir verloren kein Wort über irgendetwas von Bedeutung. (Etwas, das mir mehr bedeutete, als ich es ausdrücken kann.)

KIM

CHANGE 3

TAG 207

»Ethan waren Klamotten scheißegal, Alter«, sagt Andy, der auf meinem Bett Oldschool-GTA spielt, wie wir es früher gemacht haben.

»Nein, im Ernst jetzt, welches?«, frage ich und halte zwei T-Shirts vor mir hoch.

»Das linke«, murmelt er.

»Du guckst gar nicht!«, jammere ich, werfe das weiße Ramones-Shirt auf den Boden und entscheide mich für ein einfaches schwarzes.

»Genau, tu ich nicht. Glaubst du, Destiny würde mit mir ausgehen?«, fragt Andy zum 147. Mal, seit er sie kennengelernt hat.

»Sie geht mit DJ«, erinnere ich ihn zum 147. Mal.

»Echt?«

»Hast du DJ schon mal gesehen? Das sieht ein Blinder, dass die beiden so perfekt zueinanderpassen, als wären sie im Labor erzeugt worden. Wie diese Fotos von Liebespaaren, die schon im Rahmen drin sind, wenn man ihn kauft.«

»Ekelhaft.«

»Aber, *#wahrheit*«, merke ich an.

Ich gehe ins Bad und schließe die Tür hinter mir, ziehe mein muffig riechendes Top aus und das saubere schwarze an. Prüfend betrachte ich mich im Spiegel, feuchte meine Haare an, knete etwas Gelwachs hinein und streiche die langen Haare in der Mitte nach hinten. Ich sehe aus wie eine asiatische Lea DeLaria. Gibt Schlimmeres. Ich tupfe etwas blassrosa Lipgloss auf und ziehe mit Eyeliner einen stahlblauen Lidstrich, den ich verlängere, Katzenaugen-Style. Als ich aus dem Bad komme, schaut Andy hoch.

»Hallöchen, David Bowie.«

»Haha.« Ich zupfe an meinem Shirt, um meinen BH zu richten.

»Du wirkst nervös«, sagt Andy und drückt bei dem Spiel auf Pause.

»So offensichtlich?«

»Schon.«

»Sieht das Shirt aus, als hätte ich aufgegeben?«, frage ich.

»Was aufgegeben?«

»Ich sehe aus wie der Roadie einer Coverband, oder?«

»Nein.«

»Ist es zu kastenförmig?«

»Was soll das denn überhaupt sein? Meinst du, dass du damit aussiehst wie ein Kasten? Oder ...?«

»Was, wenn sie mir nicht glaubt?«, platze ich heraus, und sofort wird mir bewusst, dass 1) Andy vermutlich der ungeeignetste Mensch ist, an den ich mich mit dieser Frage wenden könnte, aber da 2) niemand sonst weiß, dass ich heute Abend Audrey alles erzählen werde, ist er halt irgendwie das einzige Pferd im Stall.

»Möglich«, sagt Andy ganz offen, denn offenbar kämpft er selbst noch mit den Folgen seines ganz persönlichen Changers-Dramas, und eine davon steht jetzt direkt vor seiner Nase und bittet ihn um Rat. »Das ist alles schon ganz schön krass, ein bisschen wie *Twilight Zone*. Im Prinzip bist du ein Comicmutant, ohne den Laborunfall.«

»Reizend, danke«, sage ich und suche das Zimmer nach meinem Portemonnaie ab.

»Du musst ein bisschen nachsichtig mit ihr sein. Für dich ist das schon schwer, sie wird es umhauen. Vielleicht solltest du dir so einen Plastikschutzoverall anziehen wie bei *Hannibal*, um dich vor spritzender Hirnmasse zu schützen.«

»Was verstehst du denn von Hirnmasse?«

Andy zeigt mir den Stinkefinger. »Hör zu, wenn du dieses Mädchen wirklich liebst, dann darfst du ihr nichts verschweigen, sonst kapiert sie die Sache nicht. Ich glaube nicht, dass du dir vorstellen kannst, wie es ist, wenn ein Mensch aus deinem Leben verschwindet.«

»Da irrst du dich«, entgegne ich sauer, als die Erinnerungen an Chase mich überrollen, Erinnerungen an meine vergangenen Vs und die Menschen, die mich kannten, und daran, wie das alles jedes Jahr dem Radiergummi des Vergessens geopfert wurde. »Mein ganzes Leben als Teenager dreht sich darum, immer wieder für andere unsichtbar zu werden. Wenn man es genau nimmt, bin ich ein verdammtes Gespenst.«

»Wie du meinst.« Andy nimmt mir das nicht ab.

»Glaubst du, sie wird mich hassen?«

»Keine Ahnung.«

»Andy, komm schon.«

Er seufzt. »Nein, glaub ich nicht.«

In dem Moment fällt mein Blick auf das Armband auf meinem Schreibtisch. Instinktiv greife ich danach, nach diesem Talisman, den Audrey anfassen und in der Hand halten kann, wenn ihr das, was ich ihr erklären will, wie ein komplett in die Hose gegangener Drogentrip vorkommt.

»Was soll schon groß passieren?«, fragt Andy.

»Nuuun, der Rat der Changers kann mich mit Gewalt aus meinem Zuhause entfernen und mich für den Rest meines Zyklus in ein verpflichtendes Trainingsprogramm zur Eingliederung – OH, HEY, DAD!«

»Was für ein Trainingsprogramm zur Eingliederung?«, fragt mein Vater, der gerade den Kopf zur Tür hereinsteckt.

»Wie bitte?« Ich stelle mich dumm.

Andy lächelt und winkt: »Tag, Mr Miller.«

Dad betritt das Zimmer, schaut eine Weile zwischen Andy und mir hin und her, eindeutig argwöhnisch. »Ich fahre für die Regionalfeier des Rates einkaufen, helft ihr mir beim Tragen?«

»Klar«, sagt Andy.

»Ich hab schon was vor«, sage ich kleinlaut.

»Und was?«

»Tracy-Kram«, lüge ich.

Dad scheint misstrauisch – nicht mal zielgerichtet, eher allgemein –, will das Thema aber wohl vor Andy nicht vertiefen, den er nur widerwillig hier duldet, denn das ist! nicht! regelkonform! Aber Mom hat ihre unwiderstehlichen Psychologinnenkräfte walten lassen und ihm klargemacht, dass Andy, wenn wir ihn rauswerfen, nur eine weitere traurige Ziffer in einer Ausreißerstatistik werden würde (und vielleicht einer breiteren Öffentlichkeit Einzelheiten über die Changers ausplaudern würde), womit Dad den Rest seiner Tage leben müsste, was auf Dads Noch-zu-erledigen-Liste nicht gerade ganz oben stand.

»In fünf Minuten geht's los«, sagt er und zieht mit einem Ruck die Tür hinter sich zu.

»Im Auto wird er dich in die Mangel nehmen«, flüstere ich.

»Verlass dich auf mich.« Andy gibt mir ein klischeehaftes doppeltes Daumenhoch. »Und jetzt hol sie dir.«

Audrey wirkt ausgelassen und schlägt mit fröhlicher Stimme vor, einen Spaziergang am Wasser zu machen, anstatt bei Starbucks zu hocken und über den unglaublich intimen, äh, Kram zu reden, der zwischen uns gelaufen ist.

Der Fluss führt wenig Wasser und schiebt sich dunkel durch sein Bett, ansonsten ist es still. Nur eine Handvoll Stechmücken summen und zwicken uns in die weiche Armbeuge.

»Ist schön hier«, sagt Audrey, als wir vorsichtig am Ufer entlanggehen und dabei Wurzeln und rutschigen Stellen aus rotem Lehm ausweichen. »Ich sollte öfter herkommen.«

»Ach verdammt, das hätte mein nächster Spruch sein können: Bist du öfter hier?«

Audrey lächelt schwach.

»Also«, sage ich nach ein paar Schritten.

»Also.«

»Aaaalso«, sage ich erneut. »Ich schätze, ich sollte anfangen.«

»Gute Idee«, setzt Audrey an, verstummt aber, als sie das Armband an meinem Handgelenk entdeckt. »Ich werde mich nie daran gewöhnen, das Ding an dir zu sehen.«

Sie zieht ein Blatt Papier aus der Gesäßtasche und faltet es langsam auf, die Knicke weich und dünn vom vielen Falten und Entfalten. Bevor sie das Blatt ganz glatt gestrichen hat, weiß ich schon, was es ist: die Mail, die ich ihr geschickt habe. Der Brocken Changers-Mist, den ich in der Nacht hochgewürgt habe, als ich bekifft war. Unzensiertes Geschwafel, das ich nie hatte verschicken wollen, was Benedict aber ohne mein Wissen für mich übernommen hat, weil Benedict in einer viktorianischen Komödie der Irrungen und Wirrungen lebt, in der Schabernack und Herzschmerz lediglich bedeuten, dass am Ende alles gut wird.

»Ich war high, als ich das geschrieben habe!«, rufe ich.

»Hast du gesagt. Aber ist es denn wahr?«, fragt Audrey.

Ich versuche mich zu erinnern, was genau ich da von mir gegeben habe. »Im Prinzip. Glaube schon. Wahrscheinlich.«

»Ich dachte, es sei irgendein blöder Streich«, sagt sie. »Grausam und gemein.«

»Ich habe die Mail nicht abgeschickt, sondern ein Freund. Das erkennt man ... am Ende ist klar, dass ich nicht fertig war, oder? Du solltest das nie zu Gesicht bekommen ...« Ich fange an zu schwafeln, dabei ist das völlig egal. Ich habe mich schließlich in einer Lüge über eine Lüge über eine Lüge über eine Lüge verstrickt.

Audrey deutet auf eine Bank, die dem Fluss zugewandt ist. Wir gehen hin, setzen uns, Seite an Seite. Sie reicht mir den Zettel. »Ich will nicht mehr Rätsel raten. Ich will mich nicht länger dumm und verloren fühlen. Sag mir, worum es eigentlich geht.«

Ich nehme ihr das Blatt aus der Hand und hole so tief Luft, dass es meiner Lunge einen Schock versetzt. Ich überfliege die Mail und denke dabei nach, was ich sagen soll.

Liebe Audrey,
was jetzt kommt, klingt sicher total verrückt. Wow, wie lange ich dir das schon sagen wollte. Jedenfalls … hier schreibt dir Kim. Kim Cruz aus deiner Klasse. Ich hoffe, du bist gestern gut nach Hause gekommen. Irgendwie ist der Ball ein bisschen aus dem Ruder gelaufen, oder?
Jedenfalls, ach, mir fällt keine andere Formulierung ein, ich hatte das Gefühl, als gäbe es da eine Verbindung zwischen uns. Als würden wir uns aus einem (oder mehreren) früheren Leben kennen. (Glaubst du an so was?) Ich habe so etwas noch nie zuvor gespürt, bei niemandem, deshalb glaube ich, dass so was ziemlich selten ist. Also warum nicht die Backen zusammenkneifen und es dir schreiben?
Die Sache ist die, dass wir uns eigentlich sogar wirklich schon aus früheren Leben kennen. Also, nicht aus kompletten Leben, aber definitiv aus verschiedenen in meinem Fall.
Ich hoffe, du hast überhaupt bis hierhin gelesen. Ich würde es dir nicht mal übel nehmen, wenn nicht, aber lies bitte trotzdem weiter, jetzt kommt es nämlich: Ich bin nicht erst seit diesem Jahr an der Central High. Um genau zu sein, bin ich jetzt schon

seit zweieinhalb Jahren Teil deines Lebens. Ich habe die Höhen und Tiefen mitbekommen, die enge Freundschaft zu einem Mädchen, das weggezogen ist, dann die Beziehung zu einem Typen, der die Schule plötzlich letztes Frühjahr verlassen hat. Ich weiß alles über Romeo und Julia. (Und wie!) Cheerleading. Deinen Bruder. Die Kochkünste deiner Mutter.

Seit zwei Jahren bin ich so was wie deine unsichtbare Beschützerin. (Vor diesem Typen namens Kyle, aber das ist eine andere Geschichte.) Jedenfalls habe ich dich jeden Schritt auf diesem Weg geliebt.

Ich weiß, dass du nicht darum gebeten hast. Aber es gibt eben Dinge in diesem Universum, die sich nicht erklären lassen. Einen Zauber, der zwei Menschen nicht ohne Grund zusammenführt. So wie ich in deinem Leben aufgetaucht bin.

Noch mal: Ich könnte es verstehen, wenn du nach dieser Mail nichts mit mir zu tun haben willst. Ist schließlich alles ziemlich durchgeknallt. Aber was habe ich schon zu verlieren? Außerdem glaube ich, dass du das gestern Abend zwischen uns auch gespürt hast. Und alles, was uns mittlerweile schon verbindet.

Also, wenn es so ist, gib mir ein Zeichen. Vielleicht könnten wir ja ein bisschen Zeit zusammen verbringen. Glaub mir, das wäre nicht das Durchgeknallteste, was passieren könnte.

&(^^%%!%$#*(&**&#$^$%#&)*)(&)*^&^>???!?!?!!!!?

Was mache ich hier überhaupt? Wieso schreibe ich das alles? Ich muss echt durchgedreht sein. Sie wird mich für total verrückt halten und niemals wieder ein Wort mit mir wechseln. Klick nicht auf Senden klick nicht auf Senden klick nicht auf Sendennnnnnnn

»Ganz großer Scheiß, würde ich sagen«, gebe ich das Offensichtliche zu. Der spaßige, befreiende Teil meines Outings gegenüber Audrey ist zu Ende; jetzt kommt der Furcht einflößende, verkorkste Teil. »Tut mir wirklich leid, das alles.«

»Aber was genau ist *das alles?*«, fragt sie, laut genug, dass ein paar Jogger in unsere Richtung schauen, als sie an uns vorbeilaufen. »Fühlt sich an, als wäre ich in einer Live-Version des *Manchurian Kandidat* gelandet.«

Ich hole Luft. »Geht mir ähnlich. Aber vergiss mal kurz, wie hirnzersplitternd sonderbar das alles ist. Denn die einzige und absolute Wahrheit ist, dass ich von der ersten Sekunde an in dich verliebt war, als ich dich damals im ersten Jahr an der Central High entdeckt hab.«

»Als du Drew warst?«

»Ich werde diesen Vormittag nie vergessen. Du hast mir das Gefühl gegeben, ein Mensch zu sein, nachdem Chloe sich über meine Frisur und Klamotten ausgelassen hatte. Und als die Stunde vorbei war, hast du mir gezeigt, wo es zum Mädchenklo geht, als ich gerade zu den Jungs wollte.«

»Stimmt. Was sollte das eigentlich?«, fragt Audrey und zieht die Augenbrauen zusammen, als müsste sie ein Rätsel knacken.

Ich beschließe, die Karten auf den Tisch zu legen. »Bevor ich Drew war, war ich ein Typ namens Ethan.«

»Warte mal, was? Das heißt, du hast das Geschlecht gewechselt?« Audrey lehnt sich zurück und ihr Kopf schwenkt hin und her. Sie scheint verwirrt und unfähig, sich auf das alles einen Reim zu machen, und, ganz ehrlich, wer kann ihr das verübeln? »Mehr als einmal?«

»Ja und nein.« Ich seufze. »Das ist so schwer zu erklären, weil es ziemlich schnell ziemlich kompliziert wird.«

»Kann man so sagen.«

Ich betrachte Audreys Gesicht, während sie auf den Fluss schaut. Mir wird richtig heiß vor lauter Selbsthass.

»Und Oryon?«, stochert sie weiter.

»Ich bin Oryon.«

»Ich dachte, du wärst Drew.«

»Bin ich auch.«

Audrey atmet tief durch, schielt zu dem Armband, das sie Drew am letzten Schultag geschenkt hatte. »Erzähl mir was, das nur Drew wissen kann.«

»Äh, okay«, setze ich an, ohne eine Ahnung, was ich sagen werden. »Also gut. Unser Kuss beim Schulball –«

»Soweit ich mich erinnere, war Drew – ähm, warst du – davon nicht sonderlich begeistert«, sagt Audrey und wird rot.

»Machst du Witze?«

»Es war ein ziemlich öffentlicher erster Kuss«, fügt sie hinzu.

»Ja, ja, war es«, stimme ich lachend zu. »Unser Happy End.« *Flirtet sie etwa ein bisschen mit mir? Konzentrier dich, Kim.* »Also, tatsächlich gibt es etwas, das außer dir und mir niemand weiß. Wir hätten uns vorher zweimal FAST geküsst. Einmal als wir die Szene aus Romeo und Julia vorgetragen haben, und dann in deinem Zimmer, als ich bei dir übernachtet habe und du üben wolltest –«

»Und Jason reingeplatzt ist«, unterbricht sie mich. »Und sich wie ein tollwütiger Köter auf zwei Beinen aufgeführt hat. Und du, ich meine, Drew, hast ihm Kontra gegeben. Kim, ich meine, du, macht das auch.« Schüchtern lässt Audrey den Kopf sinken.

»Du kannst einfach *du* sagen. Mach dir keinen Kopf über die Versionen. Sie sind alle ich.«

»Mein Gott, ich hab das Gefühl, mein Hirn ist aus Hüttenkäse.«

»Warst du in mich verknallt, damals? Als ich Drew war?«, frage ich, nicht ganz sicher, ob ich die Antwort überhaupt hören will.

»Spinn doch nicht rum«, sagt sie und wird rot.

Mann, ich möchte sie echt gern küssen.

Aber ich tu's nicht.

Es folgt angespanntes Schweigen. Ich ertappe mich dabei, wie ich an die Nacht denke, in der wir miteinander geschlafen haben, wie verliebt sie in Oryon zu sein schien, voller Vertrauen und Ruhe in meinen Armen. Ich schlucke tausend Fragen hinunter, die mir auf der Zunge brennen. Zum Beispiel, wen hat sie am meisten gemocht? Zu wem hat sie sich am meisten hingezogen gefühlt? Welche Version von mir hat ihr Herz erobert? Alles egoistische Fragen, das ist mir klar. Aber gerade geht es ja nicht darum, dass sie mich beruhigt. Sondern darum, dass sie sich weniger bekloppt fühlt. Und sicherer.

Ein Motorboot schnurrt vorbei mit einem großen, karamellfarbenen Pudel im Bug, der in den Wind bellt. Da schlägt Audrey vor weiterzugehen, aber bevor wir aufstehen, drehe ich mich zu ihr, lege ihr eine Hand auf die Schulter und bitte sie, mir zu versprechen, dass sie niemandem etwas von dem erzählen wird, was ich ihr hier gerade verrate. Dass dies tödliche Folgen haben könnte, denn es sind schon Menschen gestorben wegen dem, was ich ihr hier eröffne. Außerdem ist es nicht schön, es hat wehgetan und noch dazu kann es den Lauf der Dinge unwiederbringlich ändern, weshalb es sehr ernst genommen werden muss.

»Du machst mir Angst«, flüstert sie.

»Ich vertraue dir«, sage ich. Dann liefere ihr eine kurze Zusammenfassung der Changers-Kultur. Erzähle ihr von der neuen V zu Beginn eines jeden Jahrs an der Highschool. Von Tracy, davon, dass jeder Changer einen Mentor bekommt, jemanden, der selbst ein Changer ist. Davon, wie der Rat die ganze Logistik rund um Schule und Privatleben organisiert. Wie sichergestellt wird, dass keine Changers-Eltern aufs Schulgelände kommen, welche Geschichten wir an die Hand bekommen, um zu erklären, wohin so ein Jugendlicher nach dem Ablauf seines Schuljahres verschwindet. Audreys Augen werden mit jeder Enthüllung größer.

»Und am Ende des Zyklus entscheiden wir uns für eine unserer vier Vs, als die wir den Rest unseres Lebens verbringen. Es gibt sogar eine besondere Zeremonie gleich nach dem Schulabschluss«, schließe ich.

»Also wirst du nächstes Jahr wieder ein ganz anderer Mensch sein?«

Ich nicke langsam.

»Und wer?«

»Keinen Plan«, gebe ich zu und spüre, dass ihr das auch nicht unbedingt gefällt.

»Könntest du auch wieder Ethan werden?«

»Nein.«

»Wow. Niemals?«

»Niemals«, sage ich.

»Wieso nicht?«

»Wir können nie wieder der Mensch werden, der wir vor der ersten Verwandlung waren.«

Audrey verfällt in kurzes Schweigen. Dann sagt sie: »Das muss schlimm für deine Mutter sein.«

Wenn es je eine Konstante gab, die keine Lektion in Empathie nötig hat, dann ja wohl Audrey.

»Ich glaube, es geht ihr ganz … ganz gut«, stammele ich. »Im Großen und Ganzen. Was ist mit dir? Geht's dir gut?«

Sie lächelt ein halbes Lächeln. »Im Großen und Ganzen.«

Ermutigt fahre ich fort, nachdem ich beschlossen habe, Audrey noch tiefer in das Labyrinth der Changers-Regeln zu führen. Still hört sie zu, nickt. Manchmal neigt sie den Kopf so süß nach links, wie sie es immer tut, wenn etwas besonders verwirrend wird.

»Weshalb können Changers nicht mit anderen Changers zusammen sein?«, fragt sie.

»Ist gegen die Mission. Ich stelle mir das so vor, als würde man mit einem Familienmitglied zusammen zu sein.«

»Was ist eigentlich aus Chase, dem Typen aus eurer Bickersons-Band, geworden?«, fragt sie so unvermittelt, als wäre die Erinnerung an ihn gerade abrupt aufgetaucht. »Der, der Jason zusammengeschlagen hat, nachdem er versucht hat …«

Auf einmal legt sich bei mir ein Schalter um, Tränen laufen mir übers Gesicht. Ich will weitersprechen, kann aber nichts mehr sagen, kriege die Worte nicht heraus. Aber welche Worte auch? Dass Chase gestorben ist, damit ich weiterleben konnte?

Audrey beugt sich zu mir und umarmt mich länger, als ich es überhaupt jemals wieder für möglich gehalten hätte. »Es tut mir so leid«, sagt sie.

»Ist ja nicht deine Schuld«, bringe ich dann doch heraus. Ihre Umarmung tut so gut.

Wir schweigen wieder.

»Verrätst du mir, ob deine Mom oder dein Dad der Changer ist?«, fragt Audrey schließlich.

»Mein Dad.«

»Wie hat deine Mom davon erfahren?«

»Das weiß ich gar nicht«, wird mir da bewusst, und ich kann kaum glauben, dass ich mir noch nie Gedanken über die Anfänge ihrer Beziehung gemacht habe. Oder über die große Enthüllung, als Dad Mom eröffnet hat, dass er ein Changer ist. Was sie gesagt, wie sie reagiert hat. Vielleicht würde ich das Gespräch mit Audrey besser meistern, wenn ich das getan hätte. Obwohl, Audrey scheint ganz gut damit klarzukommen.

Die untergehende Sonne wirft einen pinkfarbenen Schleier über die spiegelglatte Oberfläche des Flusses, als Audrey und ich endlich wieder den Rückweg antreten. Ich spüre, dass etwas in ihr weicher geworden ist. Nach ein paar Schritten nehme ich ihre Hand. Zuerst zuckt sie zusammen, doch sie nimmt die Hand nicht weg. Also drücke ich sie etwas fester, und sie lässt mich meine Finger zwischen ihre schieben.

So gehen wir schweigend, bis wir an der Brücke ankommen. Und dort entscheide ich, dass es da noch etwas gibt, was ich ihr gestehen muss. Und zwar von Oryon. Ich muss ihr sagen, was ihm in dieser Nacht zugestoßen ist. Weshalb ich sie im Stich gelassen habe. Allerdings muss ich dabei ihren Bruder aus dem Spiel lassen. Ich darf nicht mal andeuten, dass er an meiner Entführung beteiligt oder an Chase' Prügelei und seinem Tod schuld sein könnte. Unter anderem und besonders, weil der Rat keine handfesten Beweise dafür hat, dass Jason überhaupt zu der Gang gehörte, die mich überfallen hat. Zumindest noch nicht.

Jason ist in vielerlei Hinsicht ein Monster, aber wenn ich überhaupt eine Chance habe, Audrey für das Team Changers/Kim zu gewinnen, kann ich sie nicht zwingen, sich zwischen ihrer Familie und mir zu entscheiden. Ich muss ihr versichern, dass Oryons Entführung absolut nichts mit ihr oder mit etwas zu tun hatte, das sie getan hat. Denn das würde Audrey sich niemals verzeihen.

»Aber warum?«, fragt Audrey zum vermutlich zehnten Mal. »Warum wollten sie *dir* wehtun?«

»Es ging nicht explizit um mich. Da gibt es eine Gruppe von Leuten, die glaubt, über uns Bescheid zu wissen, und sie haben Angst vor uns, nehme ich an«, versuche ich mich an einer Erklärung.

Audrey versinkt in Gedanken, vielleicht an ihre Kirche. Oder ihren Bruder.

»Das war miserables Timing. Ausgerechnet nach unserer gemeinsamen Nacht – ich schwöre, die beste Nacht meines Lebens, all meiner Leben.« (Audrey lächelt ein wenig.) »Und dann war da noch die Sache mit dem Armband. Ich wollte dir bei unserem nächsten Treffen alles erklären, aber dazu kam es nicht, weil sie mich gleich am nächsten Tag auf der Gassirunde mit Snoopy entführt haben.«

»Aber wie haben sie dich gefunden?«, lässt sie nicht locker. Etwas irritiert sie, auch wenn sie noch nicht eins und eins zusammenzählt.

»Keine Ahnung«, sage ich und wechsle dann schnell das Thema. »Ich wurde jedenfalls ganz offiziell von der Schule genommen, damit ich mich bis zum Ende des Schuljahres erholen konnte. Ohne

Telefon, ohne Internet und mit dem ausdrücklichen Verbot jeglicher Form der Kommunikation mit Nicht-Changers, um zu verhindern, dass die Getreuen mich oder die anderen noch einmal finden.«

»Das ist so schrecklich«, sagt Audrey. »Ich kann mir gar nicht ausmalen, wie das in dem Keller gewesen sein muss. Diese Ungewissheit, ob du überhaupt überleben wirst.«

»So schlimm war es nicht«, seufze ich. War es aber irgendwie doch.

»Wäre ich bloß nicht wie eine Irre aus der Wohnung gestürmt«, sagt Audrey, und in ihrer Stimme klingen nun Wut und Schuldbewusstsein mit, »und hätte meinen Bruder angerufen, dass er mich abholt. Da haben sie dich gesehen, stimmt's? Die Schlägertypen?«

»Schau mich an.« Sanft fasse ich Audreys Kinn.

»Du bist der mutigste, freundlichste, toleranteste Mensch, den ich kenne. Danke, dass ich so offen mit dir sein kann. Jeder andere hätte wahrscheinlich längst einen Nervenzusammenbruch gehabt und wäre abgehauen.«

»Aber ich bin der Grund dafür, dass man dich entführt hat.«

»Ich wurde entführt, weil ich bin, wie ich bin, und wegen dem, was die Leute an Menschen wie mir fürchten. Das hat *nichts* mit dir zu tun.« Und dann, weil sie mir immer noch so untröstlich vorkommt, füge ich hinzu: »Egal, was geschieht, ich werde dir nie wieder irgendwas verheimlichen.«

»Versprichst du mir das?«, fragt sie, für den Augenblick offenbar erleichtert. »Mir immer die Wahrheit zu sagen?«

»Ich versprech es dir«, sage ich. Und das meine ich absolut ernst.

KIM

CHANGE 3

TAG 265

Kennt ihr dieses Lied aus den Neunzigern, »Dreams can come true«? Falls nicht, dann hört jetzt mal in meinen Kopf, denn da läuft es gerade in Dauerschleife:

Just a question of time I knew we'd be together
And that you'd be mine, I want you here forever
Do you hear what I'm saying, gotta say how I feel
I can't believe you're here but I know that you're real …

Dreams can come true
Look at me babe, I'm with you …

Ich erkläre es hiermit zum offiziellen Song für die Geschichte »Audrey und ich«, weil er nicht nur die letzten drei Jahre unserer Achterbahnfahrt zusammenfasst, sondern auch perfekt den einzigartigen Wundermoment einfängt, der sich jetzt gerade abspielt.

Nach den vielen Monaten des Schmachtens, der Depression, dem Hocken in dem dunklen, elendigen Loch, das ich mir selbst gebuddelt hatte, einem ganzen verdammten Jahr, hat Audrey nachgegeben, und mit *nachgegeben* meine ich: Wir hatten Sex.

Bäm.

Und zwar gestern. Ich hab sie mit meiner Vespa abgeholt, wir sind Richtung Innenstadt gefahren, um uns an UNSEREM – wie ich ihn nun nenne – Fluss zusammen auf eine Decke zu legen, den altmodischen Touristenbooten beim Vorbeituckern zuzuschauen und dabei Audreys Playlists rauf und runter zu hören – auf denen *The Cure* und *Tegan and Sara* stark vertreten waren, wie ich gern hinzufüge. Sie vertraute mir an, dass sie einige der Listen schon vor Wochen gemacht und dabei an mich gedacht hatte.

So richtig war ich ihr nie aus dem Kopf gegangen, obwohl sie nicht mal sagen konnte, wieso. Dieser wunderbare Abend in der Bowling/Karaoke-Bar, wo ich sie mit meiner ansteckenden Scheißegalhaltung beim Karaoke beeindruckt hatte, muss aber etwas damit zu tun gehabt haben. Wie viel Spaß sie trotz allem hatte. Und nun, wo sie wusste, wer ich in Wahrheit war, fügten sich die Puzzleteile langsam zusammen. Je mehr Zeit wir miteinander verbrachten, desto leichter fiel es ihr, Drew und Oryon in mir zu erkennen, *mich* zu erkennen. Und als die Sonne langsam unterging, zogen wir unsere Decke hinter ein paar Bäume, wo eins zum anderen führte. Ein Lied zu einem flüchtigen Kuss auf den Kopf, der wiederum zu einem richtigen Kuss führte, woraufhin das Fummeln anfing, was damit endete, dass Audrey sich plötzlich auf mich legte, die zweite Decke über uns zog und ihrer Lust so freien Lauf ließ, wie ich es noch nie erlebt habe.

Wie gesagt – es war eine wundervolle Nacht.

Die Heimfahrt allerdings fühlte sich ein wenig merkwürdig an. Zum Glück war es windig, weshalb wir in den Helmen nicht viel hörten. Ich glaube, Audrey war es peinlich. Sie hatte sich offenbar selbst überrascht. Vielleicht bereute sie es ein bisschen. Doch das spielte keine Rolle. Ich meine, sie ist mir wichtig, klar, das würde selbst dem blindesten aller Maulwürfe auffallen. Aber ich wollte mich nicht damit abringen, welche Ängste oder Zweifel Audrey in ihrem Hirn bekämpft hatte, schließlich hatte ich gerade zum zweiten Mal mit der Frau geschlafen, die ich liebe, und dieses High wollte ich so lange wie möglich auskosten.

So ganz nebenbei: Ich bin immer noch high.

Dabei liegt es nicht nur am Sex. (Okay, es liegt zum größten Teil am Sex.) Meine ungezügelte Freude rührt außerdem von der einzigartigen Genugtuung, sich in einem Menschen nicht getäuscht zu haben. Audrey ist genau die Audrey, für die ich sie immer gehalten habe. Tiefgründig und gefühlvoll, außerdem steht sie über so trivialen Dingen wie äußerem Erscheinungsbild. Obwohl, wenn ich ganz ehrlich bin, hat es mich total umgehauen, als sie mir unters Shirt fasste und so unglaublich zärtlich und selbstverständlich ihre Hände auf meine Brust legte. Ich könnte schwören, dass sich in dem Moment meine Seele aus meinem Körper gelöst hat.

Audrey hat einen Weg gefunden, mich als Kim zu lieben. Nicht, dass Kim unliebbar wäre. Aber Kim ist halt nicht Oryon. Oder

Drew. Sie ist weder eine typische noch traditionelle noch konventionelle Schönheit, wie sie in den Medien gefeiert wird. Dicke asiatische Mädchen sind nicht unbedingt ganz oben in den Webfeeds dabei. Im modernen Amerika, das angeblich Vielfalt und Akzeptanz umarmt, ist Kim unsichtbar. Aber, wie sich herausstellt, ist das alles egal, weil Audrey total auf mein Innerstes abgeht.

(Und, Mann, ist die abgegangen.)

(Tut mir leid.)

(Nee, tut's nicht.)

Audrey gab zu, dass sie im letzten Schuljahr versucht hatte, »normal« zu sein, weil sie es so leid gewesen war, immer in ihrer Familie, in der Schule und besonders bei der Ober-Bitch Chloe anzuecken. Anderssein war weit weniger cool, als gemeinhin behauptet wurde. Egal, wie sehr sie es einem in der Werbung weismachen wollen.

»Da rennst du bei mir offene Türen ein«, sagte ich und sie küsste mich fest auf den Mund, wie zur Entschuldigung.

Später, als ich Kris beim Videochat erzählte, dass Audrey und ich miteinander geschlafen hatten, und zwar auf IHRE Initiative hin, bestand er natürlich darauf, jedes schmutzige Detail zu erfahren, und quietschte vor Freude, wann immer ein Nippel ins Bild kam.

»Dann hab ich jetzt zwei Mamis?«, witzelte er.

»Das wäre wohl voreilig. Ich bin nicht sicher, ob sie ein ganz offizielles LGBTQ-Clubmitglied sein will, mit Ausweis und so.«

»Ähm, nach allem, was du gerade erzählt hast, könnte sie Vereinsvorsitzende werden.«

Kris wohnte immer noch bei seiner »Fummel-Mutter«, eiferte jeder Dragqueen nach, die er kennenlernte, wanderte durch die

Wildnis seiner sexuellen und geschlechtlichen Identität, nahm an, er sei DER Experte für das Thema, war sich dabei aber nicht bewusst, dass seine beste Freundin einer Menschenart angehörte, die eben solche Ansichten über Gender und Sexualität überflüssig machte.

»Vizevorsitzende«, sage ich und Kris lacht.

»Schatzmeisterin, die wollte schließlich nur an deine Geldbüchse«, frotzelt er.

»Du bist unmöglich.«

Auf dem winzigen Bildschirm lächelt Kris in seinem durchlöcherten Secondhand-Top, und mir wird schlagartig bewusst, dass wir in ein paar Wochen, wenn ich ihn nicht in den Kreis der Vertrauten aufnehme, keine Freunde mehr sein werden.

Weil ich nicht mehr Kim bin.

»Also, wann geht die Vögelei in die nächste Runde?«, fragt er.

»Jetzt gerade.«

Kris simuliert einen 1a Kotzanfall. »Hast du den Artikel im *National Geographic* über homosexuelle Delfine gelesen? Waschechte gleichgeschlechtliche Delfinpaare. Schreibt das doch mal in eure Homosexualität-ist-widernatürlich-Bibeln, ihr phobischen Arschlöcher.« Im Hintergrund höre ich eine raue Stimme nach Zigaretten fragen.

»Ich freu mich für dich, blöde Schlampe, aber ich muss los.«

»Ich auch.«

»Und jetzt such mir einen Freak zum Verlieben.«

»Sollte kein Problem sein. Ich kenne einen *Haufen* Freaks.« Ich zeige auf ihn und Kris wirft mir eine Kusshand zu, dann friert das Bild ein und wird schwarz.

Danach versuche ich es bei Audrey, aber sie geht nicht ran. Ich verdränge die Angst, die sich sofort meldet. Stelle mir vor, wie sie im Darknet nach einem Mittel sucht, das jede Erinnerung an unseren Nachmittag am Fluss ausradiert. Mache mir Sorgen, dass Jason den winzigen Fehler in seiner Getreuenmatrix gespürt, Audrey in ihrem Zimmer bedrängt hat, um durch ein Megafon zu brüllen, wie gefährlich es ist, mit Leuten rumzuhängen, die nicht so aussehen wie die Kids aus Cabaret, die »*Tomorrow belongs to me*« singen. Aber machen wir uns nichts vor. So läuft es jeden Abend bei ihr zu Hause.

Ich versuche, Destiny per Videochat zu erreichen. Sie schickt mir eine Nachricht, dass sie nicht rangehen kann und ich sie anrufen soll, als wäre es 1999 oder so ein Scheiß. Also retrotelefonieren wir.

»Hey, Süße«, sagt sie, als sie abnimmt. »Wie geht's dem niedlichen, traurigen Andy?«

»Gut. Niedlich. Traurig. Immer noch in dich verliebt.«

»Ohhhhh.«

»Also. Ich hatte Sex mit Audrey.«

»Hallöchen! Wieso hast du denn nichts gesagt?«

»Hab ich doch gerade.«

»Mann, das ist krass. Mehr als krass. Wie fühlst du dich? Wie war's?«

»Erinnerst du dich an die Regenszene in *Wie ein einziger Tag*?«, frage ich.

»Klar.«

»So, nur mit Sonne.«

»Also nicht abgrundtief schrecklich.« Destiny lacht.

»Nein. Nicht abgrundtief schrecklich.« Ich lache mit. Und dann schildere ich ihr jedes schmutzige Detail. Und, natürlich, meine absurden Ängste.

»Nicht so absurd, bei eurer Vorgeschichte«, findet Destiny.

Dabei hat sie recht. Audrey zu meiner Konstanten zu machen, ist ungefähr genauso klug und simpel, wie mit den Füßen eine Nadel einzufädeln. Eine Schlacht bergauf, im besten Fall. Voreilig, wenn es nach der Changers-Praxis der letzten Jahrzehnte geht. Aber man sucht sich schließlich nicht aus, in wen man sich verliebt. Stimmt's? Oder wann man sich verliebt.

»Versteh das nicht falsch«, sagt Destiny, »aber du bist mir wichtiger als Audrey. Deine Sicherheit. Dein Herz. Du bist ein verdammter Schatz, und nach allem, was ich mitbekommen habe, rangiert diese Familie auf schlimmstem *The Shining*-Level.«

Ich bleibe still.

Also spricht Destiny weiter: »Ich meine, ihr Bruder? Der ist wie eine Alarmanlage, die man nicht abschalten kann. Und ihre Eltern? Ich weiß nicht, Kim.«

»Du hast ja recht, aber –«

»Aber.« Ich höre sie seufzen. »Bist du sicher, dass du das willst?«

»Ja.«

»Dann bin ich für dich da.«

»Danke, Destiny.«

»Was machst du im Herbst? Mit deiner letzten V?«, fragt sie.

»Ich habe versprochen, es ihr zu sagen.«

Noch ein langes Seufzen.

»Ich habe keine Lust, länger zu lügen«, füge ich hinzu.

»Das versteh ich. Aber …«

»Aber was?«

»Du weißt doch nicht, was nächstes Jahr passieren wird. Kannst du ihr trauen?«

»Ja«, sage ich abwehrend.

»Bäm, DJ schreibt. Muss los. Pass auf dich auf.«

Es ist drei Uhr nachts. Ich kann nicht schlafen. Bin so nervös, als hätte ich morgen eine wichtige Prüfung. Ich schaue stündlich auf die Uhr. In gewisser Weise ist es sogar eine Prüfung. Das Schuljahr endet in weniger als zwei Wochen. Audrey fährt in ihr Kirchenferienlager am A**** der Welt. Die Chancen stehen gut, dass wir uns nicht mehr sehen bis zum ersten Tag meiner finalen V. Ich kann mich in jeden verwandeln. Jeden, bloß nicht Kim. Oder Oryon. Oder Drew. Oder Ethan. Letzten Endes hat Audrey jeden von ihnen auf eine Art geliebt. Mehr, als ich sie selbst geliebt habe.

Wer heiratet, soll immer zueinander stehen. In guten und in schlechten Zeiten. In Gesundheit und Krankheit. Auf Biegen und Brechen. So soll Liebe sein. Aber die Scheidungsrate sagt etwas anderes. Alle Menschen verändern sich, aber ihre Partner kommen damit meist nicht klar, und das war's dann.

Es ist vier Uhr. Ich stecke in einer Spirale fest. Ich war schon immer ein Spiralgrübler. Ethans Hang zum Kopfzerbrechen und seine Angstzustände scheinen zu den wundervollen Zugaben zu gehören, die mir in jeder V erhalten blieben. Was auch sonst, seine Geschicklichkeit oder sein volles Haar?

Ich versuche, bewusst zu atmen. Einfach nur sein. Einfach nur sein. Im Augenblick.

Wieso kann ich nicht glücklich sein? Der Tag hat so rauschhaft und selbstbewusst begonnen. *Dreams can come true* – Träume können wahr werden. Blablabla. Jetzt, ein paar Stunden später, fangen sofort die Albträume an, wenn ich nur wegdöse. Ich würde alles dafür tun, mein Gehirn endlich in den Griff zu kriegen, es mal runterfahren zu können. Ich weiß schließlich, wie viel Glück ich habe. Ich habe großartige Freunde und Eltern, die mich lieben, und trotzdem: *grübel, grübel, grübel*. Der Was-wäre-wenn-Zug bleibt in der Spur.

Sex macht wohl doch alles komplizierter.

Immerhin wurde ich diesmal nicht postorgasmisch entführt.

Höchstens von meinen Unsicherheiten als Geisel genommen.

Wie früh ist zu früh, um Audrey vor der Schule eine Nachricht zu schreiben?

KIM

CHANGE 3

TAG 267

Als ich meinen Roller auf dem Schülerparkplatz abstelle und mich runterbeuge, um ihn abzuschließen, höre ich das wohlbekannte Dröhnen: Jasons Auto schießt in den Kreisel vor der Schule. Quietschend kommt es zum Stehen (damit jeder es mitkriegt – das schwarze Loch der Unsicherheit in diesem Typen hat keinen Boden) und Audrey steigt aus. Sie verabschiedet sich nicht von ihm, tut eigentlich eher so, als gäbe es ihn gar nicht, und schlägt die Tür zu. Ich warte, bis er davondüst (noch mehr Reifenquietschen, damit auch jeder Schüler in Hörweite es mitbekommt), halte mich dabei nah am Gebäude (na gut, ich lauere) und denke darüber nach, wie ich am besten auf Audrey zugehe.

Nachdem ich ihr in sicherer Entfernung eine – für Außenstehende sicher unheimlich lange – Weile gefolgt bin, nehme ich meinen Mut zusammen und rufe sanft und unbedrohlich: »Hey«, worüber sie sich trotzdem erschreckt.

»Hey«, wiederholt sie.

»Was geht? Wie geht's?« Ich will nicht zu offensichtlich machen, dass ich damit die Sache mit dem Sex meine.

»Gut«, sagt sie. »Und dir?«

Ich kann nicht abschätzen, in welche Richtung sich das hier entwickelt. Ausdruckslos starrt sie mich an. Die halbe Schülerschaft schwebt in einer warmen Brise vorbei, aufgedreht, weil die letzte Woche des Schuljahres beginnt. Audrey wirkt, als wäre sie von einem Betäubungspfeil getroffen worden.

»Aaaalso«, sage ich.

»Also.«

»Yepp, also.«

»Aaaalso.« Sie atmet mit so viel Druck aus, dass ihr Pony zu schweben anfängt.

»Zwischen uns knistert es ja heute förmlich.« Ich lächle zaghaft, um die Stimmung aufzulockern. Aber Fehlanzeige.

Innerlich raste ich jetzt offiziell aus, gebe aber alles, damit man mir nicht mal ein Fünkchen von Angst anmerkt. Ich spiele gedanklich sämtliche coolen Abgangsszenarien durch, als Audrey plötzlich auf mich zustürzt. Für den Bruchteil einer Sekunde glaube ich, sie will mich umarmen, aber dann sehe ich, dass Chloe an uns vorbeimarschiert ist und Audrey geschubst hat.

»Stehst du neuerdings auf Fette?«, zischt Chloe, als sie mit ihrem Gefolge weiterstolziert.

Mit einem ausgestreckten Arm versuche ich Audrey aufzufangen, sofort brechen wir in Gelächter aus und schon ist die Nach-dem-Sex-Anspannungsblase geplatzt.

»Ich nehme an, Chloe hat nicht mitgekriegt, dass Bodyshaming so was von gestern ist«, sage ich, während Audrey sich wieder gerade hinstellt. »Die Gute ist nicht auf dem Laufenden.«

Audrey lächelt schwach. »Ich fasse nicht, wie viel Zeit ich mit ihr verschwendet habe.«

»Ich auch nicht.«

»Na, schönen Dank auch.«

»Worüber habt ihr euch eigentlich so unterhalten?«, frage ich.

»Meistens über Schminkanleitungsvideos. Und dann hat sie verzweifelt Sachen auf Instagram gepostet, um Likes zu kriegen.«

»Symbiotisch.«

»Einmal hab ich sie dabei erwischt, wie sie Bilder vom Account eines Mädels aus New York geklaut und dann selbst hochgeladen hat.«

»Nee, oder? Das ist tragisch.« (Da kommt mir in den Sinn, dass sich vielleicht nicht bloß Changers im Leben anderer verstecken.)

»Sie ist so arm. Irgendwie tut sie mir leid«, sagt Audrey.

»Diese hasserfüllte Narzisstin, die uns den Tod wünscht, tut dir leid?«

Audrey prustet los. »Schon.«

Ich kämpfe gegen den Impuls, sie zu küssen. Es klingelt.

»Wir müssen los«, sagt Audrey, ohne sich zu bewegen.

»Müssen wir«, sage ich ebenso regungslos.

Als wir schließlich im Klassenzimmer eintrudeln, vermeidet Mr Crowell immer noch den direkten Blickkontakt mit mir. Er huscht nervös herum, befummelt seine schmale Krawatte, blättert in den Papierstapeln auf seinem zugemüllten Schreibtisch, fährt sich immer wieder mit der Hand durch die Haare. Tracy hat ihm von der Demo erzählt und dass ich die ganze Changers-Mission in Gefahr gebracht habe, um meine egoistischen Bedürfnisse zu befriedigen. Ich bin sicher, dass er keine Ahnung hat, was er zu mir sagen soll. (Ob Mr Crowell je bereut, sich auf dieses bekloppte Paralleluniversum eingelassen zu haben – oder auf Tracy?)

Audrey und ich setzen uns ganz hinten nebeneinander – Kris nimmt rechts von mir Platz und schlägt mit den Wimpern, als wären es Libellenflügel.

»Hallo, schöne Frau«, begrüßt er Audrey, die rot anläuft und ihm zuwinkt. An mich gerichtet: »Wo ist Hitlers Ziehsohn?«

»Bei der Physiotherapie, sein kaputtes Knie renovieren.«

»Hätte nie gedacht, dass ich mal pro Polizeigewalt wäre«, sagt Kris abfällig. Ich werfe ihm einen Blick zu. »Zu krass?«

Beim Mittagessen quetschen wir uns zu viert (Audrey, Kris, Michelle Hu und ich) an ein Ende des Nerdtischs, wo Michelle einen eintönigen Monolog über das anstehende Lego League Robotik Camp hält. Ich hatte Audrey versichert, dass ich Kris nichts über den S-e-x erzählt habe, aber es ist nicht zu übersehen, dass Kris *alles* weiß, denn Kris hat ein Pokerface wie Lady Gaga, was im Klartext heißt: gar keins.

Mit Blicken flehe ich ihn an, mit den Umzugswagenanspielungen aufzuhören. Doch je mehr ich das Gesicht verziehe, desto deutlicher schwelgt Kris in seinem geheimen Wissen. Gleichzeitig bete ich, dass Audrey sich daran erinnert, bloß nichts von der ganzen Verwandelt-sich-im-Laufe-der-Highschool-in-vier-verschiedene-Leute-Sache zu erwähnen, eigentlich weiß sie ja, dass Kris so viel dann doch nicht über mich weiß.

Ich bekomme fast Kopfweh, während ich ihrer Unterhaltung folge, wo sie doch beide der Ansicht sind, mehr zu wissen als der andere.

Bei all den riskanten Andeutungen würde ich am liebsten eine Wahrheitsbombe hochgehen lassen, so wie bei der Demo. Endlich meinen Freunden alles erzählen.

Aber ich tu es nicht. Tracys Argumente scheinen eine größere Wirkung zu haben, als ich gedacht hätte. Ja, ich will offen leben und stolz darauf sein. Aber mich outen heißt gleichzeitig andere outen, die noch nicht bereit dafür sind oder die dadurch in Gefahr geraten könnten – und ich bin mir nicht sicher, ob ich das unbedingt weiter machen sollte.

»Hast du kurz Zeit?« DJ ist unerwartet am Tisch aufgetaucht.

»Klar«, sage ich und gebe Audrey und Kris mit einem Nicken zu verstehen, dass sie schon mal ihre Tabletts wegräumen sollen.

»Hey, DJ«, druckst Kris herum.

»Hey, Kris. Starke, äh, Bluse.«

Kris wird fast ohnmächtig, als ich ihn mit einem Stups zum Gehen auffordere.

»Was ist los?«, frage ich DJ, der wie jemand wirkt, dem die Katze entlaufen ist. »Alles okay mit Destiny?«, fragt er.

»Klar, wieso?«

Er tritt von einem Bein aufs andere, presst die Lippen zusammen. »Äh, sie, äh«, fängt er an und seine Stimme wird leiser. »Sie reagiert weder auf meine Anrufe noch auf meine Nachrichten. Ich dachte, vielleicht ist ihr Handy kaputt oder …«

Mist. Destiny meidet DJ wegen der bevorstehenden Ewigkeitszeremonie. Und dabei dachte ich, er wäre vielleicht ihre Konstante. Oder aber dass sie wenigstens ordentlich mit ihm Schluss machen würde, von Angesicht zu Angesicht.

»Ich glaube, sie hat Ärger zu Hause«, lüge ich.

»Vor fünf Sekunden hast du noch gesagt, alles wäre in Ordnung«, entgegnet er.

»Bei mir hat sie sich auch nicht wirklich gemeldet«, lüge ich weiter.

»Hmhm.«

Übel, das alles. Aber nicht meine Aufgabe. Destiny muss sich selbst um ihren Kram kümmern. Der gequälte, verwirrte Ausdruck in DJs Gesicht erinnert mich jedoch wieder daran, wie moralisch kompliziert das ganze Prozedere der Changers für Konstante sein kann. Ich mag DJ wirklich. Verdammt, wir saßen letztes Jahr zusammen im Gefängnis, als wir verknackt wurden, weil wir nicht weiß waren. Wenn ich ihm das bloß sagen könnte. Oder dass Destiny schon die Leben von drei anderen Teenagern gelebt hat und gerade wohl mit etwas anderem als ihm beschäftigt ist, weil sie darüber nachdenkt, wer sie in Zukunft sein will. Und das alles heißt nicht, dass sie dich nicht liebt, denn das tut sie wirklich.

»Heute Abend melde ich mich mal bei ihr und frage, was Phase ist«, biete ich an.

»Okay«, sagt DJ und versucht, sich zusammenzureißen. »Ich hätte nicht fragen sollen. Bringt ja nichts, dich da mit reinzuziehen.«

»Überhaupt gar kein Problem«, sage ich und lege ihm die Hand auf die Schulter. »Ich hab gehört, du gehst nach Yale?«

»Yepp. Yale School of Drama.«

»Ist das wie normales Drama, nur schlauer? Statt *Leck mich, du Opfer* heißt es *Fortan wirst du den Tag verwünschen*, oder so?«

DJ schnaubt, erlaubt es sich aber nicht, in Lachen auszubrechen. »So ungefähr.«

Ich versuche es mit einem lieb gemeinten Rat: »Hör mal, vielleicht will Destiny dich auch nicht von all den tollen Sachen abhalten, die bei dir anstehen. Sie nimmt wahrscheinlich an, dass du frei sein und dich entfalten willst.«

»Sie könnte mir gar nicht im Weg sein«, sagt DJ, als Audrey sich nähert und mit den Lippen ein ›Kommst du?‹ formt, weil der Unterricht gleich weitergeht.

»Das wird schon«, lüge ich einmal mehr.

DJ dreht sich um, steckt die Kopfhörer in die Ohren und schlurft davon. Ein schmerzhafter Anblick, aber ganz egoistisch sag ich mal, ich bin froh, dass ich das Audrey niemals antun muss. Audrey weiß alles, und das wird auch so bleiben.

Wissen ist Macht, und das sagte ich auch Destiny, direkt nach meiner Heimkehr aus der Schule, wo ich mich in meinem Zimmer einschloss, um ihr per Videochat von DJs Leid zu berichten.

»Was soll ich machen?«, fragt sie.

»Liebst du ihn?«, frage ich zurück.

»Na logisch ...«

»Ja oder nein? DJ ist nämlich schwer in Ordnung. Einer von den richtig Guten.«

»Jetzt komm«, sagt sie angesäuert, »das ist mir schon klar. Aber glaubst du wirklich, dass ich meinen Konstanten schon in der

Highschool finde? Wo leben wir denn, in 1920? Niemand weiß schon in der Schule, was ihn den Rest seines Lebens glücklich machen wird.«

Ich sage nichts.

»Tut mir leid.«

»Ihr seid mir beide wichtig«, spreche ich das Offensichtliche aus.

»Ich mache das doch, gerade WEIL er mir wichtig ist.« Sie seufzt.

»Ich weiß, ich weiß, schon okay.«

»Nichts ist okay, Kim!«, blafft sie. »Ich bin nicht abtrünnig geworden wie du und habe meinem Freund alles über uns erzählt. Ist dir mal in den Sinn gekommen, was für eine unfaire Last du Audrey damit auferlegst? Dass es die Regeln aus einem bestimmten Grund gibt?«

»Bei der Demo schien dir das noch keine Sorgen zu machen.«

»Da ging es darum, wer wir sind, darum, uns für das Anderssein einzusetzen. Als das Video viral ging, habe ich DJ erzählt, ich wäre mitgelaufen, um meine Freunde aus der queeren und der Bürgerrechtsbewegung zu unterstützen.«

»So viele Lügen«, sage ich.

»Harmlose Lügen, die uns und sie schützen!«

»Weiß er denn, was du für ihn empfindest?«, feuere ich zurück.

»Ja. Und das lässt sich nicht annähernd damit vergleichen, jemandem seine komplette Geschichte hinzuknallen und dann zu sagen: *Jetzt liebe mich bitte bedingungslos, auch wenn ich vielleicht das nächste Mal, wenn wir uns sehen, aussehe wie ein Kobold, und übrigens bist du ab jetzt verpflichtet, bei diesem Geheimbund mitzumachen, sonst verschwinde ich vielleicht für immer.*«

Destiny holt Luft. »Wenn ich nicht den Rest meines Lebens mit DJ zusammen sein werde, warum soll ich ihm dann meinen Ballast aufdrücken? Solange nicht alle Changers ganz offen und voll integriert leben, wird ihn das bloß kaputt machen. Es ist menschenfreundlicher, die Lüge aufrechtzuerhalten.«

Während ich Destinys Vortrag auf dem kleinen Bildschirm verfolge, geht ein Ruck durch mich. Irgendwie hat sie ja recht. Ich habe nie darüber nachgedacht, dass ich Audrey mit der Wahrheit, besonders, bevor ich meinen Wandlungsprozess abgeschlossen habe, in eine ziemlich unmögliche Lage bringe. Was, wenn sie nicht an dem Menschen interessiert ist, der ich als Nächstes sein werde? Selbst wenn ich »innerlich derselbe Mensch« bin und sie sogar ihre Gefühle für Drew und Oryon auf Kim ausweiten konnte, heißt das nicht automatisch, dass sie sich auch äußerlich von meiner nächsten V angezogen fühlen wird. Ich kann darauf hoffen, aber ich kann diese blinde Akzeptanz nicht von ihr erwarten. Sie sollte nicht dem Druck ausgesetzt sein, cool mit etwas umgehen zu müssen, das, seien wir ehrlich, komisch ist. Ganz davon zu schweigen, dass ihre Familie den Getreuen gegenüber im besten Falle loyal eingestellt ist. Im schlimmsten Fall gehören sie sogar zu den Aktiven. Wieso dachte ich, all das beiseiteschieben zu können? Ah, genau. Sex.

»Audrey ist anders«, sage ich. »Und ich konnte ja schlecht das Armband wegerklären, nachdem sie es an mir entdeckt hat.«

»Du hast es getragen, damit sie es sieht. Du hast es darauf angelegt. Es ging nur um dich, nicht um sie.«

Lass gut sein, Destiny.

»Vielleicht ist Audrey wirklich anders«, fährt sie fort. »Ich hoffe es. Aber ich muss DJ loslassen. Es fühlt sich total gierig an, ihn so lange festgehalten zu haben.«

»Er will für immer mit dir zusammen sein!«, sage ich.

»Er will für immer mit *Destiny* zusammen sein.«

»Na ja, klar. Aber kannst du ihm nicht noch wenigstens ein Jahr geben, oder so? Wieso willst du das denn so überstürzen?«

Destiny schweigt.

Und da macht es klick. Heilige Stierhoden! Sie denkt ernsthaft darüber nach, nicht Destiny zu wählen! Der Gedanke überrascht mich. Ich bin die ganze Zeit davon ausgegangen, sie würde sich für Destiny entscheiden. Ich würde das tun. Jeder, der bei einigermaßen klarem Verstand ist, würde das tun. Guckt sie euch doch nur mal an. Und wie die Leute sie behandeln. Warum nicht so leben, wenn man die Chance hat?

»Du nimmst nicht Destiny?«, frage ich ungläubig.

»Ich weiß nicht«, gibt sie nach einer kurzen Pause zu. »Ich weiß es noch nicht. Nur eins ist sicher: Ich will nicht über einen Typen nachdenken, wenn ich eigentlich über MICH nachdenken soll.«

»Du klingst wie ein Lied von Mary J. Blige.«

»Lass mich raten, von der Playlist deiner Mom?«, sagt sie und steuert damit das Gespräch in eine andere Richtung. Der streitlustige Teil der Unterhaltung ist vorbei; sie hält ein dickes Notizbuch mit der Aufschrift *V1* auf dem Cover hoch. »Diese Chroniken, Alter. Die machen einen echt fertig.«

»Ich kann mir gar nicht vorstellen, wie es ist, die zu lesen.«

»Das wirst du noch früh genug erfahren«, sagt sie und wirft das Buch auf den Tisch. Teil eins von vieren, gefüllt mit Destinys sämtlichen Gedanken und Gefühlen, kommt dumpf auf.

»Was ist denn das Schlimmste, was du bisher erlebt hast?«, frage ich.

»Oh, das ist einfach: die Zeit mit dir.«

»Haha.«

»Du kommst nächste Woche zu meiner Ewigkeitszeremonie, oder?«, fragt sie ernst. »Wart mal – du musst ja sogar kommen«, sagt sie. »Regel des Rats! Alle J3 müssen anwesend sein, damit sie wissen, was ihnen im kommenden Jahr bevorsteht.«

»Ich würde auch kommen, wenn Turner keine Anwesenheitsliste führen würde.«

»Ganz ehrlich, ich freu mich, dass du da sein wirst«, sagt sie und deutet auf den Stapel Chroniken auf ihrem Schreibtisch. »Ich schätze, ich muss hier mal weitermachen.«

»Wenn ich was für dich tun kann, sag Bescheid. Wie zum Beispiel die Pros und Kontras deiner unterschiedlichen Persönlichkeitsaspekte aufzählen –«

»Da gäbe es tatsächlich was«, unterbricht sie mich. »Ich möchte DJ einen Brief schreiben. Einen echten Retrobrief auf Papier mit Feder und Tinte und allem – und ich möchte, dass du ihm den vor meiner Zeremonie gibst.«

»Geht klar. Nimm aber lieber einen Kugelschreiber.«

»Hab dich lieb, Kimmie. Das weißt du, oder?«

»Ich dich auch«, sage ich und füge hinzu: »Aber nur, wenn du Destiny wählst!«

Sie macht eine Grimasse, verzieht extrem Lippen und Nase, kommt immer näher an die Webcam, bis sie den Videochat beendet.

Und trotzdem sieht sie noch unschlagbar schön aus.

KIM

CHANGE 3

TAG 275

Heute war Abschlussfeier an der Central. Ich konnte nicht bei Audrey sitzen, weil sie mit ihrer Familie da war. Ihre Eltern vergossen reichlich Tränen, als Jason mit seinen hohen Stiefeln über die Bühne humpelte, und jubelten ihm zu, als er die Mitte der Bühne erreichte. Ich war da, um DJ Beistand zu leisten und, seien wir ehrlich, so viel Zeit wie möglich in Audreys Nähe zu verbringen, bevor sie in dieses orthodoxe Hinterwäldlerlager verfrachtet wurde.

Zum Glück konnte ich Audrey von meinem Platz aus sehen und sie mich – wir saßen uns direkt gegenüber. Die Sonne schien so hell, dass wir beide Sonnenbrillen trugen, aber ein Kribbeln lief mir über den Rücken, wenn ich spürte, dass sie in meine Richtung schaute, mit diesem süßen Lächeln, diesen glänzenden rosaroten Lippen. Ich schwöre, dass sie kurz davor war, mein Innerstes zum Schmelzen zu bringen, als DJs Name aus dem Lautsprecher drang.

Ich sprang von meinem Sitz auf, klatschte und pfiff, als er sein Zeugnis erhielt und die Hand des Direktors schüttelte (obgleich vorab verkündet worden war, dass die Zuschauer solchen Lärm für einzelne Schüler tunlichst unterlassen sollten). Mir egal. Dann brummt mir doch Zeit zum Nachsitzen auf; kann ich nächstes Jahr locker absitzen!

Ich pfiff sogar noch lauter, als DJ seiner Familie in den mittleren Reihen zuwinkte. Der Ton war so unüberhörbar, dass DJ grinste und in meine Richtung zeigte, bevor er nach links von der Bühne ging. Nach der Abschlusszeremonie »traf« ich DJs Mutter Emebet, und »treffen« heißt in dem Fall, dass ich mich als Kim noch einmal vorstellte, schließlich hatten wir uns kennengelernt, als ich Oryon war und sie uns zum Finale des Youth Urban Poetry Slam brachte, wo DJ letztes Jahr abräumte. So stolz Emebet damals auch gewesen war, heute war sie noch hundertmal stolzer, strahlte und erzählte jedem im Umkreis von einer Meile, dass ihr kleiner Junge nach Yale ging!

Als sie DJ und mich bat, uns für ein Foto nebeneinanderzustellen, flüsterte DJ grinsend durch die Zähne: »Was hat Destiny gesagt?«

Worauf ich durch ein ebenso zusammengebissenes Lächeln hindurch antwortete: »Sekunde.«

»Sagt *Yale*!«, befahl seine Mutter.

»Yaaaaale!« KNIPS.

DJ und ich drängten uns dicht aneinander. Ich griff in meine Gesäßtasche und zog einen Umschlag heraus, den ich ihm gab, und drückte seine Hand, als er ihn entgegennahm.

»Ich bin nur der sprichwörtliche Bote. Nicht schießen!«

»Also keine guten Nachrichten«, murmelte er.

»Sie liebt dich«, sagte ich. »Lies ihn vielleicht erst später?«

Er nickte und umarmte mich fest, bevor er für noch mehr Fotos mit einem weiteren Schwung entzückter Verwandter fortgeschleift wurde. Und da entdeckte ich Audrey, die auf der anderen Seite des Feldes den gleichen Familienfotozirkus mitmachte, wenngleich in weniger herzerwärmender Atmosphäre.

»Lächeln, junge Dame!«, hörte ich Audreys Mutter sagen. Sie stand neben Jason, der gerade so tat, als würde er seinen Zeugnishefter begatten. Einen leeren Hefter, weil er nicht die nötigen Punkte für einen Abschluss beisammenhatte. »Jason Beauregard! Hör sofort mit dem Blödsinn auf«, rief seine Mutter, und augenblicklich nahm er eine Siegerpose ein und baute sich angriffslustig über Audrey auf.

Arme Audrey.

Ich holte mein Handy raus und schrieb: *In fünf Minuten bei meinem Roller?*

Ich wartete, bis sie auf ihr Handy schaute und sich umsah, bevor sie zurückschrieb: *Ich muss zum Brunch ins Eat-aly. Danach gehöre ich ganz dir.*

Ich: GANZ mir?

Audrey: Hör auf.

Ich: In zwei Stunden hole ich dich vorm Eat-aly ab. Bring mir ein Grissini mit.

Audrey: xoxo

Das sind die zwei unerträglichsten Stunden in diesem Jahr als Kim, das – seien wir mal ehrlich – von Anfang an ziemlich unerträglich war. Doch das spielt keine Rolle mehr. Ich habe Audrey zurückgewonnen und dieses Mal bleibt sie, selbst wenn ich verschwinde.

Ich kann nicht fassen, dass es schon drei Jahre her sein soll, dass Audrey mir das in Snoopy-Geschenkpapier gewickelte Kästchen mit dem silbernen Armband und dem Schlagzeuganhänger in die Hand drückte und sagte, wir würden für immer beste Freundinnen sein. Eigentlich wollten wir jedes Jahr einen weiteren Anhänger hinzufügen, wozu es (aus offensichtlichen Gründen) nie gekommen ist.

Aber Moment, das kann ich ja nachholen, wird mir da bewusst. Sofort fahre ich rüber zu dem Schmuckladen neben ReRunz, um zu gucken, ob sie da noch andere Anhänger haben, die ich am Armband anbringen und Audrey dann als greifbares Versprechen zurückschenken kann.

Ich parke und stoße die Ladentür auf, an der ganz altmodisch ein Glöckchen bimmelt. Ich suche die Glasvitrinen ab.

Eine Verkäuferin kommt herbei. »Kann ich helfen, Miss?«

»Ich suche nach etwas Passendem dafür«, sage ich und zeige ihr das Armband.

Sie schließt eine der unteren Vitrinen auf und holt einen gewaltigen Schaukasten mit mindestens hundert Samtfächern heraus, in dem je ein silberner Anhänger liegt. Jackpot.

Windmühlen, ein aufgeschlagenes Buch, ein Pinguin, ein Pferd, eine englische Telefonzelle, jeder Buchstabe des Alphabets. Ein Eis am Stiel. Ich schaue in so viele Fächer wie möglich, nehme die Anhänger in Augenschein und überlege, welcher der richtige sein könnte. Ein Baum. Interessant: Leben, Wachstum, starke Wurzeln. Vielleicht. Ich lege ihn auf den Tresen.

Ein Reifen. Nein.

Eine Blume. Für ihre Schönheit. Nein, kitschig.

Eine Schaufel. Symbol für meinen Willen, die Tiefen meines Herzens für sie zu ergründen. Oder für die Löcher, die ich mir selbst grabe. Weiter.

Ein Scottish Terrier. Süß, aber wofür soll er stehen?

Angel – nein. Football – auf keinen Fall. Notebook – nö. Brezel – WTF? Wer hätte gedacht, dass es so viele verschiedene Anhänger auf der Welt gibt? (Und wer hätte gedacht, dass Leute so auf Brezeln abfahren?)

Moment mal, was ist das? Ein Schaufelraddampfer. Bäm. So einen haben wir vom Ufer aus gesehen, als wir, ähm, uns wiedergefunden haben. Perfekt. Ich lege ihn auf den Tresen. »Den auf jeden Fall«, sage ich zu der Verkäuferin und sondiere weiter.

Der Eiffeltum. Nope. Der Mond. Nicht ganz. Ein Anker. Fast, vielleicht etwas zu klischeehaft; lege ihn trotzdem raus. Eine Musiknote, weil sie mein Herz zum Klingen bringt ... und ich mich zum Kotzen. Dann auf einmal, JA! Da liegt es. Ein Propellerflugzeug, wie das, das am Himmel kreiste, als Audrey und Oryon sich auf der Decke beim Flugplatz geküsst haben.

Ich bitte die Verkäuferin, das Boot und das Flugzeug neben dem Schlagzeug am Armband zu befestigen. Aber es wirkt noch immer zu spärlich. Ich schaue in mein Portemonnaie, um zu sehen, wie viel von meinem Taschengeld noch übrig ist.

»Was kosten die Buchstaben?«

»Fünf Dollar das Stück«, sagt sie, »aber wenn Sie drei kaufen, bekommen Sie einen umsonst.«

»Ich nehme ein A, ein D, ein O und ein K.«

»Die meisten nehmen nur einen Buchstaben, für den Vor- oder Nachnamen.«

»Ich bin aber nicht die meisten.«

»Ich wollte es nur gesagt haben«, schiebt sie nach und lässt dann wirklich die Armbandpolizistin raushängen. »Außer es sind die Initialen Ihrer Kinder. Sind es Ihre Kinder?«

»Ich bin sechzehn.«

Die Verkäuferin blinzelt bloß langsam. »Ist das dann alles für heute?«, fragt sie schließlich.

»Für heute ja«, nicke ich und denke ans nächste Jahr und daran, welchen Buchstaben ich dann wohl kaufen werde.

Nachdem das Armband zurechtgemacht und blank poliert ist, fahre ich noch schnell tanken, bevor ich Audrey beim Eat-aly aufsammle, und schon düsen wir los. Keine geöffnete Karten-App auf dem Handy, keinen Plan. Ein strenges »Um halb acht bist du zu Hause!« von Audreys Vater waberte um die Ecke des Restauranteinganges, hinter der ich mich versteckt hielt. (Ich bleibe auf Abstand zu ihrer Familie, besonders seit der RaChas-Demo.)

Es ist unfassbar, wie schnell man aus der Stadt rauskommt, wenn man will. Wie schnell die Gebäude flacher werden, weniger dicht stehen, sich immer ähnlicher werden. Wie bei den Autos irgendwann die amerikanischen Marken dominieren anstatt die ausländischen und Limousinen und Coupés von Pick-ups und Trucks abgelöst werden. Wie hier und da Rebellenflaggen auftauchen, von der Sonne ausgebleicht und im Wind spielend. Wie die Leute weniger beweglich, mehr in ihren Gewohnheiten festgefahren wirken. Weil sie es sind. Wenn man entsprechende Rückschlüsse aus den Blicken ziehen will, die uns im Quickie Mart zugeworfen werden.

Während Audrey auf die Toilette verschwindet, spaziere ich durch den Laden und suche ein paar Flaschen Wasser, pikante Chips, Knabbermais und eine Packung Schokominzbonbons zusammen. Der Typ hinter der Theke, mit seinem Hut, auf dem *Leg dich nicht mit Dixie an* steht, grinst mich spöttisch an, schaut zu meiner Vespa, an deren Rückspiegeln unsere glitzernden Helme hängen, dann wieder zu mir, auf meine Brüste. Meine Brüste! Endlich sieht er mir wieder ins Gesicht, obwohl er sich anscheinend nicht länger darauf konzentrieren kann.

»Acht fünfundachtzig«, sagt er mit so viel Verachtung, wie man in Zahlen stecken kann.

»Hey«, sagt Audrey und stupst mich mit der Hüfte an, als sie an den Tresen kommt.

Der Typ nimmt meinen Zehndollarschein, achtet genau darauf, dass er meine Finger nicht berührt, grinst Audrey höhnisch an, dreht uns den Rücken zu und murmelt vor sich hin.

»Echt jetzt?«, flüstert Audrey laut genug, dass er sie hören kann.

Ich stoße ihr in die Seite, damit sie aufhört.

»Wir haben keine Pennys mehr«, rotzt er dahin, dreht sich um und gibt mir mein Wechselgeld, penibelst darauf bedacht, mich nicht versehentlich zu berühren, denn bewahre, dass er sich dann noch – was? – Feminismus einfängt?

»Danke schön!«, sagt Audrey (gespielt) freundlich und schon

drücken wir die Glastür auf, deren Scharnier nicht mal annähernd laut genug quietscht, um das »Fotzen« zu übertönen, das er uns noch hinterhermurmelt.

»Wart mal, hat der uns gerade –?«, fragt Audrey draußen und sieht aus, als würde sie auf der Stelle umdrehen, wieder reingehen und den Typen plattmachen wollen.

»Das ist es nicht wert«, sage ich. »Komm.«

Audreys Gesicht leuchtet wie eine überreife Tomate. Ich fühle mich verantwortlich. Mein Äußeres lässt hier gerade eine Wolkenfront über unserem sonst so perfekten Nachmittag aufziehen. Dabei weiß ich, dass gar nicht ich, sondern unsere Kultur das Problem ist.

»Was für ein widerlicher Idiot«, sagt sie. »Ich meine, wieso ist der überhaupt ...«

»Ich bin überzeugt, er hat ein paar sehr gute Eigenschaften«, versuche ich. »Er ist bestimmt unschlagbar beim Kartenspielen.«

Audrey verdreht die Augen. Wird weicher.

»Ich wette, er macht eine unfassbar gute Tofupfanne«, füge ich hinzu.

»Ich wette, er kennt spitzenmäßige Gedichte«, fällt nun sie ein.

»Und Clubs.«

»Und er kann tanzen.«

»Ich wette, er hat Moves drauf wie ein Oberchecker!«

Und dann sind wir auch schon wieder unterwegs. Audrey hat die Arme um mich geschlungen, so fliegen wir über die Straße, den warmen Wind um uns, schlängeln uns durch die Landschaft, mit Vollgas und fast achtzig Sachen auf einer winzigen Landstraße ins Nirgendwo. Weil es mir egal ist. Audrey anscheinend auch.

Nach vielleicht fünfundzwanzig Kilometern kündigt ein kleines Holzschild ein Naturschutzgebiet an, wohin ich abbiege, und schon wird Audreys Umklammerung fester. Ich schaue an mir hinunter und sehe die kleine Beule, die das Armband in meiner Hosentasche verursacht. Also lasse ich die Vespa in den Schatten einer großen Weide rollen, deren Zweige über einen Bach ragen, der in dieser ruhigen kleinen Bucht fließt. Am Wasser steht eine Holzbank. Niemand da, wenn man von der winzigen Gestalt am anderen Ufer absieht, die sich von uns entfernt, und einem schwarz-weißen Hund, der im Schilf herumspringt.

Wir nehmen unsere Helme ab, stülpen sie über die Spiegel und Audrey rückt ihre Hose zurecht, die während der Fahrt hochgerutscht ist.

»Alles klar?«, frage ich und ahne schon die Antwort.

»Überwiegend«, antwortet sie.

»Wollen wir uns setzen?« Ich deute auf die verwitterte Bank, in deren Vorder- und Rückseite Namen und Initialen geritzt sind.

Audrey nickt und setzt sich, starrt auf das Wasser.

»Tut mir echt leid, dass das passiert ist«, sage ich und meine die Situation an der Tankstelle.

»Wieso entschuldigst *du* dich?«

»Ich weiß nicht.«

»Ist doch nicht deine Schuld«, sagt sie.

»Nicht im übergeordneten Sinne. Aber ich bezweifle, dass er dich beleidigt oder sich so aufgeführt hätte, wenn ich ein weißer Typ gewesen wäre.«

Schweigen. Nach einer Weile verschwinden Mensch und Hund am anderen Ufer hinter der Biegung.

»Die Welt ist grausam«, sagt sie dann. »Es sollte keine Rolle spielen, was du bist oder nicht bist. Wenn du so ein Hochglanzmodel wärst, gäbe es diesen Hass doch immer noch – dann würde er sich nur nicht gegen uns richten, sondern gegen jemand anders. Das nächste Pärchen, das an der Tankstelle hält. Irgendwie scheint es einen festen Grundwert an Hass zu geben, so wie der Meeresspiegel, und es wird immer eine gewisse Menge zur Verfügung stehen, die man über bestimmten Leuten ausschütten kann. Die Geschichtsbücher sind schließlich voll von Hass.«

»Sie sind auch voll von Anstand und Freundlichkeit«, entgegne ich, obwohl ich mir das selbst nur so halb abkaufe. »Und genau deshalb existieren wir Changers doch. Um den Grundwert zu senken, die Ausschüttungen zu reduzieren.«

»Hat im Quickie Mart super geklappt.«

»Na ja, okay. Der Typ war wohl außerhalb meines Einflussbereichs.«

»Tut mir leid, Kim, ich hab einfach überhaupt keinen Bock, morgen wieder ins Camp zu fahren. Die meisten Leute da ticken so wie der Kerl an der Tankstelle.«

»Kannst du nicht irgendwie darum herumkommen?«, frage ich voller Hoffnung.

»Hab ich versucht. Die letzten beiden Male – na ja, Drew weiß wie. Ich meine ... du weißt wie.«

Sie lacht, hört aber sofort wieder auf. »Meine Eltern haben einen Deal mit mir ausgehandelt: Wenn ich jedes Jahr ins Camp fahre, helfen sie mir, das College zu bezahlen. Und das will ich nicht aufs Spiel setzen. Weil ich hier auf jeden Fall wegwill.«

Ich spüre, wie das Armband gegen mein Bein drückt.

»Was ist das?«, fragt Audrey, der meine Ablenkung nicht entgangen ist.

»Was denn?« Ich stelle mich dumm.

»In deiner Tasche. Das frag ich mich schon die ganze Zeit.«

»Ach, das?«, sage ich, verlagere das Gewicht, damit ich die Hand in der Hosentasche versenken und ein rotes Samttäschchen hervorziehen kann. Ich lege es ihr auf den Oberschenkel. »Mach es auf.«

Als Audrey das Armband aus dem Täschchen zieht, fängt sie an zu weinen. Sagt, das sei das Romantischste, was jemals jemand für sie getan habe. Dass sie es jeden Tag tragen werde, so lange, bis es abfällt. Sie bittet mich, es ihr um den Arm zu legen, küsst mich ganz ohne Scheu, als sei der Zwischenfall an der Tankstelle nie passiert.

»Das ist unsere Geschichte«, sagt sie, weil sie die Bedeutung sofort begriffen hat.

»Wenn die Schule wieder losgeht«, sage ich mit belegter Stimme, »schenke ich dir den letzte Buchstaben, damit es vollständig ist.«

Audreys Lächeln ist so breit, so echt, so voller Hoffnung und Vertrauen und Sicherheit – ich will, dass es nie aufhört. Sie neigt den Kopf und schaut mich an. »Bist du nervös?«

»Wegen?«

»Wegen der Verwandlung.«

»Sollte ich?«

Sie zögert keine Sekunde. »Nein. Ich liebe dich, egal was kommt.«

SOMMER

KIM

CHANGE 3

TAG 276

Eine Ewigkeitszeremonie ist im Grunde wie das Finale von *American Idol* – wenn *American Idol* nur ein Hundertstel des Budgets zur Verfügung stünde und von einer wohlmeinenden Sekte produziert würde. Alltagscoach Turner scheint ein Memo gekriegt zu haben, dass man, um die heutige Jugend zu erreichen, Scheinwerfer braucht, dröhnende Bässe und Trachten-Outfits, inspiriert von Disneyland. (Zweifellos Tracys Einfluss.)

Die Zeremonie, die in der Aula des Changers-Hauptquartiers abgehalten wird, startet mit der Parade der Unerklärten, also sämtlichen Monoanwärtern, die, abgesehen von einer weißen Schärpe, alle Schwarz tragen. Turner selbst trägt selbstverständlich einen wallenden, tiefroten Umhang und eine mit Edelsteinen besetzte

Kopfbedeckung, als wäre er eine Geisha aus *Big Trouble in Little China* (Moms Lieblingsfilm, den ich mir jedes Jahr an ihrem Geburtstag angucken muss. Dieser Kurt Russell übt eine Faszination auf sie aus, die ich nicht näher ausführen möchte).

Am liebsten würde ich ein Foto von der ganzen Varietédarbietung machen, um es Kris zu schicken, aber natürlich sind Kameras bei der Zeremonie verboten, und Kris weiß weder, dass es Changers gibt, noch, dass er im Grunde einer ist, ohne tatsächlich einer zu sein, weshalb ich mit dem Teilen dieser Absonderlichkeit warten muss, bis die Changers nicht länger im Verborgenen leben und ein vermutlich hundertjähriger Ryan Seacrest auf die Bühne gekarrt wird, um die live übertragene Ewigkeitszeremonie zu moderieren, bei der die ganze Welt zuschauen wird und JETZT PER SMS BESTIMMEN KANN, welche V der Changer wählen soll.

Nach ein paar Filmen darüber, wie toll die hoffentlich-nicht-allzu-ferne Zukunft aussehen wird, schleicht Turner auf die Bühne und beginnt mit seiner Rede. Es handelt sich um das übliche Aus-vielen-wird-eins-Gelaber, eine Variante seines Vortrags, dem jeder Changer am ersten Tag seiner neuen V lauschen muss, allerdings gespickt mit ein paar zusätzlichen Herrlichkeiten anlässlich der besonderen Schwelle, an der all diese J4-Changer nun stehen, weil sie am Ende ihres Zyklus angelangt sind und ihre endgültige V wählen müssen. So kitschig das auch ist, ich komm nicht umhin, mich als Teil von etwas Größerem zu fühlen.

»Ein Abbild eurer eigenen Vorstellung zu werden, ist das Mächtigste, was ihr tun könnt«, dröhnt Turner, woraufhin ich reflexartig abschalte. Ich recke den Hals und mache schmale Augen, um Destiny in der ersten Reihe zu entdecken. Während Turner redet (vereinzelte Wörter und Ausdrücke dringen in mein Bewusstsein – »erwählt«, »Mission«, »Geschenk, das euch zuteilwird«, »Vorbild«, »exponentielles Wachstum« –), fangen ein paar Eltern an zu schniefen und kramen Taschentücher hervor. Der erste von etwa einem halben Dutzend J4 aus dem Südosten geht auf die Bühne, um zu verkünden, wer er für den Rest seines Lebens sein will.

Schlagartig wird mir bewusst, dass mich das in genau einem Jahr selbst erwartet. Turners ganzes Gefasel ist doch ziemlich zutreffend: Wir bezeugen hier die Geburt einer neuen Generation. Und die Qual der Wahl, sich zulasten von drei anderen für einen Lebensentwurf entscheiden zu müssen, hat zwar etwas Mächtiges, ist gleichzeitig aber auch herzzerreißend. Wie verabschiedet man sich für immer von seinen früheren Ichs?

Der erste J4 steht nervös neben dem Podium, als wäre er nicht sicher, wohin er gehen muss, obwohl ich mir sicher bin, dass dieser Augenblick sicher mindestens dreimal geprobt wurde. Turner stiehlt sich neben ihn, packt ihn an der Schulter und gibt ihm mit einem Nicken zu verstehen, dass er vortreten und sprechen soll. Fotos all seiner vier Vs leuchten hinter ihm auf der Leinwand auf, eins nach dem anderen, während er verzweifelt das Publikum nach seinen Eltern absucht, deren Applaus ein wenig dürftig wirkt, bis das gesamte Publikum einsteigt und dem Jungen Mut zuklatscht, damit er seinen Moment genießen kann.

»Der Erste hat es immer am schwersten«, sagt Turner showmasterhaft in das hautfarbene Headsetmikro an seiner Wange.

Der Junge umreißt kurz leise seine vierjährige Reise und drückt dann, so schnell er kann, einen von vier Knöpfen auf dem Podium, und schon pulsieren dumpfe, archaisch klingende Paukenschläge durch den Raum. Das Raumlicht wird gedimmt, nur noch ein Strahler zielt auf ihn, während er sich langsam umdreht und zu den vier Fotos hochschaut; auf dem letzten sieht man ihn in seiner aktuellen V, logisch. Ein dünner, weißer Jugendlicher, der wie der fünfte Beatle aussieht. Er senkt den Kopf und plötzlich geht das Licht ganz aus, nur noch die vier Bilder prangen an der riesigen Leinwand.

Eines nach dem anderen erlischt. Bis nur noch eines übrig ist, das seine V aus dem ersten Highschool-Jahr zeigt: Vincent, einen schwarzen Jungen in einem knallroten T-Shirt mit einem Afro. Die Lichter gehen wieder an, der Typ wirbelt herum, ist aber jetzt der Typ vom Bild. Der ganze Saal jubelt, ein paar Leute rufen seinen erwählten Namen. Vincent umarmt Turner und ein paar andere umhangtragende Mitglieder des Rates, bevor er sich auf wackligen Beinen zurück zu seinem Platz in der ersten Reihe begibt.

So persönlich und emotional und völlig abgefahren es auch ist, dass die Changersabgänger sich auf der Bühne nacheinander wie in einer Zaubershow verwandeln, ich habe mich und meine Gefühle trotzdem unter Kontrolle.

Nach ein paar weiteren Verwandlungen ist endlich Destiny an der Reihe. Ihre Vs erscheinen nacheinander auf der Leinwand, und ich muss zugeben, es ist total schräg, sie als Tapia und Colton zu sehen. Das sind ihre ersten beiden Vs, die ich nie kennengelernt und über die ich auch nicht viel gehört habe. Mir dämmert, dass nicht jeder zwei Mädchen und zwei Jungs als Vs bekommt; Elyse hatte drei Mädchen und einen Jungen (und war ein Junge, bevor sie Tapia wurde).

Als Nächstes folgt ein Foto von Elyse – meiner Zellengenossin und Genesungskameradin. Elyse, die Hardcorefrau, die wir alle sein wollen, egal, welches Geschlecht wir äußerlich haben. Bevor ich mich in Selbstmitleid baden kann, weil ich Elyse so sehr vermisse, taucht das Foto von Destiny auf, und ich schwöre, man hört kollektives Keuchen im Publikum, so als wäre gerade Beyoncé in einem glitzernden Aerobicdress im Saal aufgetaucht. Das Foto überstrahlt förmlich die anderen durch Destinys so natürlichen Glamour, und allen hier ist völlig klar, welches Schicksal Destiny erwartet.

Nun nähert sich die leibhaftige Destiny dem Podium – und stößt erst mal mit dem Kinn ans Mikro, als sie sich vorbeugt, was zu einer entsetzlichen Rückkopplung führt. Das ist wohl das einzige Mal im Verlauf dieses Jahres, dass ich Destiny sichtlich nervös erlebt habe. Sie entschuldigt sich für die Störung, räuspert sich und biegt das Mikrofon zu ihrem perfekt geformten Mund. Der Raum ist andächtig still.

»Laut Voltaire ist der Geist einzigartiger als das Antlitz«, beginnt sie. »Eines, was ich im Laufe meiner kurzen Leben erkannt habe: Egal, wer wir gerade sind oder noch werden, unsere Zeit ist begrenzt. Es hat also überhaupt keinen Sinn, nur eine Sekunde davon zu verschwenden, um ein anderes Leben als das eigene zu leben. Während meiner Zeit in diesen vier Körpern und ganz besonders beim Lesen meiner Chroniken ist mir klar geworden, dass nur eins der vier Leben, die hinter mir angeschlagen sind, mir das Gefühl gab, wirklich ich selbst zu sein.«

Destiny wirkt ruhig, doch ich sehe, dass sie einen beachtlichen Kloß im Hals haben muss.

Ich rutsche auf meinem Sitz ganz nach vorne, als ob diese paar

Zentimeter einen Unterschied machen und ich dadurch die Neuigkeit schneller erfahren würde.

»Eine der wichtigsten und schwierigsten Lektionen der letzten vier Jahre war, die Meinung anderer nicht meine innere Stimme und mein Bauchgefühl übertönen zu lassen. Deshalb habe ich – hier und heute – am entscheidendsten Tag für uns Changers – beschlossen, meinem Herzen zu folgen.«

Und damit drückt Destiny den Knopf am Podium, die Pauken erklingen, der Schweinwerferkegel auf ihr, während sie sich umdreht, den Kopf neigt. Wieder gehen die Lichter aus und ein Foto nach dem anderen erlischt. Erst Tapia, dann Colton ... und als letztes ...

Destiny.

Womit nur noch eine übrig bleibt: meine Freundin, meine liebe, besondere Freundin Elyse.

Das Licht geht wieder an, Elyse dreht sich zu uns um und das Publikum bricht in Jubel aus wie bisher bei jedem neuen Moro. Ich bin nur noch am Johlen, so irrsinnig freue ich mich darüber, Elyse wiederzusehen. Ich war nicht sicher, ob es je dazu kommen würde.

Es ist nicht so, als hätte ich Destiny nicht vergöttert. Destiny war zweifellos eine Wucht, aber sie war nicht Elyse. Oder eher, wie Destiny in ihrer Rede betonte, Elyse war nicht Destiny.

Ich schätze, Destiny war so was wie ein Hammer-Cocktailkleid, das man zu besonderen Anlässen anzieht, in dem man für die Paparazzi posiert und dann nach Hause geht und sich auszieht, weil einen die Träger umbringen. Dagegen ist Elyse ein alberner Schlafanzug, eine dicke Brille und abstehendes Haar. Außerdem hat sie dieses mordsmäßige Selbstbewusstsein, das nicht von außen kommt. Elyse ist einfach ... Elyse. Und dass sie überhaupt Elyse gewählt hat, sagt mehr über ihre Elysenhaftigkeit aus als alles andere. Sie hat den schrägen Vogel gewählt, die härtere Route. Sie hat sich dafür entschieden, lieber von wenigen gesehen als von vielen angebetet zu werden. Sie hat eine Wahl getroffen, die bestimmt nicht viele so treffen würden, egal ob Changer oder nicht, wenn sich die Chance böte.

Wer zur Hölle will denn nicht Beyoncé sein?

Elyse. Sie will es nicht. Oh Gott, was ich dieses Mädel liebe.

Meine Mutter neben mir sieht die Tränen, die mir übers Gesicht laufen, nimmt mich fest in den Arm und küsst mich zärtlich auf den Kopf. Ich fühle mich, als würden mich alle anstarren, aber ich kann nicht aufhören. Elyses Verkündigung hebelt einfach alles aus. Meinen Zynismus, die allgemeine Albernheit dieser ganzen Veranstaltung und Turners übertriebene, wallende Robe.

Im ganzen Saal gehen die Lichter an. Elyse lässt sich von Turner umarmen, schüttelt noch ein paar Hände der Offiziellen und geht vorsichtig von der Bühne. Ich sehe, dass sie ebenfalls weint, aber gleichzeitig lächelt, Quatsch, sie strahlt übers ganze Gesicht! Ist erleichtert und erfüllt von der spürbaren Freude darüber, endlich die zu sein, die sie immer sein wollte.

Turner richtete zum Ende der feierlichen Verkündigungen ein paar Worte an die anwesenden J3, riet uns, die letzte V voll auszukosten und uns den Nutzen der Chroniken klarzumachen, weil der Moment, wenn man uns auf diese Bühne bitten werde, schneller käme, als wir jetzt annehmen konnten. Ist notiert.

Als er fertig war, kämpfte ich mich sofort zu Elyse durch. Wir umarmten uns kurz und fest – aber es war schließlich ihre Ewigkeitszeremonie! Alle Monos waren vollauf mit ihren Familien und Advokaten beschäftigt oder führten ein Gesprächen unter vier Augen mit Turner über ihre neue Verantwortung, mit der sie in die Welt hinausgingen. Dazu gehörte mit Sicherheit auch das übergeordnete Ziel (aber es bestand ja keine Eile!), einen Konstanten zu finden und ein Medium zu werden, das das Loblied von Mitgefühl und Wandel weiterverbreitet. (Eine Botschaft, die für mich nach wie vor etwas sehr nach *1984* klingt, aber hey, dies ist weder die Zeit noch der Ort für Widerstand.)

Elyse versprach, sich so bald wie möglich zu melden, aber ich rechne mal damit, dass sie in den kommenden Monaten jede Menge zu tun haben wird. Orientierungskurse und Treffen im Hauptquartier, die Vorbereitung ihrer Collegebewerbung, vielleicht ein Umzug, dann die große Nummer, alle vergangenen Vs mit dieser neuen/alten ewigen zu verbinden.

Während mein Vater sich noch von ein paar Ratsmitgliedern verabschiedete, legte meine Mom mir den Arm um und so schlenderten wir zusammen ins warme Sonnenlicht, das durch die Fenster im Eingangsbereich hereinfiel. Ich drehte mich noch einmal um, winkte Elyse ein letztes Mal zu und reckte zwei Daumen hoch, als wäre alles top in Ordnung. Aber natürlich war es das nicht. Zumindest nicht ganz. Die Ewigkeitszeremonie ist erhebend und gibt einem das Gefühl der Vollendung und alles, aber sie verdeutlicht gleichzeitig, dass sich das große unbekannte Ende unaufhaltsam nähert.

In gerade mal zweieinhalb Monaten wird Kim (wie vor ihr

Ethan, Drew und Oryon) wie der Müll der letzten Woche zum Recyceln an die Straße gestellt und ich werde als neuer Mensch aufwachen.

Dabei habe ich, anders als Elyse, nicht einmal den Hauch einer Ahnung, für welchen Mono ich mich entscheiden könnte. Eigentlich sollte eine Überzeugung in mir reifen, wie bei ihr, oder ich ein Kribbeln spüren, wie Tracy es immer beschreibt, das mir sagt, wer ich im tiefsten Innern bin oder eben nicht.

Aber nada.

Drew, Oryon, Kim, alles Ichs – und gleichzeitig auch wieder nicht. Ich schätze, das liegt an mir. Ich versage hier im höchsten Maße. Das war doch die Botschaft, die aus allen Richtungen bei der Zeremonie auf uns eingeprasselt kam, vom Rat, von jedem J4, der auf die Bühne trat und seine Wahrheit ausgesprochen hat: Mach dich frei von dem, was andere denken, und denk selbst.

Destiny hat entschieden, Elyse sein zu wollen, obwohl DJ lieber Destiny gehabt hätte (logisch). Wenn sie ihn vor die Wahl gestellt hätte, er hätte vermutlich eine andere getroffen, aber sie hat ihn und alles, was er tun oder lassen würde, völlig ausgeklammert und entschieden, was für sie richtig war. Und ich? Ich kann nicht aufhören, mir den Schädel zu zermartern, was Audrey wohl für meine nächste V empfinden wird. Ob sie mit diesem Menschen leben können wird, ob sie ihn lieben können wird, wie sie es mir versprochen hat – und wie sie zuvor Drew und Oryon geliebt hat.

Ich möchte ihr glauben. Dabei ist es völlig unmöglich vorherzusagen, wie es einem mit etwas gehen wird, das noch nicht einmal passiert ist. Das könnt ihr mir glauben. Auf dem Gebiet bin ich sozusagen Experte.

KIM

CHANGE 3

TAG 348

Anbei: die Zusammenfassung meines Sommers, in praktischen Stichpunkten für (meine) spätere Einsichtnahme …

- Arbeite sechs Tage die Woche bei ReRunz, manchmal sieben, wenn der ungewaschene, aber dennoch attraktive Changer namens Tiq nicht zur Arbeit erscheint, weil er zu lange mit seinen ebenfalls ungewaschenen (weniger attraktiven) Kumpels unterwegs, saufen und rauchen war und mich dann in letzter Minute anruft, damit ich für ihn einspringe, weil er »viel zu verkatert ist, um Klamotten zusammenzulegen«.
- Bezahle Benzin, Versicherung und wichtige mechanische und kosmetische Reparaturen an meiner Vespa, damit ich gewapp-

net bin, mit Audrey an all die schönen Orte fahren zu können, wenn die Schule erst wieder angefangen hat.

- Gehe mit Andy Schritt für Schritt Destinys Entscheidung durch, nicht Destiny sein zu wollen, mindestens einmal, manchmal zweimal pro Tag.
- vollführe den Balanceakt einer Freundschaft mit Kris, dem ich Dinge nur zu gern anvertrauen würde, aber dank seinerzeit-noch-Destinys Vortrag darüber, seine Liebsten nicht mit der Wahrheit zu überlasten, sehe ich davon ab. Versuche deshalb, das bisschen Zeit zu genießen, das ich als Kim noch mit ihm habe, und hoffe, dass er danach von seinen eigenen Minidramen abgelenkt wird, von denen es ausreichend gibt.
- Werde Vegetarierin (zu Ehren von Audrey), esse dann doch Hühnchen und Pute, werde wieder Vegetarierin – und esse schließlich wieder alles, weil wir am Ende von Andys Imbissschichten so viel kostenlos essen dürfen, wie wir können.
- Treffe Tracy zu einem klemmigen Kaffeekränzchen, bei dem sie sich dafür entschuldigt, mich hängen gelassen zu haben, weil sie mich nach der RaChas-Demo offenbar abgeschrieben hatte, und dann nachdrücklich betont, dass sie, was ich auch tue oder wie frustriert sie sein sollte, mich niemals im Stich lassen werde. Hier darf nicht fehlen, dass ich ihr versprechen musste, Audrey nächstes Jahr nicht zu sagen, wer ich bin, um die Folgen der RaChas-Demo einzudämmen, nach der ich Audrey überhaupt erst auf die Idee gebraucht habe, dass es Changers geben könnte (wenn Tracy nur wüsste, was ich Audrey tatsächlich erzählt habe).
- Mit Mom, Dad und Andy für ein kurzes Strandwochenende

nach Florida gefahren, wo es die ganze Zeit geregnet hat; in dem Ort wurde ein Kind ganz leicht von einem Hai am Schienbein verletzt, weswegen ich meinen süßen Pummelpo sowieso nicht als Beute für den Weißen Hai in dieses Gewässer gehängt hätte, egal ob Regen oder Sonnenschein. Wir besuchten eine von Omas alten Freundinnen, mit der sie zusammengewohnt hatte. Sie gab mir einen Karton voller Sachen, die in Florida geblieben waren, als Mom und Dad Oma zu uns geholt hatten. Sie rochen immer noch nach ihr.

- Ein sehnsüchtig erwarteter Videochat mit Audrey, die mir am 4. Juli mitten in der Nacht schrieb, dass sie für eine Stunde dem Camp entfliehen könne und telefonieren wolle, der aber letztlich doch nicht zustande kam.
- DJ schaute bei ReRunz vorbei, um sich von mir zu verabschieden, bevor seine Mutter ihn nach Connecticut brachte, wo er zu einem Vorbereitungskurs fürs College angemeldet war und auf dem Campus schon einen Teilzeitjob hatte. Er hatte immer noch damit zu kämpfen, dass er Destiny nicht mehr wiedergesehen hatte, trotzdem mache ich mir keine Sorgen um ihn – er wird an der Eliteuni durchstarten. Und Yale gewinnt durch seine Anwesenheit. Allein durch seine Anwesenheit.
- Lege für die Garderobe meiner künftigen V besonders coole Stücke auf Seite, die bei ReRunz reinkommen, obwohl ich keine Ahnung habe, welche Größe, Farbe oder welchen Stil ich brauchen werde. Für welches Geschlecht mal ganz zu schweigen. Aber ich habe mich ja irgendwie von der ganzen Sache mit dem gendergenormten Anziehen verabschiedet. Das ist viel zu nervig.
- Schaue regelmäßig beim Juwelier vorbei, um die Anhängeraus-

wahl im Auge zu behalten. Anscheinend sind die Buchstaben T, L und X ausverkauft. Beten wir also, dass ich nicht Tiger, Lola oder Xander heißen werde.

- Und zuletzt, vergangene Woche, noch ein Teestündchen mit Tracy und dieses Mal auch mit Mr Crowell, in dessen Verlauf sie mir erzählten, dass sie ein Kind kriegen werden. Bevor ich überhaupt auf diese Nachricht reagieren konnte, versicherte mir Tracy schon (nicht, dass ich das gebraucht hätte), dass sie sich, Neugeborenes hin oder her, niemals von ihren Pflichten als meine Advokatin ablenken lassen würde und dass, ja, streng genommen, Advokaten von der Fortpflanzung absehen sollten, bis ihre Schützlinge ihren Zyklus vollendet haben, aber dass alles superschnell gegangen sei und sie sich so freuen würden, ihr gemeinsames Leben zu beginnen, dass sie beschlossen hätten, sie würden das hinkriegen, ohne Probleme. »Also war es ein Unfall?«, fragte ich, und Tracy war ganz bestürzt, dass ich überhaupt wusste, wie Babys gemacht werden, und Mr Crowell sagte: »Im Grunde genommen ja.«

KIM

CHANGE 3

TAG 362

Noch drei Tage.

Etwa siebzig Stunden, bis ES wieder passiert.

Puuh.

Mein einziger Trost ist, dass dies dann die letzte Nacht dieser Art sein wird, in der ich mir den Kopf zermartere, als wer ich am nächsten Morgen aufwachen werde. Mom und Dad laufen die ganze Zeit mit erwartungsfrohen Stolz-auf-dich-Gesichtern rum und ich höre permanent, dass Dad nun bald offiziell Ratsmitglied werden könnte. Goldene Zeiten. Als wäre der Druck so schon nicht hoch genug, das perfekte Changers-Kind zu sein.

Endlich sind Andys Unterlagen aus New York gekommen, plus die widerwillige Zustimmung seines Vaters. Er wird sich also zeitgleich mit mir an der Central anmelden, allerdings das Schuljahr wiederholen, das er nicht abschließen konnte, weil er abgehauen ist.

Aber das Allerwichtigste: Audrey ist zurück und hat gesagt, wir können uns – noch bevor die Schule losgeht – treffen. Ich könnte ausrasten vor Vorfreude darauf, sie wiederzusehen.

KIM

CHANGE 3

TAG 365

»Du wachst also auf und erfährst dann von deinen Eltern, wer du bist, oder wie?«, fragt Audrey über einer ordentlichen Portion Softeis. »Wie läuft das genau ab?«

»Kann ich nicht mal sagen«, flüstere ich mit eiskalten Lippen und sehe mich blitzschnell um, ob wir nicht von ihrem Bruder oder anderen Getreuentrotteln beobachtet werden.

»Spürst du, wenn es passiert?«

»Irgendwie schon, ja.«

»Ich habe den Eindruck, du willst nicht darüber reden«, sagt Audrey und leckt heruntergelaufene Schokolade von ihrer Eiswaffel.

»Es ist, na ja, ich soll eben nicht –«

»Schon gut, schon gut, ich will nicht neugierig sein.«

Ich lehne mich zurück, betrachte Audrey und denke daran, dass ich ihr versprochen habe, ihr die Wahrheit zu sagen. Und dass da Halbwahrheiten nicht zählen.

»Na gut, also«, setze ich an und in dem Moment wird mir klar, dass dies das erste Mal ist, dass ich mit einer Konstanten, die nicht meine Mutter ist, über diesen Vorgang spreche. »In der Nacht vor der Wandlung, also heute Nacht, bin ich schon beim Schlafengehen total angespannt –«

»Verständlicherweise!«, unterbricht mich Audrey.

»Angespannter als sonst«, sage ich. »Ich erspare dir mal die Gedanken, die mir dann durch den Kopf rasen. Im Grunde fühlt es sich an, als würde ich eine Erkältung kriegen. Wenn ich dann endlich einschlafe, obwohl ich noch so verzweifelt versuche, das zu verhindern, um die Wandlung hinauszuzögern – und glaub mir, das habe ich mehrfach erfolglos versucht –, verfalle ich in einen richtig, richtig tiefen Schlaf. Wenn ich am nächsten Tag aufwache, bin ich ein neuer Mensch.«

»Wow.«

»Oh ja, wow.«

»Ich meine, das ist WOW.«

Wie »normal« das mittlerweile für mich geworden ist, merke ich an Audreys Gesichtsausdruck, die sich die größte Mühe gibt, unbeeindruckt auszusehen.

»Also du, also ...«

»Isst du das noch?«, frage ich und zeige auf die Spitze, den besten Teil ihrer Waffel. Sie gibt sie mir. »Erinnerst du dich noch an das Lied von den Bickersons, ›Die Spitze ist am leckersten‹?«

Und während ich so trällere, fällt mir auf, dass wir genau in der

Nische sitzen, in der Chase und ich das letzte Mal zusammen waren, bevor er – na, bevor er starb. Wie krass das Leben doch ist. Diese Leben sind. Jedes einzelne. Manchmal würde ich gern daran glauben, dass die Toten uns beobachten. Was Chase wohl denken würde? Wäre er stolz auf mich? Vielleicht. Vermutlich eher nicht.

»Schläfst du dann nackt?«, platzt Audrey heraus.

»Das geht jetzt zu weit.« Ich tue pikiert. »Aber um dir zu antworten: nein.«

»Ich auch nicht.«

Audrey kichert und ich lache mit. Kaum ist die Waffel aufgegessen, schaut Audrey zum etwa vierten Mal auf ihr Handy.

»Musst du noch irgendwohin?«, frage ich. »Ich könnte dich da absetzen.«

»Nein, nein. Ich werde abgeholt.« Sofort ändert sich ihre Körpersprache, unübersehbar.

»Wer kommt dich holen?«

Sie sieht mich nicht an.

»Ich dachte, er ist auf dem College«, jammere ich.

Sie schüttelt den Kopf und schaut zu Boden. »Hat sich verschoben, wegen dem Knie. Er bleibt hier und wird Co-Trainer der Footballmannschaft, bis er wieder gesund ist.«

Ich kann nicht glauben, was ich da höre. Ich dachte, wir wären endlich verschont vom Zorne Jasons, der auch nichts weiter ist als ein Haar im Abfluss, das niemand rauspulen will.

»Klasse«, sage ich mit maximalem Sarkasmus.

»Yepp, klasse«, wiederholt Audrey und schaut wieder auf ihr Handy. »Diesen Sommer habe ich den Führerschein gemacht, aber ich brauche einen Job, damit ich ein Auto bezahlen kann.«

Egal, ich will die letzten Sekunden mit Audrey nicht damit verplempern, über ihren Bruder zu reden.

»Das schaffen wir schon!«, verkünde ich. »Aber heißt das, du musst gleich weg? Ich hatte gehofft, wir könnten noch ein bisschen an den Fluss.«

Ich zwinkere übertrieben, aber Audrey springt nicht darauf an. Ich gehe um den Tisch herum, setze mich neben sie und lege ihr den Arm um. Mir egal, wer uns sieht. Audrey wirkt irgendwie kleiner als sonst. Ich rücke dicht an sie heran, streiche ihr das Haar hinters Ohr und gebe ihr einen Kuss auf die Wange.

»*I will always love you*«, singe ich in Dolly-Parton-Manier.

Audreys Wangen leuchten hochrot auf und sie schenkt mir ein Lächeln. Ich will sie so dringend küssen, richtig küssen, aber schon jetzt rutschen die Eltern der Vorzeigefamilie gegenüber auf ihren Sitzen herum und lenken die Kinder hektisch mit den Tablets ab, die vor ihnen auf dem Tisch stehen. So viel zu Familienwerten.

Von draußen dröhnt die uns nur zu bekannte Hupe des Mustangs herein, die uns beide erschreckt. Im selben Moment sehe ich schon Jason durchs Fenster, in seinem alten Central-Sweatshirt mit den abgeschnittenen Ärmeln. Er sieht mich. Ich lächele ihm direkt ins Gesicht.

»Wir sehen uns morgen«, sage ich zu Audrey und schaue ihr nach, zum letzten Mal mit Kims Augen.

HERBST

CHANGE 4

TAG 1

Ich habe Angst. Schreckliche Angst.

Ich habe alle angelogen.

Mom, Dad, Tracy – sie alle glauben, ich hätte mich wie jedes Jahr pflichtschuldig an der Central eingeschrieben und wäre wie ein guter Changer zum Unterricht gegangen.

Selbst Andy glaubt das, obwohl er etwas misstrauisch wurde, als ich mich noch vor Betreten des Schulgeländes mit den Worten aus dem Staub machte, wir würden uns beim Mittagessen sehen. Wo ich dann nicht aufgetaucht bin. Weil ich gar nicht in der Schule war.

Ich denke ernsthaft darüber nach, zu einer der Brücken über den Cumberland River zu fahren und runterzuspringen. Aber ich befürchte, dass ich das überleben würde. Dass dieser Körper das überleben würde.

Okay, noch mal von vorn.

Klar, das klingt jetzt alles hochdramatisch, aber ich weiß wirklich nicht, was ich machen soll. Wie ich die Zukunft verhindern soll.

Ich bin der Kapitän der Titanic – ich kann den Eisberg schon in der Ferne sehen. Es scheint, als wäre noch genügend Zeit, um ihn zu umfahren, um die Richtung zu ändern, aber in Wahrheit haben sich die Elemente und die Schwerkraft gegen mich verschworen und zwingen mich, weiter auf den riesigen gefrorenen Koloss zuzusteuern. Das Raum-Zeit-Kontinuum erlaubt mir nicht, den Kurs zu ändern. Was soll ich tun? Am Steuerrad stehen und die unvermeidliche, tödliche Kollision abwarten? Oder das ganze bescheuerte Schiff in die Luft jagen, bevor es den Eisberg rammt?

Verdammt, ich muss nachdenken.

Ich fahre mit dem Roller, bis ich im Osten von Nashville ein Café finde, wo ich noch nie war. Hier treffe ich sicher niemanden, den ich kenne. Nicht, dass mich überhaupt jemand wiedererkennen würde.

Denk nach, denk nach!

Nur fünf Minuten Fußweg von hier gibt es eine Brücke. Wenn ich mutig genug wäre, würde ich springen. Chase hat sich für mich geopfert. Warum sollte ich nicht das Gleiche für Audrey tun?

Aber ich sollte wohl noch eher ansetzen: Als ich heute Morgen aufgewacht bin, hatte ich einen Destiny-Moment. Ich bin in einem Körper gelandet, den die ganze Welt bevorzugt behandeln wird, wenn sie sich nicht sogar sofort in ihn verliebt. Endlich. ENDLICH.

Andy platzte auf dem Weg zum Klo herein und überraschte mich dabei, wie ich mich mit hochgezogenem T-Shirt im Ganzkörperspiegel hinter der Tür betrachtete. Besser gesagt meine Bauchmuskeln.

»Heilige Scheiße, Alter«, sagte er, die Augen so groß wie Unterteller.

»Yepp.« Ich ließ den Saum des Shirts wieder los.

»Ich meine, das ist ja echt der helle Wahnsinn. So viel zu Vorher-/Nachher-Fotos.«

»Ich kann das auch noch nicht verarbeiten«, sage ich ehrfurchtsvoll.

»Ich schlage vor, du brichst die Schule ab und ziehst nach Europa, um zu modeln.«

»Bin ich jetzt *Zoolander*, oder wie?«, fragte ich.

»Du bist jedenfalls nicht nicht *Zoolander*, Alter.«

Ich konnte nicht aufhören, mich im Spiegel zu betrachten. Ich hätte als verschollener Hemsworth-Bruder durchgehen können. Ungefähr 1,80, Muskeln ohne Ende, strahlend blaue Augen, Killer-Lächeln, perfektes strubbeliges, strandblondes Haar (aber nicht zu strubbelig), hohe Wangenknochen, dichte Augenbrauen.

»Heißt das, du steckst mich ab jetzt in Schließfächer und Mülltonnen?«, fragte Andy, zog sich die Hose aus und stieg unter die dampfende Dusche. (Was er übrigens am Vorabend, als ich noch Kim war und er sich mit einem Mädchen das winzige Bad teilen musste, NIEMALS gewagt hätte. Wie rasch sich das Verhalten ändert, wenn es das Geschlecht tut.)

Kaum war ich wieder in meinem Zimmer, kam Mom herein. Sie musste aufschauen, richtig den Hals recken, um mir in die Augen zu sehen (vielleicht bin ich größer als 1,80), und konnte ein Lächeln nicht unterdrücken. Ich nahm sie in den Arm, und ihr Kopf reichte gerade so bis zu den Brustmuskeln. Meine wirklich beachtlichen, fast albernen Brustmuskeln.

»Nun, das dürfte ein interessantes Jahr werden«, verkündete sie, machte einen Schritt zurück und betrachtete mich ausgiebig, die Augen dabei ähnlich weit aufgerissen wie Andy vorhin. »Ziemlich symmetrische Gesichtszüge.« (Moms Art, mich konventionell schön zu nennen, ohne ihre feministischen Wurzeln zu verraten.)

Dann steckte mein Vater den Kopf zur Tür rein, dicht gefolgt von Snoopy. Mein Zimmer fühlte sich überfüllt an. »Sehr schön«, sagte Dad und machte eine Gettofaust. Er konnte seinen Stolz nicht verbergen, obwohl er das eigentlich ganz offiziell müsste. Alle Vs sind laut Changers-Bibel gleichwertig. Nicht so in der echten Welt, natürlich. Oder auch nur in diesem Zimmer, wie es scheint.

»Nehmt das, Getreue!«, rief er und meinte damit vermutlich, dass ich nun endlich ein würdiger Gegner für unsere Erzfeinde war.

Mom warf das neue V-Päckchen vom Rat auf mein Bett. »Tracy kommt gleich vorbei; sag Andy, dass das Frühstück fertig ist, wenn er aus der Dusche kommt.«

Sie betrachtete mich noch einmal ausgiebig, bevor sie mich allein ließen. Andy sang Led Zeppelin in der Dusche, laut genug, dass ich es hören konnte: »*In the days of my youth I was told what it meant to be a man*«. Er trug richtig schön dick auf.

Außer Snoopy (der mir vorkam, als wäre er kleiner geworden) war niemand da. Irgendwie machte ich mich selbst nervös. So wie ich sonst nervös werde, wenn ich von sehr attraktiven Leuten umgeben bin. Nur dass ich diesmal selbst attraktiv war. Daran würde ich mich wohl gewöhnen müssen. Was jetzt keine Klage sein soll.

Weil mir plötzlich wieder einfiel, dass es ja auch eine Geschichte zu dem Typen gab, dessen Körper ich ganz plötzlich bewohnte, ein paar innere Werte zusätzlich zu den äußeren, griff ich nach dem Päckchen, öffnete es und ließ die dicke Akte herausgleiten.

Ganz oben, in fetten, schwarzen Buchstaben ... mein Name.

Mein NAME?

Ich kann ihn nicht aussprechen. Kann ihn nicht mal denken.

— — —

KYLE.

CHANGE 4

TAG 1, TEIL 2

Ich finde mich auf der Brücke wieder, nicht ganz in der Mitte. Die Innenstadt rechts von mir, East Nashville links. Ich stütze beide Hände auf die Brüstung, beuge mich darüber, dass ich fast bis unter die Brücke sehen kann. Es scheint tiefer runterzugehen, als ich dachte. Das Wasser ist dreckig braun, wesentlich weniger malerisch als flussaufwärts, wo Audrey und ich ... Oh, Gott.

Kyle.

Kyle. Kyle. Kyle.

Das darf nicht wahr sein.

Ich bin der Typ aus der Vision. Aus der Vision, als ich Audrey geküsst habe.

Ich bin der Typ, den ich suche, seit Audrey und ich uns beim

Abschlussball geküsst haben. Jenem ersten Abschlussball, bei dem sie mich total von den Socken haute, als sie mich vor den Augen aller mit ihren perfekten, weichen Lippen küsste – und die Welt ein paar Sekunden lang stillstand.

Bis die Vision von Audreys Zukunft vor meinen Augen aufblitzte. Audrey schreiend in einem Auto, so wütend, dass sie den Tränen nahe ist, ihr Gesicht rot und feucht. Kämpfend mit einem großen, sportlichen, Filmstar-tauglichen Kerl, der sich durch das Fenster hineinlehnt. Kyle. Ich.

In der Vision packt er (ich?) ihren Arm, versucht ihr den Schlüssel abzunehmen, damit sie nicht wegfahren kann, aber Audrey stößt ihn/mich weg und brüllt: »Ich hasse dich, Kyle!«, bevor sie aufs Gas tritt und davonrast ... und dann, in der Ferne, ein KRACHEN.

In der Vision sehe ich das Geschehen in Zeitlupe, sehe, wie Audreys Wagen seitlich von dem zu schnell fahrenden Lieferwagen erfasst wird. Aus dem Wagen dringt Rauch, er fängt eindeutig an zu brennen, außerdem hupt es ununterbrochen, so als ob etwas – oder jemand – auf dem Lenkrad läge.

Dann endet die Vision.

Mein Bein zuckt, und ohne dass ich es bewusst steuere, stellt es sich auf die untere Kante des Geländers. Instinktiv klettere ich, als wäre es das Natürlichste der Welt für diesen Körper. Meine Hände umklammern das glühende Geländer. Ich habe keine Kontrolle über meine Muskeln und ich bin mir nicht sicher, ob ich das überhaupt will ... aber –

»Hey!«

— —

»Hey!« Irgendwo hinter mir meldet sich eine Frauenstimme. »Alles in Ordnung?«

Ich schiele nach rechts, wo ein alter, cremefarbener Volvo gehalten hat, die Warnblinker eingeschaltet, die Beifahrertür offen. Die Fahrerin, eine Frau mittleren Alters mit leicht grauem Haaransatz und Yogaoutfit, kommt fast eilig auf mich zu. Ich kapiere immer noch nicht, was los ist oder weshalb sie die Arme nach mir ausstreckt.

»Würdest du mir einen Gefallen tun?«, sagt sie ruhig, als sie ein Stück entfernt stehen bleibt. »Würdest du von dem Geländer runterkommen und kurz mit mir reden? Wird auch nicht lange dauern.«

Sie hat den schönsten, weichsten Südstaatenakzent, den ich je gehört habe. Wie im Film, nur dass er authentisch wirkt.

Etwas macht bei mir klick, mir wird bewusst, dass ich mit den Füßen auf dem unteren Teil des Geländers stehe, während ich mich mit den Händen an die Reling klammere und weit vorgebeugt bin, Richtung des Wassers. Wenn ich loslassen würde, wäre ich im Nu unten.

»Ich könnte wirklich deine Hilfe brauchen«, sagt sie.

Ich richte mich auf und spüre sofort die Hände der Frau an meinen Waden, um sie zum Asphalt zu lenken. Als beide wieder fest auf dem Boden stehen, drehe ich mich zu ihr um. Sie hat freundliche Augen, die fächerförmig von Fältchen umgeben sind.

»Danke«, sagt sie und nimmt meine Hand.

Ich kann erst mal nicht sprechen.

»Komm, setzen wir uns kurz ins Auto«, schlägt sie vor und zieht mich sanft am Handgelenk.

Ich folge ihr wie ein Kleinkind. Sie setzt mich auf den Beifahrersitz ihres Volvos, ich stelle die Füße auf die kleine Stufe des Brückengeländers.

»Ist das so okay für dich?«, fragt sie.

»Ich denke schon«, kriege ich heraus. Ein Auto hupt und rast an uns vorbei. Ich starre auf meine Handflächen. Sie sind rot, verbrannt vom heißen Metall des Geländers.

»Was hältst du davon, wenn wir zusammen atmen? Dreimal tief ein- und ausatmen.« Sie macht es mir vor, holt tief Luft. Als ich mitmache, zählt sie runter.

Nach dem dritten Atemzug fühlt sich mein Brustkorb weiter an.

»Ich habe keine Ahnung, was in dir vorgeht«, sagt sie dann, sehr sachlich. »Aber ich glaube fest, dass man fast alles – mit genug Zeit – bewältigen kann.«

»Ich glaube nicht, dass ich wirklich was gemacht hätte«, sage ich, und dann wird mir plötzlich bewusst, wie das ausgesehen haben muss. Wie beschämend.

»Das ist nun auch egal, denn das liegt in der Vergangenheit«, sagt sie ohne jede Wertung in ihrer Stimme. »Jetzt ist jetzt und ich freue mich, dass du gerade bei mir bist, egal wie kurz oder lange auch.«

Ihre Worte tun so gut, am liebsten würde ich mich zu ihren Füßen einrollen und alles rauslassen: dass ich weder depressiv noch selbstmordgefährdet bin, dass ich mich (endlich mal) nicht selbst hasse oder hoffnungslos fühle oder mir nichts sehnlicher wünsche, als dass es nicht mehr wehtut. Sondern dass ich, wenn ich mich nicht umbringe, wahrscheinlich einen Menschen in den Tod treiben werde, den ich mehr liebe als mich selbst. Die Freundlichkeit dieser Fremden lässt mich beinahe glauben, dass ich ihr die Wahrheit erzählen könnte: dass ich die Zukunft gesehen habe und ein mordlüsternes Arschloch bin.

»Ich glaube, ich bin vielleicht ein schlechter Mensch«, murmele ich nach einer Weile.

»Ach, du Lieber, willkommen im Club«, sagt sie und wedelt mit der Hand. »Jeder, der nicht gerade besinnungslos ist, hat solche Momente. Man muss sich eher um die Menschen sorgen, die sich diese Gedanken nicht machen.«

Ich lächele schmal.

Sie schaut mir direkt in die Augen. »Ich unterrichte hier im Gefängnis Yoga. Weißt du, wer in meinen Kurs kommt? Ein Haufen Männer, die sich selbst hassen, das aber nicht sagen können. Sie trinken Gift und hoffen, dass alle anderen krank werden. Ich kann das verstehen. Aber es ist keine langfristige Lösung.«

Ich nicke abwesend und versuche, mir darauf einen Reim zu machen. Mir auf mich einen Reim zu machen. Vielleicht hasse ich mich doch selbst oder fühle mich hoffnungslos oder wünsche mir nichts sehnlicher, als dass es nicht länger wehtut.

»Achte darauf, dass du keine endgültige Lösung für ein kurzzeitiges Problem wählst. Denn eins kannst du mir glauben, jeder kann sich ändern.«

CHANGE 4

TAG 1, TEIL 3

Das Abendessen war eine Vollkatastrophe, gelinde gesagt.

Der Hauptgang bestand darin, meinen Eltern vorzulügen, welcher Unterricht mir gefallen hatte, Unterricht, dem ich nicht mal beigewohnt hatte. Es ging weiter mit Lügen über meinen Stundenplan, den ich gar nicht bekommen, und meine Mitschüler, die ich gar nicht kennengelernt hatte.

»Mrs Miller, diese Maccheroni mit Käse sind spitze«, sagte Andy, nachdem er Dads fünfzig Fragen über seinen ersten Schultag in Tennessee und die Unterschiede zum Schulalltag in New York beantwortet hatte.

»Ach, du bist ja lieb!«, gurrte Mom. »Habt ihr euch denn heute in der Schule gesehen?«

Ich nutzte Andys vollen Mund zu meinem Vorteil. »Nö«, sagte ich. Hatten wir ja auch nicht.

»Das ist ja ein Ding«, bemerkte Dad, während Andy schluckte.

»Ja, das ist wirklich ein Ding«, sagte Andy übertrieben. »Wo hast du denn mittags gesessen?«

Ich schob mir einen Haufen Maccheroni in den Mund und tat so, als wollte ich antworten.

»Manieren, Kyle«, tadelte Mom.

»Wieso warst du heute nicht in der Schule?«, will Andy auf dem Weg ins Bad wissen.

»Wer sagt, dass ich nicht da war?«

Andy neigt den Kopf, als wäre er beim Casting für eine Realityshow. »Jetzt tu mal nicht so.«

Mir bleibt nichts anderes übrig, ich muss es ihm sagen. Alles. Bis hin zur Vision von dem Unfall, dank Kyle – also MIR. (Abgesehen von der Sache auf der Brücke. Davon muss niemand erfahren.) Deshalb rede ich.

»Hm. Ich versteh dein Dilemma«, sagt Andy, als ich fertig bin. Er sitzt auf meinem Bett, lehnt sich gegen ein Kissen. »Aber willst du dein Jahr an der Highschool wegschmeißen? Du kannst doch deine Probleme nicht lösen, indem du vor ihnen wegläufst.«

»Ist das dein Ernst? Wer wohnt denn gerade in unserem Wohnzimmer?«

Andy wird blass, ist verletzt.

»Ich glaube, mir fehlt Kim«, blafft er. Und dann: »Ich kann Audrey für dich im Auge behalten. Aber vielleicht solltest du ihr das alles erklären?«

»NEIN!«, schreie ich, laut genug, dass Mom sofort den Kopf zur Tür hereinsteckt.

»Alles in Ordnung bei euch?«

»Alles supi«, sage ich.

»Ja, alles supi«, wiederholt Andy. Na, wenn wir mal nicht wie die Megaarschis rüberkommen.

»Bleibt besser nicht so *supi*lange auf«, sagt Mom. »Ihr müsst gerade mit so viel Neuem klarkommen, da ist es am besten, so viel wie möglich zu schlafen. Stärkt das Immunsystem.«

»Ja, Ma'am«, sagt Andy. »Ich geh gleich ins Bett.«

»Ma'am?«, neckt sie ihn und lächelt, bleibt noch ein paar Sekunden im Türrahmen stehen, bevor sie geht. Ihr Mutterinstinkt meldet sich. Sie riecht förmlich, dass etwas mit mir nicht stimmt. Hoffentlich schreibt sie es dem üblichen Wandlungstrauma zu. Selbes Hirn, anderer Kopf.

Als sie die Tür zumacht, flüstere ich Andy zu: »Kein Wort zu ihnen. Oder sonst irgendjemandem.«

»Geht klar, Bro. Aber irgendwann ...«

»Ich weiß. Ich weiß. Aber ich brauche Zeit, um das alles ein bisschen klarer zu sehen, und bevor das nicht der Fall ist, will ich nicht in Audreys Welt auftauchen.«

»Na ja, technisch gesehen bist du schon drin.«

»Halt die Fresse, Andy«, sage ich, und wir machen eine Gettofaust, bevor er ins Wohnzimmer zu seiner Ausziehcouch geht, wo er vermutlich sofort in tiefen Schlaf fallen wird, während ich wach liege und nach Löchern im Raum-Zeit-Kontinuum suche.

CHANGE 4

TAG 2

Heute habe ich mich »für die Schule fertig gemacht« und mit Andy zusammen das Haus verlassen. Habe ihn nah genug an der Schule abgesetzt, dass er nicht mehr weit laufen musste, aber weit genug weg, um selbst nicht gesehen zu werden. Und dann bin ich mit meiner Vespa abgezischt, um die Zeit bis zum Ende des Schultags totzuschlagen.

Ich beschloss, mir in einem riesigen, nichtssagenden Multiplexkino in der Vorstadt einen Film anzusehen. Der Saal war bis auf drei andere Hanseln leer, die offenbar ebenfalls vor irgendwas wegliefen. Der Titel des Filmes war mir ziemlich egal, als ich die Eintrittskarte kaufte; weshalb ich in so einem Actionfilm über einen Jugendlichen landete, der richtig toll Auto fahren kann und aus unerfindlichem Grund einem Gangster etwas schuldet, der deshalb den Jungen zum Fahrer des Fluchtwagens bei seinen äußerst riskanten Überfällen macht. Es ist alles Spiel und Spaß, bis jemand erschossen wird.

Der Junge ist, natürlich, ein trauriges Waisenkind. Als er noch klein war, sind seine Eltern bei, das erratet ihr nie, einem Autounfall ums Leben gekommen, deshalb fühlt er sich verantwortlich und ist ganz alleine und verstört, versteckt sich hinter Hipstersonnenbrillen und Kopfhörern vor der Welt. Alles schön und gut, nur leider erinnert mich das an Audrey und den Unfall und die Rolle, ich die dabei spiele. Daran, dass ich versuche, mich vor der Welt zu verstecken, an meine Schuldgefühle, und dabei darf ich noch nicht mal in so einem coolen Auto herumdüsen.

Als der Film zu Ende ist – der Protagonist öffnet sich, verliebt sich, muss aber erst noch seinen Beitrag für die Gesellschaft ableisten, bevor er mit besagter Liebe aufbrechen kann (habe ich erwähnt, dass die einzigen beiden weiblichen Figuren im Film buchstäblich eine Heilige und eine Hure sind?) –, stelle ich fest, dass ich noch vier Stunden totschlagen muss, bevor ich Andy abholen und nach Hause fahren kann. Ich drücke mich im Kino herum und schleiche mich dann in einen anderen Saal, in dem der neueste Marvel-Film schon zu einem Drittel vorbei ist. Es geht um eine Truppe von Mutanten, die die Welt retten wollen, obwohl niemand sie wirklich versteht. Hätte ich mir nicht ausgesucht. Dennoch schaue ich ihn mir an.

CHANGE 4

TAG 3

Heute verzichte ich aufs Kino und bringe die Zeit damit rum, bei ReRunz für Kyle einzukaufen. Den perfekten Kyle, die Destiny meiner Vs, dem sie alle in Scharen hinterherlaufen, den ich jedoch verachte. Was gäbe ich dafür, wieder Kim zu sein. Hätte nie gedacht, dass dieser Gedanke mal durch mein Hirn geistern würde.

Ich mache mir die Mühe, herauszufinden, wer dieses Jahr bei ReRunz wofür zuständig ist. Gebe mich nicht mal meinem ehemaligen Chef Neal, dem Changer, der den Laden leitet, zu erkennen. Es gibt die stillschweigende Übereinkunft, dass alle Changers sich mit ihrer neuen V Neal vorstellen, damit wir aufeinander aufpassen können. Aber wozu soll ich mich mit so was aufhalten?

Kaum betrete ich den Laden und rieche den vertrauten Geruch gebrauchter Kleidung – einen Hauch Körpergeruch gemischt mit feuchter Wolle –, kommt Neal auch schon auf mich zu und fragt: »Kann ich dir helfen?«, als hätte er mich noch nie gesehen. Hat er ja auch nicht.

Ich bin zu durcheinander, um mir Gedanken darüber zu machen, was ich überhaupt suche, aber, herrliche Ironie, egal was ich anprobiere, alles steht mir. Mehr als das, es sieht mega aus und fühlt sich auch so an. Nichts schnürt irgendwo ein oder ist zu eng. Als wäre jedes einzelne Stück extra für mich gemacht worden.

Ich habe durch den Verkauf von Kims Sachen noch ein Guthaben von 122 Dollar, aber wenn ich das anzapfe, weiß Neal, wer ich bin. Als ich gerade eine Jeans im hinteren Teil des Ladens anprobiere, kommt eine wohlriechende Frau zu mir und legt mir eine Hand an den Brustkorb. »Oooh«, murmelt sie, »das steht dir auf jeden Fall.«

Instinktiv zucke ich zusammen, ich bin es einfach nicht gewöhnt, von Fremden angefasst zu werden. Zwei kurze Tage reichen, um zu verstehen, was Destiny gemeint hat. Diese permanente Aufmerksamkeit und der Vorschuss an Vertrauen. Ich kapiere, warum Stars keinen Blickkontakt fordern. Sie wollen eine Pause von der ganzen leeren, unverdienten Zuwendung. Schaut weg, schaut weg!

»Hey«, presse ich hervor. Die Frau ist vielleicht vierzig und hat einen etwa zehnjährigen Skater im Schlepptau. Sie hört nicht auf, mich anzulächeln.

»Wo hast du dich denn bisher versteckt?«, fragt sie, während ihr Kind ein Paar gebrauchte Vans anprobiert.

»Wie bitte?«, sage ich und verschwinde mit meinen Sachen zur Kasse.

Erst als ich bezahlt habe und draußen wieder auf dem Roller sitze, wird mir klar, dass sie mich angemacht hat. Wie in diesen Teeniefilmen, in denen sexy Mütter sich an dummen Schuljungs ergötzen. Nur dass ich dieses Mal nicht die Rolle des nerdigen Freundes mit der scharfen Mutter spiele; ich bin der dämliche Typ, der es nicht besser weiß.

Zu Hause packe ich Kims restliche Sachen in einen Müllsack, den ich wiederum ganz hinten in den Schrank stopfe. Dann räume meine neuen Klamotten ein. Mein Blick fällt auf den Karton mit Omas Habseligkeiten, und obwohl ich wirklich eine Portion Oma-Energie gebrauchen könnte, ist jetzt nicht der richtige Zeitpunkt, sie durchzuschauen. Ich will nicht vor Andy, der sich gerade auf meinem Bett durch seine Mathehausaufgaben kämpft, zum totalen Emo werden.

»Irgendwelche Erkenntnisse?«, fragt er.

»Noch nicht.«

»Irgendwann bekommen sie mit, dass du die Schule schwänzt«, sagt er und radiert etwas aus seinem Spiralheft. »Du hast nicht mal Bücher im Rucksack.«

»Ich brauche mehr Zeit«, sage ich. Aber in Wahrheit bin ich von »irgendwelchen Erkenntnissen« fast weiter entfernt als in dem Moment, als mir klar wurde, dass ich Kyle bin. Für dieses Rätsel gibt es keine Lösung, in der ich nicht verschwinde.

Andy kritzelt eine neue Antwort an die Stelle, wo er die alte ausradiert hat. »Das geht doch gar nicht«, verkündet er zum Thema Elementarmathematik.

»Hast du sie heute gesehen?«, frage ich dann, schließe meinen Schrank und lasse mich neben ihm aufs Bett fallen.

»Ja, mit so einer Cheerleader-Tussi und einem Typen, der angezogen war wie eine der Golden Girls«, sagt Andy wie beiläufig.

»Das war Kris. Alles gut bei ihm?«

»Woher soll ich das wissen?«

»War das Mädchen Chloe?«

»Wer ist Chloe?«

»Wie hat Audrey ausgesehen?«

»Wie ein hübsches Mädchen in der Oberstufe halt aussieht. Beschäftigt, unzugänglich. Nicht meine Liga.«

»Hat sie ein silbernes Armband mit Anhängern getragen?«, frage ich.

»Du meinst das vom Hexer auf dem Berg, der alle Zauberformeln kennt?«

»Jetzt komm schon.«

»Ich weiß es nicht!«, erwidert er entnervt.

»Na gut, aber wirkte sie irgendwie aufgebracht oder besorgt oder –«

»Alter, wenn du das alles wissen willst, musst du selbst in die Schule gehen und die Augen aufmachen«, sagt Andy und sieht endlich von seinem Block auf. »Ich will ja nicht klingen wie die Leute bei *The Secret*, aber du hast dein Schicksal selbst in der Hand. Wenn du den Entschluss fasst zu verhindern, dass dieser Unfall passiert, dann wird er nicht passieren.«

»Woher willst du wissen, dass es nicht passiert?«, frage ich matt.

»Woher willst du denn wissen, dass es passiert?«, antwortet Andy. »Du hast einen freien Willen, soviel ich weiß.«

CHANGE 4

TAG 6

Okay, die Nummer ist durch.

Als ich am Freitag mit Andy »aus der Schule komme«, werfe ich meinen Rucksack auf den Küchentisch und gehe durch den Flur zum Wohnzimmer. Snoopy springt an mir hoch und will ein bisschen Aufmerksamkeit. (So im Nachhinein schätze ich, er wollte mir was sagen, ganz wie Lassie den kleinen Timmy immer vor drohenden Gefahren gewarnt hat.)

Ich rufe nach meiner Mutter und beuge mich zu Snoopy, um ihn ein bisschen zu knuddeln, aber es kommt keine Antwort. Sie hatte gesagt, sie ist zu Hause, wenn ich aus der Schule komme. »Dad?«, versuche ich es nun. Andy folgt mir wortlos. Allein das hätte mich schon stutzig machen können ...

Als ich um die Ecke ins Wohnzimmer biege, erwartet mich in all ihrer demütigenden Pracht: meine Intervention. Wie eine Szene aus einer Dokusoap, nur dass ich kein Heroin nehme. Oder mich mit Beruhigungsmitteln abschieße. Oder Mundwasser fixe. Mein Verbrechen besteht darin, dass ich eine Woche lang blaugemacht habe, um die Frau, die ich liebe, vor mir zu schützen.

Egal. Mom, Dad, Tracy, Mr Crowell und Andy, der aktuell die Nachhut bildet, konfrontieren mich nun also mit meiner dicken, fetten Lüge.

»Das soll jetzt nicht bedrohlich wirken«, fängt Tracy an. »Wir sind hier, weil wir dich lieben und uns Sorgen um dich machen.«

Oh, Mann.

»Setz dich doch erst mal«, sagt Mom mit ihrer ruhigsten Therapeutinnenstimme und deutet auf den leeren Sessel gegenüber dem Halbkreis, den sie zusammen bilden.

»Ja, und?«, sage ich, gleich in Verteidigungshaltung. »Ich wollte halt nicht in die Schule.«

»Aber warum nicht?«, hakt Tracy sanft nach und unterdrückt die Panik in ihrer Stimme. Sie hasst es, wenn etwas nicht nach Plan läuft.

»Ich will nicht darüber reden.« Ich setze mich aus Protest nicht und schaue zu Andy rüber, der meinem Blick nicht mal eine Sekunde standhalten kann. Ähnlich sieht es bei Mr Crowell aus. Hm, ich frage mich, wer von den beiden mich verpfiffen hat. Vielleicht war es auch ein Doppelangriff.

Die Adern an Dads Hals sind hervorgetreten, Hulk-Style. Wieder einmal enttäusche ich ihn, beschädige seinen guten Changers-Ruf. »Setz dich«, befiehlt er in einem Ton, der so klingt, als sollte ich es lieber tun. »Du musst zur Schule gehen. Es besteht Schulpflicht! Du hast gar keine andere Wahl, verstanden?«

Mom legt ihm eine Hand auf den Rücken. »Wir müssen darüber reden, *weshalb* du nicht zur Schule gehst.«

»Ich hab gesagt, ich will nicht darüber reden.«

»Hat es was mit deiner neuen V zu tun?«, fragt Dad und kann kaum seinen Unmut verbergen. »So wie ich das beurteilen kann, ist diese V wie ein ziemlicher Volltreffer. Was hast du daran denn schon wieder auszusetzen?«

»Ich habe überhaupt nichts auszusetzen.«

»Was ist es denn dann?«, drängt Tracy.

Mir ist nicht nach Gruppentherapie, also verschränke ich die (imposanten!) Arme vor der Brust. Dann fällt mir plötzlich auf, dass diese Haltung auf andere ziemlich eindrucksvoll wirken muss, mal ein ganz neuer Ton in meinem Repertoire Nach einer unerträglichen Pattsituation zieht Tracy einen Zettel hervor und legt ihn auf den Tisch. »Das ist dein Stundenplan; du bist eingeschrieben und kannst sofort loslegen.«

»Und ich werde mit den Lehrern sprechen«, meldet Mr Crowell sich zu Wort. »Wir sagen einfach, dass ein Elternteil krank geworden ist und du zu Hause bleiben und dich kümmern musstest.«

»Gut«, sage ich so grummelig wie möglich.

»Pass auf. Turner hat jemanden in der Hinterhand, der sich um Schulschwänzer kümmert. Diesen Jemand wird er dir am Montag auf den Hals hetzen«, platzt Dad der Kragen. »Wenn du also nicht pünktlich zur ersten Stunde bei Mr Crowell im Klassenzimmer bist, wirst du gemeldet, und du kannst mir gern glauben, dass du das nicht willst.«

Damit verlässt Dad das Wohnzimmer. Sein schwacher Versuch »zu verstehen« hat sich damit dann wohl erledigt.

»Okay, ich geh zur Schule«, sage ich, nachdem ich ein paar Sekunden das unbehagliche Schweigen ertragen habe.

»Das höre ich sehr gern«, sagt Tracy. »Aber mir ist viel wichtiger, dass du uns in diesem sicheren und geschützten Rahmen erklärst, warum du überhaupt nicht hingehen wolltest.«

»Wir wollen dir doch helfen, mein Schatz«, fügt Mom hinzu.

»Hast du Scham- oder Schuldgefühle wegen dieser V?«, versucht es Tracy. »Denn das wäre eine völlig akzeptable Reaktion auf eine derart radikale Wandlung.«

»Dazu äußere ich mich nicht«, murmle ich tonlos und werfe Andy einen vielsagenden Blick zu, in der Hoffnung, dass er kapiert, bloß nichts von der Audreyvision auszuplaudern.

»Soll ich gehen?«, fragt er.

»Nein«, antworte ich. »Ich gehe. Hat Spaß gemacht, Leute.«

Damit schnappe ich mir den Stundenplan, trample durch den Flur davon und schmeiße meine Zimmertür hinter mir zu – fester, als ich beabsichtigt hatte.

Nach stattlichen zwanzig Minuten erst klopft Tracy zaghaft an meine Tür.

»Komm rein«, sage ich.

»Ich glaube, ich weiß, was los ist«, flüstert sie und macht die Tür hinter sich wieder zu.

Mit dem Fuß schiebe ich ihr den Schreibtischstuhl hin, sie setzt sich und rollt näher zu mir, als wollte sie mir ein Geheimnis verraten. Was sie auch tut.

Advokaten, so scheint es, sind verpflichtet, ihre eigenen Chroniken zu führen, Einsatznotizen zu machen und Beobachtungen über die ihnen zugewiesenen Changers zu dokumentieren. So wie Jane Goodall das bei ihren Schimpansen gemacht hat.

Tracy hatte ihre Aufzeichnungen aus meinem Jahr als Drew überflogen, die Stelle gefunden, wo ich ihr von der Vision beim Kuss mit Audrey erzählt habe und dass dort ein Jungen namens Kyle aufgetaucht war. Schon damals hab ich mir eine irre Platte gemacht, wie ich Audrey vor dieser Bestie »beschützen« konnte, die unweigerlich ihr Leben bedrohte.

»Ich wusste an Tag 1 deiner vierten Wandlung, dass etwas nicht stimmt«, sagt Tracy ruhig, »als ich deinen Chronikchip aktiviert habe und du mich viel zu fest am Arm gepackt hast.«

»Tut mir leid«, sage ich. »Das habe ich gar nicht bemerkt.«

Tracy streichelt sich unbewusst über den Arm, dabei kann ich mich nicht mal daran erinnern, sie am Montagmorgen überhaupt angefasst zu haben, nachdem ich das Kyle-Päckchen aufgemacht und sie sichergestellt hatte, dass das Brandzeichen saß, bevor ich das Haus verließ. Ich war so verstört, Kyle zu sein, und gleichzeitig wild entschlossen, mich selbst zu vernichten, bevor Audrey und ich uns in der Schule über den Weg laufen konnten, dass ich wohl nicht auf mein Verhalten geachtet habe. Diesmal hab ich den Brandmarker nicht mal gespürt, als ich mir das Zeichen in meinen Hintern sengte.

Tracy fährt fort: »Zuallererst solltest du wissen, dass Visionen nicht immer sind, was sie zu sein scheinen. Oft fehlt der Zusammenhang, andere Blickwinkel etc. Du bist kein durchgeknallter Irrer.«

Woher will sie das wissen? Ich fühle mich gerade ziemlich durchgeknallt. Und irre. Ich könnte Lenny sein, der versehentlich die Maus mit seinen tellergroßen Händen zermalmt.

»Du kannst definitiv mit dieser V umgehen. Wahrscheinlich erwartet dich sogar eine großartige Reise voller Überraschungen.«

»Ist das nicht jedes Mal so?«, frage ich verächtlich.

»Wie du es auch drehst und wendest, du kannst Audrey nicht vor etwas warnen, das vielleicht nicht mal das ist, was du glaubst.«

Ich verdrehe die Augen, was ihr nicht entgeht.

»Versprich mir, dass du es Audrey nicht erzählst«, fordert sie. »Du könntest sie dadurch in noch größere Gefahr bringen.«

»Wie denn das?«

»Du sollst dich auf dich selbst konzentrieren«, antwortet sie und übergeht damit die Frage. »Leb dein Leben. Mach dich mit deiner neuen V vertraut. Es wäre schön, wenn Audrey als Freundin in deinem Umfeld bliebe, aber sie war schon eine ganze Weile eine Belastung, und tief im Innern weißt du das sogar. Du kannst sie so sehr lieben, wie du willst. Aber du kannst mit dieser Liebe nicht unsere Mission gefährden. Es geht um mehr als nur um dich.«

»Aber wie soll ich denn nicht mit ihr sprechen?«

»Simpel. Du lässt es einfach«, sagt Tracy harsch. »Wir können dich in eine andere Klasse –«

»NEIN!«

»Das würde die Sache vereinfachen.«

»Nein. Ich fühl mich da wohl und, und … Mr Crowell kann so doch viel besser ein Auge auf uns haben, nur für den Fall«, schlage ich vor, wohl wissend, dass Tracy für zusätzliche Überwachung immer zu haben ist.

»Das stimmt«, sagt sie nach kurzem Nachdenken. »Audrey kennt deine neue V überhaupt nicht. Du musst lediglich dafür sorgen, dass das so bleibt, und der Versuchung widerstehen, die Beziehung wieder aufleben zu lassen. Mit Kims Verschwinden wird die Intensität langsam abklingen. So ist der Zyklus ja auch gedacht. Du solltest dich unbedingt von deinem Roller trennen. Vielleicht kaufst du dir besser ein richtiges Auto? Außerdem halte ich es für eine gute Idee, wenn du bei der Auswahl für die Footballmannschaft mitmachst. Deiner Akte zufolge warst du an Kyles letzter Schule bester Spieler.«

»Ja, vielleicht nicht blöd«, sage ich und denke tatsächlich darüber nach, schließlich hätte ich so Jason und seine Getreuenbrut im Blick. Außerdem hasst Audrey Football, das würde sie sicher auf Abstand halten.

»Das wird toll, Kyle«, sagt Tracy, diesmal etwas freundlicher. »Ich glaube an dich, du wirst das Richtige tun.«

Megabullshit, selbst für ihre Verhältnisse.

Sie zeigt auf meinen Stundenplan, die Montagsspalte: *Klassenverband, Geschichte, Englisch, Mathe, Französisch, Collegevorbereitung, Sport*. »So weit in Ordnung?«

»Logo«, sage ich. »Aber kann ich dich was fragen?«

Tracy nickt.

»Kommt es vor, dass Visionen manchmal gar nicht eintreten?«

»Mach dir morgen Sorgen um morgen«, erwidert sie.

Was keine Antwort war. Oder eigentlich doch.

CHANGE 4

TAG 8

Audrey starrte über die Schulter von der ersten Reihe aus zu mir. Schaute kurz weg, dann wieder zu mir, als müsste sie zweimal gucken wie in diesen Zeichentrickfilmen, wo die Augen praktisch aus den Höhlen ploppen.

Ich stand im hinteren Teil des Klassenzimmers und verlagerte mein Gewicht vom einen Bein aufs andere. Mr Crowell bat mich (ganz nach alter Tradition), mich hinzustellen, um mich meinen neuen (ebenfalls bekannt als: den alten) Klassenkameraden vorzustellen. Er erzählte der Klasse, ich sei vor Kurzem aus Seattle hergezogen, sie sollten sich mir vorstellen und ich sei ein »wirklich netter Kerl«.

Chloe flüsterte laut genug, dass es alle hörten: »Diesen Berg würde ich besteigen«, und ihre Clique steuerte das nötige Gekicher bei.

»Ja, Chloe?«, sagte Mr Crowell. »Gibt es etwas, das du Kyle gern fragen möchtest?«

»Nicht hier«, antwortete sie und zwinkerte übertrieben.

Ich lächelte Audrey zu, als sie sich wieder zu mir umdrehte, hörte aber abrupt auf. Sie schaute hastig weg.

Den Rest der Stunde bekam ich nicht mit, da ich mich auf nichts anderes konzentrieren konnte, als einen Weg zu finden, wie ich Audrey sagen konnte, dass ich Kim bin. Aber nicht nur Kim, sondern außerdem Kyle, der eigens für ihren Tod verantwortlich sein wird, aber auch nur vielleicht, wenn man meinem Sonnenscheinchen von Advokatin Glauben schenken kann. Wie erzähle ich ihr das eine, ohne ihr das andere zu offenbaren?

Ich wälze das Problem immer noch, als ich nach der Stunde und direkt vor Geschichte aufs Klo gehe. Dabei bemerke ich nur beiläufig, dass mir zwei Jungen aus der neunten Klasse Platz machen, damit ich ungehindert ans Pissoir kann. Dass sie aufhören zu reden und zu lachen, als ich näher komme.

Als ich die Toilette verlasse, wartet Audrey auf dem Flur auf mich, den Notizblock gegen die Brust gedrückt.

»Hey, Kyle«, sagt sie. »Ich bin Audrey. Willkommen an der Central.« Sie streckt mir ihre Hand hin, das Armband deutlich zu erkennen. Ich tue so, als würde ich es nicht sehen, obwohl klar ist, dass sie sich genau das Gegenteil wünscht.

»Schön, dich kennenzulernen«, sage ich, nehme ihre Hand und

spüre mit Staunen, wie klein sie sich in meiner anfühlt. Das Armband klimpert, als wir die Hände schütteln.

»Findest du allein zum nächsten Raum oder kann ich helfen?«, fragt Aud und beobachtet mich so genau wie ein Ermittler in einem Fall. »Die Schule ist groß. Gibt immer viele neue Schüler.«

»Äh ... ähm, klar.«

»Lass mal deinen Stundenplan sehen.« Sie deutet auf meinen Rucksack.

Wir gehen los und begegnen einem ganzen Haufen Kids, die irgendwie nicht anders können, als mich anzustarren. Erinnert mich ein bisschen an meinen ersten Tag als Drew, allerdings wollten die damals aus einem anderen Grund über mich herfallen. Heute bin ich so was wie die hauseigene Version von Captain America, mindestens einen Kopf größer als die meisten, sogar als ein paar Verteidiger des Footballteams, die ich noch aus dem zweiten Jahr kenne.

»Da sind wir schon«, flötet Audrey und scheint darauf zu warten, dass ich etwas sage.

»Gut, danke. Nett von dir.«

»Das war's?«, fragt sie. Es klingt herausfordernd.

»Wie?«

»Ob das alles war ... Also, ob alles in Ordnung ist oder ich sonst noch was tun kann.«

Es kostet mich meinen ganzen Willen, ihr nicht zuzuzwinkern, zuzunicken oder ihre Hand zu nehmen und mit ihr zur Tür rauszurennen, damit wir weit wegfahren können, irgendwohin, wo wir gemeinsamen einen Weg suchen können, unsere tragische Zukunft zu verhindern.

»Yepp.«

Audrey zuckt zusammen. Ich kann es ihr nicht verdenken. *Yepp* geht gar nicht.

Während ich ihr hinterherschaue, wird mir klar, dass sie mich knacken könnte. Dass ich, wenn ich viel Zeit in ihrer Nähe verbringen werde, die Wahrheit vermutlich nicht für mich behalten kann.

Und in diesem Augenblick wird es mir klar: Um in dieser V meinen Scheiß in den Griff zu kriegen, muss ich möglichst schnell die Biege machen. Kann ja nicht so schwer sein. Ich suche mir einen Ort, an dem ich mich verbarrikadieren kann. Halte den Ball flach, aber Audrey im Auge. Am Ende des Jahres erzähle ich Audrey dann, was los war, und sie wird es verstehen, das tut sie schließlich immer. Dann wähle ich einen anderen Mono als Kyle, das Unfallszenario ist abgewendet. Ultimativer Changers-Kniff! Krise abgewendet!

»Alter, du spinnst«, sagt Andy, während ich die letzten Klamotten in meine treue Reisetasche stopfe und mich ins Bad ducke, um ein paar Sachen zu holen.

»Ich weiß nicht, was ich sonst tun soll.«

»Langsam mach ich mir echt Sorgen um dich«, sagt Andy, während ich Zahnpasta, Zahnbürste und Deo einpacke und versuche, den Reißverschluss des hoffnungslos überfüllten Teils zuzuziehen.

»Ich bin schon mal ausgezogen. Ins Hauptquartier der RaChas.«

»Das zum gegenwärtigen Zeitpunkt ein Häufchen Asche ist. Ganz wie dein Hirn, wie mir scheint. Glaubst du wirklich, du kannst einfach für ein ganzes Jahr untertauchen?«, fragt er schmunzelnd. Worüber ich irgendwie wütend werde. »Was machst du wegen Geld, Unterkunft, Essen? Du hast das nicht richtig durchdacht. Ich war obdachlos, und ich hatte ein Dach überm Kopf. Und, glaub mir, ein Dach überm Kopf ist wesentlich besser.«

»Du verstehst das nicht«, sage ich und wühle in meinem Schrank nach einer Jacke. Verdammt, ich habe vergessen, bei Re-Runz etwas zu kaufen, das zu meiner neuen Statur passt. »Borgst du mir deine Jacke?«

Ohne eine Antwort abzuwarten, schnappe ich mir Andys übergroßen Armeemantel von der Lehne des Schreibtischstuhls. Aber er greift blitzschnell im selben Moment danach. So ziehen wir jeder an einem Ärmel, wie Hunde an einem Beißspielzeug.

»Lass los, Alter«, sagt er.

»Jetzt sei kein Arsch. Gib sie mir, und ich kauf dir eine neue, wenn ich wiederkomme.«

Mit einem letzten Ruck reiße ich sie ihm so heftig aus den Händen, dass er ins Stolpern kommt.

»Du bist hier der Arsch«, sagt er. »Total egoistisch und egozentrisch, und alles angeblich wegen Audrey.«

Da schlage ich ihn. Ohne Vorwarnung. Meine Faust hat reflexartig ausgeholt und ich habe sie fliegen lassen.

»Was zum ...?«, schreit er, reißt die Hände zum Gesicht und lässt sich aufs Bett fallen.

»Tut mir leid«, sage ich, über mich selbst erschrocken.

»Jetzt vermöbelst du mich also? Das ist doch Bullshit. Das ist dir schon klar, oder? Spielen deine Hormone gerade verrückt oder bist du einfach ein Arschloch, Kyle?«

»Ohne mich hättest du nicht mal ein warmes Plätzchen«, entgegne ich, bemüht um einen angemessenen Ton. »Dafür hab ich alles aufs Spiel gesetzt, deshalb weiß ich echt nicht, wie du auf die Idee kommst, ich bin der Egoist von uns beiden.«

»Was hast du denn aufs Spiel gesetzt? Ich wusste doch schon alles über die Changers. Und bald wird das sowieso publik. Geheimnisse kommen immer irgendwann raus. Es ist naiv von Leuten wie euch, so was zu glauben.«

»*Leuten wie euch*?«, brülle ich und greife nach der Tasche und Andys Jacke. Letztere schleudere ich ihm hin. »Behalt sie. Ist sowieso zu klein.«

Ich setze mich in Bewegung. Andy beobachtet mich, beinahe, als wollte er sehen, ob ich wirklich abhaue. Dann, als ich gerade durch die Tür will, höre ich seine Stimme.

»Wenn du jetzt gehst, rede ich mit deinen Eltern.« Sein Ton ist ruhig. »Und sage ihnen alles.«

CHANGE 4

TAG 9

Selbstverständlich bin ich nicht gegangen.

Kann nicht hierbleiben. Kann nicht abhauen. Kann mich nicht umbringen. Kann keine *Alien*-Schlafkapsel bauen und für neun Monate die Tür versiegeln.

Hier bin ich also, in der Schule, und Audrey bringt mich nach der ersten Stunde wieder zum nächsten Unterrichtsraum. Dieses Mal kommt sie mir ganz nah, auf Zehenspitzen, und sagt: »Ich habe das Gefühl, wir sind uns schon mal begegnet.«

Das ist natürlich meine Steilvorlage. Ganz so, als würde sie mich erspüren und ich müsste es nur bestätigen. Mit drei kleinen Wörtern: Ja, ich bin's. Selbst ein Nicken oder Zwinkern würde genügen, und alles wäre gut. Zumindest für den Moment.

Aber ich kann nicht.

Also reagiere ich wie ein Schisser und frage: »Sorry, was hast du gesagt?«

Dabei ist glasklar, dass ich sie verstanden habe. Sie wirkt gedemütigt, versucht es anders: »Ich hab gefragt, ob du heute mit mir essen willst.«

»Yepp«, sage ich. »Bis später.« Jetzt ist es amtlich: Ich bin der *Yepp*-Typ. Vielleicht kann ich sie allein damit vergraulen.

In Sozialkunde hält der Lehrer einen Vortrag über Baron de Montesquieu und den menschlichen Ehrgeiz. Trennung von Regierungsgewalten in Exekutive, Legislative und Judikative. Was für Mitte 18. Jahrhundert ziemlich fortschrittlich gedacht war. Und trotzdem war dieser Typ, der so viel über Freiheit schrieb und über den Aufbau von Regierungen, damit niemand Angst vor anderen haben muss, gegen die Unabhängigkeit Amerikas? Oh, wunderbare Inkonsequenz. Fast wie die Changers-Bibel.

Dann stellt er die Theorie des umweltbedingten Determinismus vor, dass manche Wissenschaftler glauben, der Ort, an dem man lebt, macht uns zu dem, was wir sind. Hitler stand auf diesen Schwachsinn, nutzte ihn als Beweis, dass weiße, nordische Kulturen anderen überlegen seien. Und Thomas Jefferson benutzte diese Theorie, um die Kolonialisierung Afrikas zu rechtfertigen, weil tropisches Klima angeblich die Menschen dort »faul«, »promiskuitiv« und »unzivilisiert« mache. Wohingegen die Menschen der nördlichen Klimazonen »fleißig«, »vernünftig« und daher »vollkommen zivilisiert« seien. Widerlich. Ich frage mich, wie sich mit dem Klima Jeffersons sechs Kinder mit seiner Sklavin Sally Hemings erklären lassen.

Diese Theorie wirkt heutzutage so dämlich, richtig hinterhältig. Aber die Leute haben immer noch gefährliche Vorstellungen. Darüber, wer wen heiraten, wer auf welches öffentliche Klo gehen, wer keine Kinder haben, miteinander schlafen, zur Armee gehen oder in Sicherheit leben darf. Und heutzutage machen sie sich nicht mal mehr die Mühe, sich dazu eine schicke, wissenschaftliche Erklärung einfallen zu lassen. Der Wandel ist nah, kommt aber nicht schnell genug. Da muss man sich nur die Getreuen anschauen. Je mehr Unterschiede in den Begriff der Menschheit aufgenommen werden, desto mehr fühlt sich ein bestimmter Teil besagter Menschheit bedroht und versucht, dies rückgängig zu machen. Weshalb ich nichts lieber täte, als die Mission Mission sein zu lassen und zurückgezogen ein unbedeutendes Leben zu führen. Audrey und ich in einem Häuschen in einem Küstendorf mit nur einer Post und einem Café. Vielleicht noch ein Laden für gebrauchte Bücher. Nicht mehr dafür verantwortlich sein, die Meinung von irgendjemandem ändern zu müssen. Zu irgendwas.

• • •

Beim Mittagessen halte ich mich im Gespräch mit Audrey an Belanglosigkeiten. Sie trägt noch immer das Armband, das immer wieder aufblitzt, wenn sie den Arm bewegt. Sie stellt weiter investigative Fragen, und ich mach mit jeder Antwort ein bisschen deutlicher, dass ich neu an der Central bin, frisch eingetroffen vom pazifischen Nordwesten des Landes, weil meine Mutter eine Professur an der Vanderbilt bekommen hat. Beängstigend, wie einfach es ist zu lügen, wenn man einmal damit angefangen hat.

Im Laufe des Essens dämmert es Audrey, dass Kim nicht zur Party erscheinen wird. Als wir fertig sind, gehen wir zusammen zum einzigen Kurs, den wir dieses Jahr gemeinsam haben: Umweltwissenschaft. Unterwegs bemerke ich Kris, der am Ende des Flures etwas an die Schließfächer klebt. Als wir näher kommen, sehe ich, was es ist: purpurrote Flyer mit Kims Gesicht darauf. Darunter steht: Wer hat mich gesehen?

»Gibt's schon was Neues?«, fragt Audrey ihn, und ich bringe es fast nicht über mich, einfach danebenzustehen. Mein Gesicht glüht, es ist sicher so dunkelrot wie die Flyer.

»Nichts«, murmelt Kris und drückt das letzte Stück Klebeband an den unteren Rand eines Flyers, direkt unter die Telefonnummer, bei der man sich melden soll, wenn man etwas über das Verschwinden von Kim Cruz weiß. »Die Polizei behandelt es immer noch nicht als Vermisstenfall.«

Audrey geht zu Kris, und die beiden umarmen sich lange, während ich innerlich weiterhin Panik schiebe.

»Kris, das ist Kyle. Kyle, Kris«, sagt Audrey schließlich.

Ich strecke die Hand aus, um Kris' zu schütteln. Er wendet sich ab.

»Freut mich«, sage ich.

»Ach, wirklich?«, fragt Kris.

»Du musst entschuldigen«, unterbricht Audrey. »Wir beide haben jemanden verloren, der uns sehr wichtig ist.«

»Das ist schrecklich«, sage ich.

»Das verstehst du nicht«, gibt Kris patzig zurück und sein Gesicht ist gerötet, als hätte er geweint.

»Na ja, es tut mir wirklich leid um eure Freundin.« Ich spüre, wie Audreys Blick mich von der Seite durchbohrt, auf der Suche nach IRGENDEINEM Hinweis darauf, dass ich weiß, wer Kim Cruz ist. »Ich habe auch jemanden verloren, der mir sehr nahestand, und das war das Schlimmste, was ich mir vorstellen kann.«

Das ist die Wahrheit. Chase. Oma. Audrey. Mich.

Kris murmelt ein widerwilliges »Danke« und wischt sich mit dem Handrücken die Nase ab.

»Wenn ich irgendwas tun kann –«

»Kannst du meine Freundin zurückbringen?«, zischt er.

Ja, kann ich tatsächlich.

»Komm«, flüstert Audrey und drückt Kris' Schulter, bevor wir weitergehen.

Ich frage mich, wie Aud wohl damit klarkommt, Kims Gesicht auf einer Vermisstenanzeige überall zu sehen, wenn sie doch genau weiß, dass Kim eigentlich nicht wirklich »vermisst« ist, auch wenn sie mit an Sicherheit grenzender Wahrscheinlichkeit niemals zurückkehren wird.

Tracy und Destiny hatten recht. Ich habe sie zur Mitwisserin gemacht. Meinetwegen muss sie jemanden anlügen, der ihr auch wichtig ist. Und das, um jemanden zu schützen, der sie gerade aufs Kreuz legt.

Der Tag endet mit Sportunterricht. Wir rennen einen kleinen Parcours, als der Lehrer kurz verschwindet und mit Coach Tyler zurückkommt. Beide starren vom anderen Ende der Turnhalle zu mir. Zeigen auf mich.

Moi?, gestikuliere ich. Coach Tyler winkt mich heran. Ich laufe zu ihm wie in alten Zeiten, als ich noch Oryon war.

»Wo hast du bisher Football gespielt?«

»Irgendwo«, sage ich und versuche, mich zu erinnern, was in der Akte stand.

»Sprich lauter, mein Junge.«

»Seattle. Northeastern High.« (*Glaube ich.*)

»Welche Position?«

»Quarterback.«

»Wieso spielst du nicht bei uns?«, hakt der Trainer nach, während der Sportlehrer sich wieder dem Rest der Klasse zuwendet.

»Keine Ahnung«, antworte ich. »War gerade viel los, mit dem Umzug.«

»Stimmt, Mr Crowell hat etwas von Familienangelegenheiten gesagt. Tut mir leid, dass dein Vater krank ist.«

»Danke, Sir«, sage ich, eifrig, wie ich bin.

»Geht es ihm besser?«

»Ja«, erwidere ich und mache mir fast ein bisschen Sorgen, wo das hier enden wird.

»Gut. Ich möchte nämlich, dass du für uns spielst. Wir fangen zehn Minuten nach dem letzten Klingeln an. Heute. Ich lege dir Trainingsklamotten in die Umkleide.«

Und BÄM bin ich im Footballteam, übe nach der Schule Spielzüge und kriege Tipps von – ausgerechnet – Jason, der besonderes Interesse an mir hat, weil, wie er sagt, »etwas an dir mich an mich erinnert«.

Grusel.

Der neue erste Quarterback dieses Jahr, Darryl, der die letzten drei Jahre in Jasons Schatten gestanden hat, muss das Spiel letzte Woche vermasselt haben. Central kassierte eine Klatsche von 31

Punkten, wobei Darryl fünf Pässe warf, die allesamt vom Gegner abgefangen wurden, bevor er sich (dankenswerterweise) den Daumen verstauchte.

Kaum habe ich den ersten Pass über zwanzig Yards direkt gegen die Trikotzahl des Receivers geworfen, ist glasklar, dass es einen neuen ersten Quarterback in der Stadt gibt.

Ganz ehrlich, es hatte was Übernatürliches, wie sich mein Körper auf dem Spielfeld bewegte. Es war, als wären die Polsterteile in meine Muskeln eingenäht, der Helm eine Erweiterung meines Schädels, ganz anders als bei Oryon, der in derselben Ausrüstung wie ein Wackeldackel übers Feld eierte. Je schneller ich als Kyle rannte, desto schneller wollte ich werden. Mit jedem Spielzug wurden meine Pässe sauberer. Ich musste nicht mal nachdenken; sobald ich den Ball losließ, flog er dahin, wo ich ihn haben wollte. Keine Ahnung, woher dieses Können kommt, aber es ist ein 1a Gefühl, seinen Körper so zu beherrschen. Das kannte ich so noch gar nicht, nicht mal als Ethan.

Coach Tyler und Jason warfen sich immer wieder Blicke zu, nach dem Motto: *Der Typ ist ein Lottogewinn*. Ich glaube sogar, ich hab gehört, wie der Offensivcoach exakt diese Worte geäußert hat, bevor er sagte, ich solle mich jetzt ausruhen und morgen wiederkommen, und dann würde mich meine neue Spielernummer erwarten (8, Jasons alte Nummer), außerdem wäre mein erstes Spiel am Freitag.

CHANGE 4

TAG 11

Audrey und ich haben nun so etwas wie eine Routine. Nach der ersten Stunde gehen wir zusammen zur nächsten, winken uns später in der Cafeteria zu, und dann meide ich sie den Rest des Tages. Ich esse allein, ertappe sie aber im Laufe der Mittagspause mehrfach dabei, wie sie mich prüfend ansieht. Niemand setzt sich zu mir, also schlinge ich, so schnell ich kann, mein Essen hinunter, mit gesenktem Kopf und Kopfhörern auf den Ohren.

»Hey«, sagt so ein Typ, Brady, in der Umkleide zu mir, während wir uns fürs Training umziehen. Letztes Jahr hat er vielleicht zwei Wörter zu mir gesagt (na gut, Kim), aber ich kann echt nicht einschätzen, wie er drauf ist. Einer von den Guten oder Bösen.

»Bitte?«, sage ich.

»Ich bin Brady.« Er streckt mir die Faust hin.

»Kyle«, sage ich, stoße mit meiner dagegen und mache dann weiter meine Schulterpolster fest.

»Ich weiß, wer du bist. Jeder weiß, wer du bist.«

»Echt?«

»Echt«, sagt er. »Ich hab den Coach gestern schon von einem Division-One-Stipendium reden hören. Außerdem hab ich eine Schwester in der sechsten. Sie sagt, die Leute wetten darauf, wer sich als Erstes traut, dich in der Cafeteria anzusprechen, und sich dann zu dir setzen darf. Soweit ich weiß, liegt die Wette schon bei 50 Dollar.«

»Das kann nicht wahr sein.«

»Gibt auch viele Gerüchte über dich«, fährt Brady fort, obwohl ich nicht gerade viel investiere, um dieses Gespräch am Laufen zu halten.

Irgendwie bin ich schon neugierig, was für »Gerüchte« das sind, aber das darf er auf gar keinen Fall mitkriegen. Deshalb nicke ich nur und binde die Stollenschuhe zu.

»Kennst du Chloe? Erste Cheerleaderin? Ziemlich scharf? Egal, jedenfalls behauptet sie, dass du für Louis Vuitton gemodelt hast. Sie sagt, es gäbe ein Foto von dir oben ohne in einer ihrer europäischen Zeitschriften.«

Ich lache.

»Das stimmt also!«, sagt er. »Oder nicht?«

Ich erwidere nichts, schnappe mir meinen Helm und laufe raus aufs Feld.

Die Trainer belagern mich und versuchen, mir alle Spielzüge einzutrichtern und zu erklären, wie ich die Offensive führen soll. Es ist zwar ganz schön viel, aber um ehrlich zu sein, behandeln sie mich ein bisschen, als wäre ich dumm. Doch wer kann es ihnen verdenken – sich hatten schließlich drei Jahre lang Jason als ersten Quarterback.

Und wo ich grad vom Teufel spreche, nach dem Training gerate ich Jason in die Fänge, der um mich herumhüpft, mich abfragt und mir Tipps zu den Strategien der Defensivspieler unserer Gegner gibt. Hinter ihm taucht plötzlich Audrey auf, und ich kann meinen Blick nicht von ihr abwenden. Was ihm selbstverständlich nicht entgeht. Großartig.

»Wann fahren wir?« Die Frage ist an Jason gerichtet, obwohl sie dabei zu mir linst. Ich verziehe den Mund zu einem Grinsen, das sie aber vermutlich hinter dem Gesichtsgitter gar nicht sehen kann.

»Gib mir ein paar Minuten«, sagt er, als wäre sie eine lästige Stechmücke. »Das Spiel morgen Abend ist wichtig.«

»Fahr ruhig«, sage ich. »Ich muss sowieso nach Hause.«

»Soll ich dich mitnehmen?«, bietet Jason bereitwillig an.

»Nein, danke.«

»Audrey, das hier ist mein Schützling, Kyle.«

»Wir kennen uns.«

»Ach, wirklich?«, fragt er vielsagend.

Oh, oh, gleicht macht's peng ...

»Wir sind beide in Mr Crowells Klasse«, füge ich rasch hinzu, aber durch den Helm klingt es gedämpft.

Jason steht einen Moment regungslos da und schaut zwischen

uns hin und her. Ich frage mich noch, wie das ausgehen wird, da schlägt er mir schon mit voller Wucht auf den Hintern und nickt Audrey zu, sie solle verschwinden: »In fünf Minuten sind wir fertig, wir sehen uns am Auto.«

Sie geht weg und ich schaue ihr hinterher. Jason beobachtet mich dabei.

»Konzentration!«, sagt er mir drohend mitten ins Gesicht und schlägt mir von beiden Seiten gegen den Helm. Dann lacht er los wie ein Irrer. »Sie *mag* dich.«

»Ich kenn sie nicht mal, Mann.«

»Na, sie will dich jedenfalls kennenlernen. Wir haben uns schon Sorgen gemacht, dass sie auf Weiber steht, aber ich wette, wenn einer sie umdrehen könnte, dann ja wohl du.«

Der Typ ist echt unfassbar.

»Deine Schwester ist bestimmt total cool, aber ich will gar keine Beziehung«, sage ich.

»Bist du 'ne Schwuchtel, oder was?« Einen Moment lang bin ich wie gelähmt, weil mir all die Widerwärtigkeiten wieder einfallen, die Jason mir und meinen Freunden angetan hat. Ich spüre, dass mir der Schweiß den Rücken hinunterläuft und das Adrenalin durch die Adern rauscht. Innen drin bin ich noch immer Drew, Oryon und Kim. Mein Selbstschutzmodus hat sich noch nicht an mein neues, schrankartiges Körpergerüst angepasst. Da kichert Jason los, leise und eklig. »Bloß 'n Witz, Alter. Keine Schwuchtel könnte so werfen wie du. Stimmt's oder hab ich recht?«

CHANGE 4

TAG 12

Wir haben 38:3 gewonnen. Ich habe drei Touchdowns eingeleitet. Zwei weitere vorbereitet.

Nach dem Schlusspfiff stürzten meine Mannschaftskameraden einer nach dem anderen auf mich zu und sprangen mit voller Wucht in mich rein. Ich brauchte etwa vier Anläufe, bis ich kapierte, dass ich auch hochspringen sollte, damit wir in der Luft aufeinanderprallen. Dazu endloses Geklopfe auf meinen Helm. Pure Freude und Zuversicht in jedem einzelnen verschwitzten Gesicht. Die Trainer strahlten, als sei ihr Vertrag um ein Jahr verlängert worden, weshalb sie ihren Töchtern nun die Zahnspangen zahlen konnten. Coach Tyler überreichte mir den Ball, und so was hat er noch nie gemacht.

Als ich endlich die Zeit hatte, meinen Helm abzunehmen, kam ein Wirbelsturm aus rotbraun, schwarz und weiß auf mich zu, ein Trio aus drei Cheerleaderinnen, von denen eine mich ansprang, ihre Beine eng um meine Taille schlang und *zusammendrückte*. Als sie sich löste, erkannte ich, dass es sich selbstverständlich um Chloe handelte. Beim Versuch, sie abzuschütteln, entdeckte ich Audrey oben auf der Tribüne. Sie winkte und ich versuchte, einen Arm freizukriegen, damit ich zurückwinken konnte.

Aber bevor ich mich versah, strahlte mir ein Scheinwerfer ins Gesicht und blendete mich. Dann wurde mir ein Mikro vors Gesicht gehalten. Ein Reporter des Lokalsenders fragte nach dem 42-Yard-Pass in die Endzone im ersten Viertel. Ich kann nicht mal mehr sagen, was ich geantwortet habe. So was in der Art von: »Blablabla, Instinkt, blablabla, wäre nicht möglich gewesen ohne die Mannschaft.« Direkt danach verkündete Jason, dass ich damit rechnen müsste, am Montag von den Talentsuchern angerufen zu werden. (Denn so war es bei ihm gewesen.)

Ich war seit knapp zwei Wochen Kyle, ich spielte bei einem einzigen Spiel, und schon war ich Lokalheld, Retter der Schule, Model in Europa, Objekt einer Sexwette.

Ich war schon jetzt alles für jeden und hatte so gut wie nichts dafür getan. Es war so ein scharfer Kontrast zu Kim, Oryon, Drew. So ungerecht. Es machte mir Bauchschmerzen.

Aber. Wenn ich ehrlich bin. Ein bisschen geil war es auch.

CHANGE 4

TAG 19

Wir haben wieder gewonnen. Heimspiel. Diesmal zu null. 28:0. Ich warf drei der vier erzielten Touchdowns. Angeblich waren mehr Fans da als sonst. Angeblich wurde schon über die Teilnahme an der Landesmeisterschaft spekuliert.

Ich weiß, es ist nur stumpfsinniger Football, und auf das ganze Spektakel drumherum gebe ich nicht viel. Die Parade aufs Feld, die Kids, die einen anhimmeln, als wäre man Gott, die fremden Erwachsenen, die Schilder mit deinem Namen und deiner Trikotnummer hochhalten, die stolz darauf sind, dass du ein Stück Leder erfolgreich einer anderen Person zugeworfen hast, die gut fangen kann. Alles nebensächlich. Aber wenn ich gerade mitten in einem Spielzug stecke und in meinem Kopf eine Mischung aus Mathe und Magie abgeht, dann habe ich einen Moment Ruhe von dieser ganzen Audreysache. Dann sehe ich mal nicht die Vision von ihrem Tod, sondern konzentriere mich ausschließlich darauf, wo der Ball hinmuss.

Nach dem Spiel versammelte sich die Mannschaft und gefühlt die halbe Schülerschaft bei einem Typen zu Hause um ein paar Fass Bier. Die übliche Verwöhntes-Kind-Eltern-nicht-da-Gartenmöbel-landen-im-Pool-Geschichte. Andy kam auch, genoss die Aufmerksamkeit, die es mit sich brachte, wenn man mit dem Starquarterback befreundet war, und ließ nur zu gern alle Fragen über den rätselhaften Kyle Smith über sich ergehen.

Zum Spaß bestätigte Andy alles – und zwar im Flüsterton, als wäre der Empfänger der Information auserwählt, um in den Zirkel um Kyles kleine Geheimnisse aufgenommen zu werden.

Model in Paris? Ja, während eines einjährigen Sabbatjahres von der Highschool.

Casting für die nächste große Fernsehserie? Absolut.

Kronprinz eines kleinen, aber mächtigen und reichen fernen Landes? Ja, aber bitte verrate es keinem; er musste aus Sicherheitsgründen untertauchen.

»Das Mädchen da will mit mir rummachen«, flüstert Andy und zeigt quer durchs Wohnzimmer auf eine aus Chloes Gefolge, Brit.

»Glaub mir, das willst du nicht«, sage ich.

Plötzlich knallt die Haustür auf und wer stolziert herein? ... Jason. Der Typ, der sich wohl nie zu alt für Highschoolpartys fühlt. Begleitet wird er von zwei seiner Kumpels ähnlicher Gesinnung, allesamt vor fünf Jahren Spieler der Footballmannschaft. Und sie haben Hochprozentiges dabei. Jede Menge.

»Im Ernst? Der?«, schäumt Andy. »Ist der nicht um die vierzig?«

»Du verziehst dich lieber, außer du bist scharf auf eine zweite Runde mit deinem Erzfeind«, sage ich und ziehe mein Handy aus der Tasche, um Andy ein Uber zu rufen.

Er huscht gerade heimlich davon, da brüllt Jason auch schon: »Mein Nigga!«

Er sprintet fast zu mir herüber und verpasst mir eine fette Männerumarmung, Riesenshow vor allen Anwesenden. Er ist schon betrunken. Oder high. Oder beides.

»Was geht?«, presse ich hervor und sehe, wie hinter ihm Audrey durch die Tür schlüpft.

»Denen hast du einen ordentlichen Tritt in den Arsch verpasst!«

»Danke«, sage ich.

»Ab jetzt regieren wir die Schule«, lallt er, beugt sich zu meinem Ohr und flüstert: »Ich hab nachher noch eine Überraschung für dich.«

Mein Ohr ist feucht von seinem Säuferatem. Es fällt mir nicht leicht, nicht zurückzuzucken, aber gerade jetzt ist es wichtig, den Kontakt zu meinen Feinden zu halten. Dann marschiert er zur Stereoanlage, dreht die Lautstärke auf und schreit aus vollem Hals: »*It's getting hot in here, so take off all your clothes!*«, während drei Mädchen aus der Sechsten ihn fast orgiastisch umringen.

Am liebsten würde ich gehen, aber da steht auch schon Audrey vor mir und flötet superfröhlich: »Hi, Kyle.«

»Hey«, sage ich ein wenig überrumpelt.

»Nicht gerade Alvin Ailey«, sagt sie und zeigt mit dem Daumen in Richtung der Show, die ihr Bruder abzieht.

»Ach, na ja«, stammele ich, ihre Nähe macht mich ganz hibbelig.

»Tolles Spiel heute.«

»Ich dachte, du hasst Football.«

»Sagt wer?«, fragt Audrey und ihre Augen werden schmaler.

»Dein Bruder hat so was erwähnt, von wegen, das sei deiner Meinung nach was für Schwachköpfe oder so –«

»Oh«, kichert sie nervös. Und da fällt mir auf, dass sie neuerdings in meiner Nähe immer nervös zu sein scheint. »Und?«

»Und was?«, frage ich.

»Bist du ein Schwachkopf?« Audrey zieht die Schultern hoch und lässt das Kinn sinken. Flirtet sie etwa?

»Manchmal.« Ich ziehe ebenfalls die Schultern hoch, als wäre ich ihr Spiegelbild.

»Gut zu wissen«, sagt Audrey keck.

Wir verfallen in Schweigen und lassen die Blicke durch das Zimmer schweifen. Ob sie mich atmen hört? Ich finde meine Atmung gerade nämlich ohrenbetäubend. Die ganze Situation erinnert mich an die erste Party, auf der wir zusammen waren. Ich damals Drew, wir beide Cheerleaderinnen, ganz frisch auf der Highschool. Wie jung und naiv wir damals waren, so geflasht, weil wir zwischen all den coolen Kids rumsprangen, dabei waren die alles andere als cool. Wie wir uns auf der Suche nach einem ruhigen Plätzchen den Weg durch die Sauforgie bahnten – und auf Jason stießen, der gerade Fotos von einem ohnmächtigen Mädchen machte, dessen Unterwäsche man sehen konnte.

Oh Gott, was für ein Widerling.

Ich drehe mich zu Audrey. Nach diesem kurzen Ausflug ins Land der Erinnerungen ist da plötzlich wieder das Verlangen, ihr alles zu gestehen. Sofort wirbelt sie zu mir herum und schaut mich an.

Wir stehen uns gegenüber wie am Altar, mir liegen die Worte schon auf der Zunge. *Ich bin Kim. Ich bin alle anderen. Ich bin dein.*

»Was ist?«, fragt sie, als würde sie etwas spüren.

»Ich habe darüber nachgedacht, wie sexistisch dieses Lied ist«, plappere ich drauflos. »*I got a friend with a pole in the basement*? Echt jetzt? Eine Stange im Keller?«

»Klar, das ist sexistisch, aber nichts im Vergleich zu *I'll let you lick the lollipop*«, erwidert Audrey und neigt ihren Kopf, als fänden tektonische Plattenverschiebungen in ihrem Gehirn statt. Wir gehen wieder dazu über, verlegen die Ereignisse um uns herum zu verfolgen.

»Ich muss schon sagen, Kyle, das war eine ziemlich frauenfreundliche Analyse für einen Schwachkopf«, sagt Audrey schließlich und bricht damit das Schweigen. »Diese Partys sind immer scheiße.«

Das kannst du laut sagen.

Und dann dreht Audrey sich um und streift mich dabei seitlich. Nicht erotisch, eher verspielt und warm, wie eine Katze auf dem Sofa.

Oh, Mann.

Ganz egal, wie dämlich Jason insgesamt ist, mit einem hatte er recht: Audrey mag mich. Also, *mag* mag mich. Was bedeutet das nur?

Einerseits fühlt es sich fantastisch an und genau richtig – als wäre sie von meiner grundsätzlichen Ich-Essenz angezogen. Wir sind halt Seelenverwandte! Fühlen uns auf unerklärliche Weise voneinander angezogen, ganz wie Dichter und Dichterinnen es über Jahrhunderte beschrieben haben.

Andererseits habe ich gleich diesen faden Beigeschmack ... Was, wenn sie sich nur *wegen* meines Aussehens zu mir hingezogen fühlt, der Äußerlichkeit erliegt wie alle anderen? Mal ganz davon abgesehen, dass Audrey rasend schnell über den Verlust von Kim hinweggekommen zu sein scheint. Ja, es ist merkwürdig. Da ist doch ein verkorkster Teil von mir eifersüchtig. Eifersüchtig auf MICH SELBST! Aber wenn Audrey mich wirklich schon aufgegeben hat, um sich gleich dem nächsten glänzenden Ding zuzuwenden, wie stark war die Verbindung dann überhaupt?

Wenigstens trägt sie das Armband. Das bedeutet doch, dass sie immer noch nach mir sucht ... oder? Ich könnte es ihr sagen. Ich *sollte* es ihr sagen.

Aber ich kann nicht. Also sage ich: »Yepp«, und verdrücke mich.

Dann fange ich an zu trinken.

Fünf Jägermeister später ist plötzlich alles nicht mehr so wichtig. Ich halte Audrey auf Abstand, und das ist gar nicht so schwer, wenn man sich in Gesellschaft von Jason und seinen Kumpels widerlich verhält, die mir einen Kurzen nach dem anderen hinstellen, gefolgt von wässrigem Bier zum Nachspülen. Leute nähern sich mir wie einem König, als wäre ich Kanye in meiner exklusiven Luxusnische im Club, und sie kommen angepilgert, um mit mir über die rote Samtkordel hinweg eine Gettofaust zu machen. Alle wollen Kontakt, lächeln mir übertrieben zu oder sagen »Yo, Mann, dies! Yo, Mann, jenes!«. Die blinde Anbetung steht in so extremen Kontrast zu all meinen bisherigen Erfahrungen, dass ich das Gefühl habe, der Käfermann aus *Men in Black* in seinem Hautanzug zu sein. Wenn nur alle wüssten, was sich darunter verbirgt.

Jason taucht mit zwei Bechern Bier neben mir auf und flüstert: »Willst du jetzt deine Überraschung?«

Er legt einen Arm um mich, Bier schwappt aus einem der Becher in meinen Nacken und auf mein Hemd, worüber ich mich kurz ärgere, aber dann ist es gleich nicht mehr wichtig, weil mir schwindelig ist und ich ein Blender bin und sowieso alles egal ist. Jason bringt mich die Treppe hoch, durch einen Flur und dann durch eine Schlafzimmertür.

Drinnen stehen zwei Mädchen vor einer Kommode und betrachten sich im Spiegel. Sie wirbeln herum, als sie uns bemerken.

»Was soll das?«, nuschele ich, vollkommen besoffen.

»Das ist die Belohnung für deine überragende Leistung heute«, sagt Jason und zieht die Tür hinter sich zu.

Die Mädchen kichern, pressen sich aneinander. Jason reicht ihnen je einen Becher Bier, beide trinken einen großen Schluck. Und noch einen. Sie wirken so jung. Wie Drew damals.

»Trinkt aus«, ermutigt Jason sie und wanzt sich an das rechte Mädchen heran. Er legt seine riesige Pranke an ihre Wange und dreht dann ihren Kopf, um ihr einen schlabbrigen Kuss zu verpassen, dann reckt er sein Kinn ruckartig in meine Richtung. Wie auf Kommando trinkt das andere Mädchen einen weiteren Schluck, stellt den Becher dann auf die Kommode, kommt zu mir rüber und macht sich lang, um mich zu küssen, so richtig. Mit Zunge. Den Kuss kann ich ja schlecht nicht erwidern.

Erst da kapiert mein benebeltes Hirn, dass Jason mit *Belohnung* ein lebendiges, atmendes menschliches Wesen gemeint hat. Jason löscht das Licht, und schon macht das Mädchen aggressiver mit mir rum. Ich weiß nicht, wo Jason und das andere Mädchen hin sind oder was da läuft, ich weiß nur, dass mich dieses Mädchen zum weichen Bett drängt und die Hände zu meinem Gürtel wandern lässt. Als sie die Schnalle öffnet, greife ich nach ihren Schultern, um sie davon abzuhalten.

»Bist du sicher, dass du das wirklich willst?«, frage ich. »Wie heißt du?« Beim Sprechen wird mir klar, dass ich mich kaum selber verstehen kann. Mein Hirn fühlt sich an, als wäre es in einem Einmachglas.

»Jenny«, antwortet sie, setzt sich auf mich und zieht sich schnell aus. In meinem Kopf dreht sich alles.

»Ist das wirklich, was du willst?«, frage ich, und sie murmelt etwas, das sich wie ein Ja anhört. Dann murmelt sie noch etwas, bevor ihr Kopf wegknickt und sie auf dem Bett zusammensackt.

»Jenny?«, flüstere ich. »Jenny, alles okay?«

Keine Antwort.

Sie bewegt sich nicht. Ich schüttele sie sanft.

Nichts.

»Jenny?« Ich werde lauter.

»Alter, was machst du?«, kommt es irgendwo aus dem Zimmer, aber ich kann nicht erkennen, von wo. Vielleicht vom Boden? Es ist Jasons Stimme. »Sie will dich.«

Ich stehe auf, das Zimmer schwankt, ich muss mich zwingen, nicht zu kotzen.

»Was hast du denen ins Bier getan?«, meine ich zu sagen, aber ich bin nicht sicher, ob es wie beabsichtigt rauskommt.

Ich sehe Jason am anderen Ende des Zimmers. Er liegt auf dem anderen Mädchen, auf einer Decke. Sie ist im selben Zustand wie Jenny.

»Hier stimmt was nicht. Sie brauchen Hilfe«, sage ich, aber meine Worte purzeln wieder durcheinander.

»Bist du bescheuert?«, zischt er. »Bleib cool, Mann.«

Ich beuge mich über Jenny, halte mein Ohr dicht an ihre Nase und spüre normale Atemzüge. Sie lebt. Gott sei Dank. Ich decke sie zu und hole dann mein Handy aus der Tasche, um einen Arzt zu rufen.

»Was machst du da?«, fragt Jason. Er klingt wütend.

»Ich hole 'nen Krankenwagen.«

»Wofür denn zum Teufel?«

Die Tür fliegt auf. »Jason, ich brauche die Schlüssel, kannst du –«

Audrey.

Sie ist mitten im Satz eingefroren, den Mund aufgerissen. Sieht erst mich am Bett, dann Jenny bewusstlos unter der Decke. Audrey rennt aus dem Zimmer, bevor ich irgendetwas sagen oder tun kann. Ich lasse mein Handy fallen.

»Verdammt!«, brüllt Jason. »Das ist deine Schuld!« Dann schlingt er sich die Decke um die Hüfte und hetzt durch den Flur hinter Audrey her.

Er hat nicht unrecht, denke ich. Dann wird mir schwarz vor Augen.

Mein Verstand kämpft ums Bewusstsein: Ich muss ihn anzeigen.

Soll ich ihn anzeigen?

Wenn ich ihn anzeige, belaste ich mich selbst.

Vielleicht *sollte* ich belastet werden.

Ich weiß es nicht. Woher sollte ich denn wissen, dass er den Mädchen Drogen einflößen würde? Und mir?

Die Zeit wirbelt, die Farben verschwimmen. *Atme.*

Ich stehe auf, spritze mir Wasser ins Gesicht, stecke mir den Finger in den Hals und übergebe mich gerade ins Klo, als Jason zu mir ins Bad torkelt, mit nichts weiter bekleidet als der Fransendecke. Er sagt, dass er Audrey nicht finden kann. Es scheint ihm egal zu sein.

Mit einem Zeh stupst er das bewusstlose Mädchen auf dem Boden an.

»April«, trällert er und stupst sie fester an.

»Aaaapril.«

Sie regt sich nicht. Jason lacht nur, besoffen und zugedröhnt (weiß der Himmel, womit).

»Wo kann Audrey denn sein?«

»Wen juckt's?«, pampt er. »Neugierige Ziege.«

Er kratzt sich unterm Arm und riecht dann an seinen Fingern.

»Und was ist mit den Mädchen hier?«

»Bloß ein bisschen Frischfleisch aus der Neunten«, sagt er.

»Und was hast du mit denen gemacht? Ihnen was gegeben?«

»Alter, die wollten das. Ist doch nur Sex. Du bist der Quarterback! Du kriegst ein bisschen Action, die kriegen was zum Angeben. Klassische Win-win-Situation.«

»Aber wenn sie in der Neunten sind, darfst du doch gar nicht mit April vögeln.« (Von den K.o.-Tropfen, die er ihnen ins Bier geträufelt hat, will ich mal gar nicht anfangen.) »Du bist neunzehn. Sie ist vielleicht erst vierzehn. Das ist laut Gesetz Unzucht mit Minderjährigen.«

Bei diesen Worten wird Jason ganz blass, aber zweifellos weniger, weil er Mädchen unter Drogen gesetzt hat, um sie sexuell auszunutzen. Ihm geht vermutlich der Arsch auf Grundeis, weil er sich damit die Chance auf ein Footballstipendium verbauen könnte, wenn er erst wieder einsatzfähig ist.

»Alter, mit so 'nem erlogenen Scheiß beschuldigt zu werden, das ist der Albtraum eines jeden Mannes!«, schäumt er.

»Vielleicht haust du lieber ab«, sage ich und kann dabei nur an Chase denken. Chase, der, als er sah, wie Jason mich (Drew) vergewaltigte, nicht erst ein höfliches Gespräch anfing, sondern Jasons Gesicht sofort zu Pudding drosch. Ich frage mich, wieso ich nicht dasselbe tue. Stark genug wäre ich sicher.

Als Jason sich anzieht, frage ich so beiläufig wie möglich: »Wie viel hast du ihnen gegeben?«

»Schau mal einer an, wer neugierig wird«, sagt er. »Nicht viel, jeder nur 'ne halbe Tablette. Wollte dir bloß ein bisschen Spaß verschaffen, Mann.«

Dann verlässt er das Zimmer. Ich bleibe allein mit den beiden bewusstlosen Mädchen zurück, während er sich vermutlich unten wieder ins Getümmel stürzt, die Party ist schließlich noch in vollem Gange.

Kaum ist Jason weg, schaue ich sofort nach, ob auch April noch atmet. Was sie tut. Dann suche ich mein Handy und suche, wie lange es dauert, bis die Wirkung von solchen Pillen nachlässt, und ob ich irgendwas tun kann, um den Vorgang zu beschleunigen. Mir ist schwummrig und meine Muskeln fühlen sich an wie Bungeeseile, aber wenigstens bin ich bei Bewusstsein. Ich bin ziemlich sicher, dass Jason mir Ecstasy gegeben hat, denn darauf schien er zu sein. Ich erinnere mich daran, dass er, als ich Oryon war, in der Umkleide sagte, Sex auf X wäre so viel geiler.

Dann wird mir bewusst, dass April von der Taille aufwärts nackt ist. Zum Glück habe ich zwei Jahre Erfahrung mit BHs. Ich ziehe sie an, lege sie auf die Seite und schiebe ein Kissen unter ihren Hinterkopf (falls sie kotzen muss). Während ich zu Jenny gehe, um dort dasselbe zu tun, geht die Tür wieder auf.

»Hallo«, sage ich, ohne mich umzudrehen, »kannst du mir helfen?«

Es ist Audrey. Wieder der Ausdruck blanken Entsetzens in ihrem Gesicht. Bei Licht wirkt das Szenario vermutlich noch viel schlimmer als vorhin.

»Kannst du mir helfen, sie wieder anzuziehen?«, frage ich, weil ich mit dem leblosen Körper kämpfe.

Audrey zögert, kommt dann aber doch schweigend ins Zimmer. Ich halte das Laken hoch, damit Audrey ungestört dahinter Jennys Arme durch das Oberteil popeln kann. Nicht dass Jenny es bemerkt hätte.

»Bisschen spät für so ein Laken, findest du nicht?«, kommentiert Audrey. »Hier, halt mal ihren Kopf.«

Schweigend ziehen wir Jenny fertig an, dann decke ich sie zu und lege auch ihren Kopf seitlich aufs Kissen, falls sie kotzen muss.

Dann warten wir. Audrey am anderen Ende des Zimmers auf der Fensterbank, ich auf dem Bett neben Jenny, wo ich alle paar Minuten ihre Atmung überprüfe. Ich habe das Gefühl, Audrey würde mir gern eine ganze Menge sagen, aber sie tut es nicht.

Ich recherchiere fieberhaft weiter mit dem Handy nach Partydrogen. Nach ein paar Minuten kann ich verkünden: »Soweit ich das sehe, könnte es drei oder vier Stunden dauern, bis die Wirkung nachlässt. Du solltest nach Hause gehen, ich kümmer mich drum.«

»Ich bleibe hier«, sagt sie, geht zur Kommode, wo Aprils und Jennys Handtaschen liegen, und sucht darin nach Portemonnaies, in der Hoffnung, ihre Ausweise zu finden. April hat eine Karte mit ihrer Adresse drauf, Jenny nicht. Sie nimmt Jennys Handy, kommt aber nicht am Sicherheitscode vorbei.

»Scheint, als hättest du Erfahrung mit so was«, sage ich.

»Alle Mädchen auf der Highschool haben Erfahrung mit so was«, antwortet sie leise.

»Hör mal«, setze ich an, verstumme aber sogleich wieder, als ich Audreys Gesichtsausdruck sehe. Bestürzt. Verwirrt. Schlimmer noch: enttäuscht. So enttäuscht, dass ich zum ersten Mal froh darüber bin, dass sie nicht weiß, dass ich in Kyles Muskelanzug stecke.

Schweigen senkt sich wieder über uns. Unsicher, was ich sonst tun könnte, lese ich weiter, was ich so über K.o.-Mittel finden kann. Auf einem Blog steht, dass man dadurch seine »Hemmungen« verliere, »zugewandter« werde, größeres »sexuelles Verlangen« habe. Hat das ein Typ geschrieben? Bewusstlos werden ist doch kein »sexuelles Verlangen«.

Ich bin so ein Idiot! Warum habe ich nicht gemerkt, dass mit Jenny was nicht stimmt, bevor es zu spät war?

»Ich weiß, dass du ihnen das nicht gegeben hast«, sagt Audrey plötzlich.

»Gott sei Dank«, antworte ich. »Ich schwöre, ich hatte keine Ahnung, dass er –«

»Ich weiß«, unterbricht sie mich. Sie wirkt traurig.

»Möchtest du dich zu mir aufs Bett setzen?«, frage ich und höre da erst, wie das klingt. »Ich meine, willst du dich ein wenig ausruhen, bis sie aufwachen?«

»Schon okay.«

»Tut mir leid, das alles«, sage ich.

»Es klingt nicht so, als sei es deine Schuld.«

»Ich hätte wissen sollen, dass was faul war.«

»Wieso? Du bist bloß ein Mann.«

Ich küsse jemanden, innig, die weichsten Lippen, die ich je gespürt habe. Ich will die Hände auf die warmen Wangen legen, genieße den Kuss weiter, will nicht, dass er endet, löse mich dann, öffne langsam die Augen und stelle fest, dass ich …

»Kyle. Kyle. KYLE!«

Whoa, was? Moment. Audrey boxt gegen meine Schulter, um mich zu wecken. Ich blinzele, orientierungslos. Endlich verstehe ich, wo ich bin. Im Schlafzimmer, wo sich die grässliche Szene abgespielt hat.

»Guten Morgen, Sonnenschein«, sagt Audrey voller Sarkasmus.

Ich stehe auf, während Jenny und April gerade zu sich kommen, unsicher, was eigentlich passiert ist. (Zum Glück nicht im Entferntesten das, was hätte passieren können.) Sonnenlicht fällt durch die Vorhänge, ein paar Vögel zwitschern draußen in den Bäumen.

»Hey, bist du nicht der Quarterback?«, fragt Jenny.

Ich nicke.

»Haben wir?«

»Haben wir nicht«, versichere ich ihr.

Sie wirkt erleichtert.

Zu viert gehen wir nach unten. Im ganzen Wohnzimmer verteilt schlafen Leute. Zum Teil liegen sie so über Gegenstände gestreckt wie die weichen Uhren auf dem Gemälde von Dalí. Wir müssen uns am Geländer festhalten, um über einen aus meiner Footballmannschaft, Buster, steigen zu können, der ausgestreckt auf den untersten vier Stufen liegt und eine halb leere Flasche Whiskey umklammert. Seine Autoschlüssel baumeln an der Kette seines Geldbeutels. Ich mache sie ab, denn ich gehe davon aus, dass er sie in nächster Zeit nicht brauchen wird.

Wir gehen raus. Die schwüle Luft ist schwer und die Haare auf meinen Armen sind auf der Stelle feucht. Ich drücke auf den Schlüssel, bis wir das zugehörige Auto finden. Dann helfe ich April und Jenny auf den Rücksitz von Busters Jeep, öffne Audrey die Beifahrertür, setze aus der Einfahrt zurück und versuche dabei, so vielen leeren Flaschen wie möglich auszuweichen.

Auf dem Weg zu Aprils Adresse ist es still im Auto, wenn man von Siris Navigationshinweisen absieht. Der Wind peitscht durch die offenen Fenster herein und wirbelt einzelne Servietten durch den Fußraum. Im Rückspiegel sehe ich, wie Jenny durch ihren Snapchat-Account scrollt und sich blöde Videos von letzter Nacht anguckt. Geteilte Erinnerungen, die so lange anhalten wie ein Niesen. Sie verschwinden, als wären sie nie passiert.

CHANGE 4

TAG 21

Heute, während wir (offiziell) Hausaufgaben machten, erzählte ich Andy so gut wie alles von der Party. Als ich fertig war, sagte er, ich solle Jason anzeigen – wegen Verabreichung von Drogen und sexuellem Vergehen an einer Minderjährigen.

Dreimal wählte ich die Nummer vom Polizeirevier, und dreimal legte ich wieder auf, bevor jemand drangehen konnte. Was sollte ich denn auch sagen? Ich war nicht unbedingt der perfekte Zeuge.

Audrey hat mir erzählt, sie hat noch versucht, April und Jenny auf dem kurzen Weg bis zu ihrer Haustür zu erklären, was geschehen war. (Oder vielmehr, was *fast* zwischen mir und Jenny passiert war, der Teufel weiß, was zwischen April und Jason gelaufen ist, bevor er abhaute.) Audrey gab den beiden ihre Telefonnummer und bat, sie sollten bei ihr anrufen, wenn sie noch Fragen hatten, jemanden zum Reden brauchten oder Jason anzeigen wollten, weil er ihnen Drogen gegeben hatte. Sie fügte noch hinzu dass sie die beiden unterstützen würde – und ich auch.

Aber die beiden hörten nur mit halbem Ohr hin, wollten offenbar einfach nur schnell nach drinnen, sich duschen und schlafen gehen, um das alles hinter sich lassen. Vorteile, den ehemaligen Quarterback anzuzeigen, konnten sie keine für sich sehen schließlich würde so etwas doch nur zu einem Haufen Anfeindungen gegen sie führen. Und wozu? Jason würde ja doch nicht dafür verknackt. Wohingegen man sie als Unberührbare schmähte. Das hatten wir alle schon zur Genüge in dem Medien verfolgen können. Wir kannten die Doku *Hunting Ground* über Vergewaltigungen an Colleges, die meist ohne Konsequenzen für die Täter blieben.

Als Audrey zum Wagen zurückkam und einstieg, war ihr Gesicht gerötet. Ich fragte sie, ob alles in Ordnung war.

»Klar«, sagte sie ausweichend und schwieg auf dem gesamten Rückweg.

Ich hielt bei ihr vorm Haus, stellte den Motor ab und wagte einen letzten Versuch, bevor Audrey aussteigen konnte. »Wenn du reden willst, egal worüber, ich bin da.«

Sie warf mir einen zutiefst verachtenden Blick zu. »Was weißt du denn schon darüber, wie es ist, völlig machtlos zu sein?«

CHANGE 4

TAG 22

Ich muss mit jemandem reden, dabei wird mich sowieso niemand verstehen. Und trauen kann ich auch niemandem. Tracy? Absolut nicht. Mr Crowell? Ja, früher mal, aber mittlerweile müsste ich Angst haben, dass er mich bei Tracy verpetzt, die mich wiederum bei Turner und dem Rat verpfeifen würde. Und dann würde mein Vater alles erfahren. Auch Dad ist ganz offensichtlich keine Option. Der kam ja schon, als ich Drew war, nicht mal mit der Idee einer Vergewaltigung klar. Ich kann mir lebhaft vorstellen, welche Welle von Enttäuschung über mich hereinbräche, würde ich ihm gestehen, dass ich beinahe selbst zum Täter geworden bin. Weil ich besoffen war, meine Gefühle verletzt, und weil man mir verschwiegen hatte, dass das Mädchen zu diesem Zwecke unter Drogen gesetzt worden war. Für ihn ist Kyle die Antwort auf all seine Changers-Gebete. Ich habe gehört, dass er vor seinen Kollegen damit prahlte, wie toll es sei, dass Kyle ein Vertreter der Changers war.

Ich wünschte, ich könnte mit Mom reden. Aber nach dem ganzen Ärger vom letzten Jahr – meinem Umzug zu den RaChas, meiner immerwährenden und tiefen Depression – will ich ihr nicht zumuten, mit dem Wissen leben zu müssen, was ihr Sohn da angestellt hat.

In meiner Freistunde bin ich sogar vor dem Büro von Mrs Hayes, der Vertrauenslehrerin, auf und ab gegangen und habe ernsthaft überlegt reinzugehen und ihr alles zu erzählen, aber ich konnte mich nicht zum Anklopfen durchringen. Danach hab ich das Footballtraining geschwänzt und mich selbstverständlich von niemandem entschuldigen lassen, was eine Kardinalsünde für Coach Tyler ist. Aber ich hätte es nicht ertragen, Jasons dumme Fresse zu sehen, geschweige denn gewusst, was ich mit ihm angestellt hätte.

Auch Audrey bin ich aus dem Weg gegangen. Kam absichtlich zu spät zur ersten Stunde, verschwand früher (offiziell aufs Klo), wich ihr in den Pausen und der Cafeteria bewusst aus und schwänzte unsere einzige gemeinsame Stunde. Erst als ich mich auf den Heimweg machte, sah ich sie. Audrey kam aus dem Büro der Vertrauenslehrerin, in das ich feige Nuss mich nicht getraut hatte.

»Hey«, sagte sie hinter mir.

»Oh, hi«, erwiderte ich und tat so, als hätte ich sie vorher gar nicht bemerkt.

»Hast du Lust, einen Kaffee mit mir zu trinken? Ich hab das Auto meiner Mutter, ich kann fahren.«

Die süße Barista, Anfang/Mitte zwanzig, gießt ein Herz aus Milchschaum auf meinen Latte macchiato. Obwohl Audrey neben mir steht. Kann man offensichtlicher flirten?

»Ich glaube, das ist für dich«, sagt Audrey verlegen und reicht mir den Kaffee, auf dessen Pappbanderole die Barista ihre Telefonnummer gekritzelt hat.

Wir setzen uns in den hinteren Teil und sinken nebeneinander in das Sofa. Aber nicht zu nah.

»Passiert dir das öfter?«, fragt Audrey, beinahe ein wenig verletzt. Ich muss daran denken, wie Destiny behandelt wurde, während ich danebenstand und mir vorkam wie ein vergessener Müllsack in der Ecke. (Ich würde mal sagen, die Lernaufgabe hier ist ganz klar: *Pass auf, was du dir wünschst*.)

»Nein, würde ich so nicht sagen«, antworte ich schließlich. Und das ist nicht mal gelogen, schließlich spreche ich ja auch erst von zweiundzwanzig Tagen in diesem Aufzug. »Die Leute sind halt so.«

»Du hast leicht reden.«

»Ich bin sicher, dass dir ständig Typen ihre Nummer zustecken. Oder Mädchen. Wie auch immer.«

BÄM.

Da ist es mir rausgerutscht. War keine Absicht. Sofort denke ich an die Vision. Den Unfall. Ich muss von diesem vertrauten Weg runter, schnellstmöglich. Sie darf nicht wissen, dass wir uns kennen. Uns *kennen* kennen. Klar?

»Du bist kein schlechter Kerl, Kyle«, sagt sie dann. »Du glaubst sicher, Freitagnacht ging's um dich, aber das war nicht so.«

»Irgendwie aber schon.«

Sie rückt an mich und legt eine warme Hand auf mein Knie. Ein Stromschlag durchzuckt mich und lässt mir das Herz aufgehen. »Jeder macht Fehler. Glaub mir, ich habe jede Menge gemacht.«

Ich widerstehe der Versuchung zu fragen, welche genau sie damit meint.

»Ich habe anonymisiert mit Mrs Hayes über alles gesprochen«, fährt Audrey fort. »April und Jenny wollen lieber so tun, als wäre nichts passiert. Vermutlich glauben sie sogar, dass nichts passiert ist. So läuft das immer.«

»Er hat das etwa schon mal gemacht?«, frage ich, obwohl ich die Antwort kenne.

»Letztes Jahr hat er es bei Chloe probiert, der Chefcheerleaderin. Aber meine Freundin Kim hat ihm den Becher aus der Hand geschlagen und Jason zur Rede gestellt.« Sie prüft meinen Gesichtsausdruck, sucht vielleicht nach einem Zeichen, dass ich mich an den Zwischenfall erinnere.

Ich stelle mich dumm. »Kim klingt supercool.«

»Oh ja. Ist sie. War sie. Ist sie«, verbessert Audrey sich hektisch.

»Das muss schwer für dich sein. Er ist immerhin Familie.«

»Familie ist, was man draus macht.« Jetzt klingt sie wie sämtliche queeren Selbsthilferatgeber, die ich je gelesen habe. »Mein Bruder müsste dringend für seine Taten zur Rechenschaft gezogen werden. Aber er wird es nie.«

»Eines Tages wird er das«, sage ich, obwohl ich es selbst nicht so richtig glaube.

»Vielleicht in einem Paralleluniversum«, witzelt Audrey.

Es fühlt sich so warm und vertraut an zwischen uns.

»Na ja, ich sollte dann wohl mal los«, sage ich, obwohl sich jede Zelle meines Körpers dagegen sträubt.

»Ja, ich auch.«

Dabei ist nicht zu übersehen, dass sie genauso wenig gehen will wie ich.

CHANGE 4

TAG 27

Auch dieses Spiel haben wir gewonnen. Hurra. Diesmal war der Vorsprung allerdings geringer. Ich war nicht richtig bei der Sache. Hab mir kaum Mühe gegeben. Trotzdem zwei Touchdowns geworfen. Die Runningbacks haben den Rest erledigt.

Um ehrlich zu sein, würde ich mit dem Football gern aufhören. (Ganz wie Oryon.) Das Hochgefühl beim Spielen, das Umsetzen dessen, wofür mein Körper geschaffen wurde, kann die Qual, Zeit mit Jason verbringen zu müssen, nicht aufwiegen. Jason, dieser Hundehaufen, den man einfach nicht aus dem Profil seiner Lieblingsschuhe gekratzt kriegt, selbst nicht mit Zahnstocher. Wir haben bisher kein einziges Wort über den Vorfall bei der Party gewechselt. Oder darüber, dass er ein Serienvergewaltiger ist, weil 1.)

er es seiner Meinung nach nicht ist und 2.) mein Leben komplett vorbei wäre, wenn ich ihn damit konfrontieren würde. Aber warum soll ich auch dafür verantwortlich sein, Jason zu bestrafen? Das habe ich bereits mehrfach versucht. Und hat sich was geändert? Natürlich nicht.

Angeblich ist man geisteskrank, wenn man stets dasselbe Verhalten wiederholt und gleichzeitig andere Ergebnisse erwartet. Das habe ich mal irgendwo gelesen.

Was ich sagen will: Egal, was ich Jason auch an den Kopf werfe, es wird bei ihm trotzdem keinen Moment der Erleuchtung auslösen und ihn ausrufen lassen: *Oh, mein Gott, ich war wirklich mein Leben lang ein dämliches Arschloch, oder? Ich muss sofort zur Therapie.* Ich werde den Typen nicht hinkriegen. Ich krieg ja nicht mal mich selbst hin. Da verwende ich meine Energie lieber für andere Dinge, zum Beispiel dafür, meine Vision von Audrey zu verhindern.

Weshalb ich mich entschieden habe, auf das alljährliche Changers-Treffen zu scheißen. Ich habe nämlich keinen Bock darauf, mir wieder ewig anhören zu müssen, dass ich allein *#dieweltzueinembesserenortmachen* kann.

Ich habe Mom gesagt, ich hätte Durchfall. Habe mir reichlich heißes Wasser ins Gesicht gespritzt, sogar den Haaransatz nass gemacht, damit meine Stirn authentisch verschwitzt aussah, dann hab ich Mom ins Bad gelassen, Dad folgte ihr dicht auf ihren Fersen. »Er fühlt sich krank an«, sagte Mom und drückte ihre Wange gegen meinen Nacken.

Dad war außer sich. »Die Teilnahme ist obligatorisch.« Das war kein akzeptables Benehmen für seinen Vorzeige-Kyle.

Mom warf ihm einen Blick zu. Die Blick, der sagte: *Oh nein, mein Freund, das machst du nicht noch mal. Du hast letztes Jahr schon so großen Mist gebaut, dass wir uns fast getrennt haben, das lasse ich kein zweites Mal zu – und wenn du trotzdem so weitermachst, war's das.* (So habe ich zumindest ihren Blick interpretiert.)

»Es geht nur um dieses eine Treffen«, sagte sie streng. »Er war bisher bei allen anderen.«

»Jetzt hör aber auf. Er hat gestern Abend ein komplettes Spiel gespielt, da ging es ihm super«, argumentierte Dad.

»Und jetzt geht es ihm schlecht. Welche große Offenbarung erwartet ihn denn in diesem Jahr, die ihm in den letzten drei entgangen sein könnte? Was verpasst er, Sackhüpfen? Apfeltauchbecken? Kuchenwettessen?« Wenn man Mom so zuhörte, konnte man meinen, das obligatorische Changers-Treffen wäre ein megaüberholter Kindergeburtstag. »Wahrscheinlich ist er ansteckend, dann sollte er ohnehin nicht unter Menschen!«

Dad musterte mich eindringlich, den falschen Schweiß auf meiner Stirn, überlegte kurz und gab dann nach, wenn auch mit zusammengebissenen Zähnen. »Wenn ich nach Hause komme, werde ich berichten, was du verpasst hast.«

Ich ächzte (denn ich war zu krank zum Reden).

Diese Treffen sollen eigentlich so was wie den Charakter von Klassentreffen haben, tun sie aber nicht, weil alle in ihren neuen Vs erscheinen und keiner weiß, wer wer ist, und eigentlich sowieso niemand wirklich miteinander befreundet ist, weil wir alle auf unterschiedliche Schulen gehen und nichts gemeinsam haben, außer dass wir Changers sind, die zufällig über den gesamten Südosten des Landes verstreut sind. Das ist so ungefähr, wie zu erwarten, dass Leute sich kennen, weil sie in Tampa wohnen oder Sushi mit Avocado mögen.

Mom brachte mich ins Bett und kam kurz darauf mit Gatorade zurück – inklusive Eiswürfeln –, mein liebstes Getränk, wenn es mir mal nicht gut geht. Nachdem wir hörten, wie sich das Garagentor schloss und Dads Wagen sich entfernte, gestand Mom: »Ich bin so froh, dass ich da auch nicht hinmuss«, und zwinkerte mir zu.

Weshalb ich fast den Eindruck bekam, dass sie wusste, was mit mir los war, es ihr aber egal war. Weil Andy noch arbeitete und Mom mich allein ließ, um sich »ihre Zeit zurückzuerobern«, klappte ich meinen Laptop auf und schaute mir *Kampfstern Galactica* an. Staffel nach Staffel nach Staffel.

Warum fühlt man sich eigentlich so viel besser, wenn man zuguckt, wie alles menschliche Leben ausgerottet wird?

CHANGE 4

TAG 28

Heute kommt Tracy gleich früh am Morgen vorbei, weil ich beim Treffen gefehlt hatte. Nach einer kurzen Rückversicherung, dass ich nicht »krank« bin und das Baby »anstecken« kann, hockt sie sich mit einer halben Pobacke aufs Bett, ihren wachsenden Bauch unter einer kornblumenblauen Leinentunika verborgen, und löchert mich mit Fragen über meine bisherige Zeit als Kyle.

Alltagscoach Turner scheint das erste Treffen nach der vierten Wandlung zu nutzen, um sich schon mal einen Eindruck darüber zu verschaffen, was wir so insgesamt zu unserem Zyklus zu sagen haben, da wir ja nun zumindest einen Vorgeschmack all unserer Lebensoptionen haben.

»Du sollst ihm per E-Mail einen Bericht für deine Akte schicken«, sagt Tracy. »Und da ist noch etwas.«

Ich setze mich auf.

»An der Central gibt es noch einen Changer«, sagt sie sachlich.

»Echt? Wen?«, frage ich.

»Sie heißt Charlie und hat gerade erst angefangen.«

»Charlie?«

»Ja. Charlene, nennt sich Charlie«, erklärt Tracy.

Das war eine Überraschung. Ich hatte mich immer gefragt, ob es außer mir wohl noch mehr Changers an der Central gab.

»Ich habe ihr gesagt, sie soll nach dir Ausschau halten«, fügt sie hinzu, »aber wie du dir vorstellen kannst, könnte da eine gewisse Schüchternheit hineinspielen, weil du, na ja, eben bist, wer du bist.«

»Und wer bin ich?«

»Das musst du mir sagen.«

»Touché. Dürfen Charlie und ich miteinander sprechen?«

»Aber natürlich, du Witzbold«, tadelt Tracy. »Allerdings dürft ihr nicht –«

»Schon klar!«

»Ich wollte nur testen, ob du dich noch an die Regeln erinnerst.« Sie wirft mir einen Blick zu, der nahelegt, dass sie eine ganze Liste mit Situationen parat hat, die das Gegenteil beweisen.

»Wie könnte ich die vergessen?«

»Wie klappt es, Audrey aus dem Weg zu gehen?«, erkundigt sie sich und wechselt damit das Thema.

»Ganz okay, schätze ich.«

»Schätzt du?«

»Wir sind jedenfalls nicht zusammen, wenn es das ist, was du wissen willst«, sage ich trotzig, als würde ich nicht in Wahrheit permanent an Audrey denken und als hätte es da nicht gerade erst diesen Zwischenfall gegeben, der uns einander so viel näher gebracht hat.

»Wenn möglich, dann belasse es dabei«, sagt Tracy und tätschelt mir das Bein, das unter der Decke verborgen ist. »Bringen wir dich durch dieses Jahr und heile nach Hause.«

»Schon komisch«, platzt es aus mir heraus. Egal wie nervtötend sie auch ist, mir fehlt die alte Tracy. Unsere Art zu reden.

»Was?«

»Das hier«, sage ich. »Du und ich. Fühlt sich an, als hätten wir beide unsere Schutzwälle hochgezogen oder so.«

»Ich glaube, ich weiß, was du meinst. Ich bin nicht sicher, woran es liegt.«

»Ich auch nicht.«

»Ich sehe dich nicht mehr als Kind, so wie ich es noch bis letztes Jahr getan habe. Vielleicht brauchst du mich nicht mehr so sehr wie früher?«, schlägt sie vor.

»Das stimmt nicht.«

Tracy wirkt erschrocken. »Nicht?« Sie streicht über den Kragen ihrer Bluse. »Du wirst erwachsen, Kyle. Changer hin oder her, du machst bald deinen Abschluss und dann fängt der Ernst des Lebens an.«

»Und du gründest eine Familie.«

»Sieht so aus«, sagt sie und streichelt sich unbewusst über den Bauch. »Jetzt kriegen wir die Zahnpasta nicht mehr zurück in die Tube.«

»Meinst du damit Mr Crowells Sperma?«, scherze ich.

Tracy quiekt. »Kyle! Das geht zu weit!«

»Du hast angefangen.«

Sie schnappt durch die Decke nach meinen Zehen und rüttelt daran. »Diesen Sinn für Humor, den hattest du schon immer. Von Anfang an. Nun, ich muss zum Termin mit dem Makler.« Sie steht auf.

»Viel Glück bei der Traumhaussuche.«

»Du machst das gut, Kyle«, sagt sie und blinzelt. »Besser, als du glaubst.«

»Danke«, erwidere ich. Im Gehen rufe ich ihr hinterher: »Kommt es denn nun auch mal vor, dass die Visionen *nicht* eintreten?«

Tracy bleibt stehen. »Man kann unmöglich alles wissen.« Im Gegensatz zum letzten Mal antwortet sie also.

»Wenn du was wüsstest, würdest du es mir sagen, oder?«, dränge ich.

Aber sie ist schon weg.

CHANGE 4

TAG 48

Nachdem ich schon das Changers-Treffen – mit keinen nennenswerten Konsequenzen, wenn man mal von dem Bericht an Turner absah, in dem bestätigte, wie viel ich als Kyle, Aushängeschild konservativer Maskulinität, lernte – hatte sausen lassen, fiel es mir nicht unbedingt schwer, erst mal mit den Chronikaufzeichnungen auszusetzen. Alle – der Rat, Tracy, sogar mein Vater – scheinen im vierten Jahr den Druck auf mich extrem zu mildern. Kyle kann, vermute ich mal, nichts falsch machen.

Irgendwie neige ich gerade nicht mehr so zur Reflexion. Als wäre mein Hirn neu justiert worden. Mehr in der Gegenwart verankert. Selbstprüfung und ständiges Bedauern sind ein Ding der Vergangenheit. Alles ist so krass einfach, wenn man Mr Wunderschön ist, König der Junggesellen, der den konservativsten amerikanischen Traum verwirklicht.

Immer wieder ermahne ich mich, dass ich mir nur selbst schade, wenn ich meine Gedanken nicht aufzeichne, weil so viel passiert – so viel passiert *ist* seit meiner ersten Wandlung –, dass ich viel vergessen haben werde, wenn es an der Zeit ist zu entscheiden, wer ich den Rest meines Lebens sein will. Der Tag droht schon in sieben Monaten. Ich finde es fast unerträglich, darüber nachzudenken, schiebe es lieber weg.

Ach, guck, was haben wir denn da? Ich trete mir selbst auf die Füße, ohne dass mir Tracy auch nur den Hauch eines schlechten Gewissens gemacht oder ich einen bösen Blick von meinem Vater geerntet hätte. Der übrigens nun endlich letzte Woche in den Rat berufen wurde, weshalb er mehr Zeit denn je im Changers-Hauptquartier verbringt. Mom scherzt immer, sie sei eine Changers-Witwe, aber insgeheim mag sie die Zeit, die sie dadurch für sich hat. Sie hat angefangen, mit ein paar Freunden, mit denen sie ihre Praxis teilt, Tennis im Doppel zu spielen.

Für Dad scheint nach außen hin alles großartig zu sein, wenn es um mich geht – dieses Jahr bin ich der perfekte Sohn, gewinne ein Footballspiel nach dem anderen (yepp, ich bin immer noch dabei), kriege gute Noten, lasse mich nicht ablenken, indem ich mit jemandem ausgehe, vor allem nicht Konstanta-non-grata Audrey. Kein rasierter Schädel, keine schwarzen Klamotten, kein Abhauen und Bei-den-RaChas-Einquartieren. Keine Depressionswolke, die alle runterzieht. Kein Getreuen-Drama, keine Verhaftungen, keine Protestmärsche.

Selbst Jason, mein Quarterbacktrainer und Getreuen-Anwärter, ist Präsident und Geschäftsführer des Kyle-Smith-Fanclubs. (Schon übel, was das über Kyle aussagt.)

Jedenfalls ist der Grund dafür, dass ich heute Abend wieder mit den Aufzeichnungen anfange, dass ich beim Abschlussball war. Kein Abschlussball ohne Drama.

Zunächst mal war ich nach dem Spiel (das wir 35:10 gewonnen haben) so fertig, dass ich nur noch zu Hause bleiben und die zweite Staffel von *The Fall* zu Ende gucken wollte. Aber Andy quengelte so dermaßen, ihn zu begleiten, weil er a) noch nie bei einem Ball gewesen ist und b) immer noch versuchte, ein Mädchen aus der Zehnten anzubaggern, von der er ununterbrochen redete – und dafür brauchte er mich als moralische Unterstützung. Er sagt, sie erinnert ihn an Destiny. (Er ist so bedauernswert.)

Trotzdem tut er mir leid. Seine Eltern haben sich nicht ein einziges Mal nach ihm erkundigt, seit wir ihnen mitgeteilt haben, dass er bei uns untergekommen ist, und er macht eigentlich nichts anderes, als in der Woche zur Schule zu gehen und am Wochenende zur Arbeit, damit er »Miete zahlen« kann, obwohl meine Eltern ihm dauernd sagen, dass das verrückt ist. Jedenfalls bin ich aus Schuldgefühlen mit zum Ball gegangen, der ernsthafte posttraumatische Belastungsstörungen bei mir ausgelöst hat, aber wozu hat man schließlich Freunde?

Man kann nicht sagen, dass ich mir große Mühe mit meinem Outfit gegeben habe. Ich band mir in letzter Sekunde eine Krawatte um, und dann fiel mir auf, dass ich ein kurzärmeliges Hawaii-Surf-Hemd trug, mit dem ich vermutlich nicht reingelassen worden wäre. Wie cool, wenn mir Drews Retrosmoking noch gepasst hätte. Damals war ich so viel cooler. Mir waren Dinge wichtig. Als

Kyle fliegt mir alles zu, weshalb es mir echt schwerfällt, mich um etwas zu bemühen. Aber was soll's. (Seht ihr?)

Andy trägt einen schlecht sitzenden, kastenförmigen Leihsmoking, dessen tragisches Aussehen Mom mithilfe von ein paar wohlplatzierten Nadeln etwas reduziert hat. Ich befestige eine künstliche Blume an meiner Hemdtasche und trage idiotische blaue Hosenträger mit Fröschen drauf, knallbunte Socken und dazu eine Shorts. Volle Dröhnung Steve Urkel. ABER ich trage eine Krawatte, den Einlass dürfen sie mir also nicht verweigern.

Mom macht Handyfotos von Andy und mir, dazu posieren wir vor dem Kamin, zwischen uns Snoopy mit Sonnenbrille, die immer wieder von seinem dicken Kopf rutscht.

»Es wird nichts getrunken«, sagt Dad, als er mir seinen Autoschlüssel in die Hand drückt.

»Yepp, kapiert«, antworte ich.

»Ich halte ihn von der Bowle fern«, verspricht Andy, und zum ersten Mal seit Langem macht er den Eindruck, sich für etwas zu begeistern.

Hinweg spar ich mir, kommen wir direkt zum Ball. Kaum zur Tür rein, entdecke ich Audrey, die sich eher abseits hält. Michelle Hu ist auch da, und ich bitte sie, mir einen langsamen Tanz zu reservieren, woraufhin sämtliche Mathe-Athleten, die bei ihr am Tisch sitzen, den überdurchschnittlichen Verstand verlieren. Michelle hingegen bleibt cool. Es könnte ihr nicht mehr am Allerwertesten vorbeigehen. (Jedes Jahr frage ich mich, wieso ich nicht mehr Zeit mit ihr verbringe. Dieses Mädchen wird eines Tages Senatorin werden oder ein neues Internet erfinden, da bin ich mir hundertprozentig sicher.)

Chloe und ihr Gefolge stolzieren vorhersehbarerweise ebenfalls hier rum, machen sich über andere Mädchen lustig und sagen »süß«, als sei es ein Schimpfwort. Und dann ist da noch Kris, der, selbst für seine Verhältnisse, noch eine Schippe draufgelegt hat: Er trägt einen fabelhaften, eng anliegenden Catsuit mit Leopardenmuster und darunter ein hochgeschlossenes Hemd mit Rüschen.

Kiffer Jerry geht vorbei. Bekifft. »Und, was geht?«, fragt er mich, als Caden, einer meiner Footballkumpels, hinter ihm auftaucht.

»Ich tanze für den Weltfrieden«, scherze ich und Jerry nickt langsam.

»Zweifellos«, antwortet er und schlappt weiter.

»Wieso redest du mit dem Versager?«, fragt Caden, bevor Jerry außer Hörweite ist.

»Wer sagt, dass er ein Versager ist?«

»Jeder, der ihn schon mal länger als zwei Sekunden angeguckt hat«, sagt Caden verächtlich. »Du weißt schon, dass du nicht mit jedem reden *musst*, oder? Du willst doch nicht, dass die Leute den falschen Eindruck kriegen.«

Ich möchte ihn fragen, welcher Eindruck das genau sein soll, aber Andy taucht mit zwei Colas auf und platzt geradezu vor Vorfreude, gleich seinen neuesten Schwarm zu sehen. Caden schlendert davon, vergrault von noch so einem »Versager«, mit dem ich nicht reden muss, was mir aber offenbar nicht bewusst ist.

»Also, wo ist sie?«, frage ich Andy, und schon deutet er quer durch den Saal.

»Die?«, frage ich, als ich ein süßes, bebrilltes, weißes Mädchen sehe, das gerade eine Tüte Popcorn isst. Nicht Andys Typ, meiner bescheidenen Erfahrung nach.

»Nein, die in dem blauen Rock, beim Kuchen. Ist sie nicht toll?«

Ich fange an zu lachen.

»Was?«, fragt Andy, schlagartig unsicher. »Du bist ein Arsch.«

»Nein, es ist nur …« Natürlich hat er sich in Charlie verknallt, den einzigen anderen Changer an der Schule. Bisher haben wir uns nur mal im Gang zugenickt, nachdem Tracy mich auf sie aufmerksam gemacht hatte.

Ich weiß nicht, was ich tun soll. Darf ich es ihm sagen? Eigentlich soll ich mich Konstanten gegenüber nicht zu erkennen geben (Andy dürfte eigentlich gar nichts über meine Identität wissen), also müsste es etwa eine fünfzigmal schwerwiegendere Sünde sein, einen anderen Changer zu enttarnen.

»Sie ist echt süß«, sage ich also, weil ich mich dazu entschließe, es zu lassen. »Komm, gehen wir mal zu ihr.«

»Im Ernst?«, fragt Andy mit dem ultimativen Hundewelpenblick. Während wir den Raum durchqueren, um Charlie anzuquatschen, frage ich mich unweigerlich, warum Andy sich ausgerechnet von Changers angezogen fühlt. Muss irgendwie komisch gepolt sein, der Knabe. (Okay, das war jetzt bescheuert.)

»Das ist mein Kumpel Andy«, verkünde ich übertrieben förmlich, als wir bei ihr sind. »Er ist echt ein super Typ, der dich bisher aus der Ferne anhimmelt, deshalb dachte ich, ich frage dich mal, ob du nicht mit ihm tanzen würdest und vielleicht sogar bereit wärst, dich irgendwann mal bei Tageslicht mit ihm sehen zu lassen?«

Andys Gesicht wird kalkweiß. Mit einem gezwungenen Lächeln flüstert er: »Arschloch.«

»Radikale Ehrlichkeit. Steht heute auf der Speisekarte«, sagt

Charlie lachend und ein wenig fasziniert. Meine Mission hier ist eindeutig erfüllt. Außerdem muss ich pinkeln.

Auf dem Weg zu den Toiletten mache ich einen Schlenker zum Buffet, stopfe ich mir ein paar Kekse in den Mund und kippe einen Schluck Bowle hinunter, der, wie ich schmecken kann, heute Abend wundersamerweise nicht gepanscht ist – vermutlich, weil Jason letztes Jahr seinen Abschluss gemacht hat.

Ich stehe gerade am Pissoir, als Andy hereinplatzt und schreit: »Kyle! Kyle!«

»Spinnst du, Mann? Was soll das?«, frage ich und habe einen spontanen Urinstau. »Ich dachte, ich hab dich verkuppelt.«

»Du wurdest gewählt!«, ruft er.

»Gewählt?«

»Du bist König des Abschlussballs!«

»Hör auf, mich zu verarschen, ich hab nicht mal mitgemacht«, sage ich und mache den Reißverschluss zu.

»Schülervotum, du Penner. Ich schwöre bei Gottweißwas, sie haben definitiv deinen Namen genannt. Du musst da jetzt raus.«

Ich nehme an, es ist nicht schwer zu erraten, wer Königin ist ...

Chloe. Das Mädchen, das die Errungenschaften der Frauen um zehn Jahre zurückwirft, sobald es den Mund aufmacht. Als ich die Toilette verlasse, steht sie schon auf der Bühne, wirft sich in Pose und streckt den Rücken durch wie ein Filmstar auf dem roten Teppich bei der Oscarverleihung. Ich gehe zu ihr, denn das wird anscheinend von mir erwartet. Von oben entdecke ich Audrey und Kris schräg vorn an der Bühne, die gespielt klatschen, als Chloe ein Diadem aufgesetzt wird und kurz darauf mir eine um einiges größere und glitzerndere Krone.

Alle jubeln und pfeifen, während wir gezwungenermaßen in der Mitte der Tanzfläche zu »*All my Life*« von K-Ci & JoJo tanzen, wo Chloe sich sofort um mich schlingt, so wie die Aliens in, na ja, *Alien*. Sie versucht, mir das Leben auszusaugen, während wir uns hin und her wiegen und alle uns fotografieren und schwärmen und offenbar liebend gern mit einem von uns tauschen wollen – aber vermutlich auch nur so lange, bis sie die wahren Hintergründe unseres Lebens erfahren würden.

Ich erhasche einen Blick auf Audrey dabei, die gespielt in Kris' Richtung würgt. Kris hingegen macht seine Verachtung auf szenetypische Art deutlich: Er ignoriert Chloe und mich einfach komplett.

Als das Lied in eine Ke$ha-Nummer übergeht und immer mehr Leute auf die Tanzfläche drängen, verschwindet Kris zur Toilette. Audrey setzt sich mit baumelnden Beinen auf den Rand der Bühne. Sie sieht so unglaublich gut aus heute Abend, und was würde ich nicht alles geben, um mit ihr zu tanzen statt mit diesem Sukkubus, der immer noch an meinem Brustkorb klebt und GERADE VERSUCHT, MIR DIE GLITSCHIGE NACKTSCHNECKE VON ZUNGE IN DEN HALS ZU SCHIEBEN. Chloe schmeckt nach Pfirsichlikör und Minzbonbons und scheint gar nicht erst auf die Idee zu kommen, dass ich vielleicht keinen Bock auf diesen Austausch von Körperflüssigkeiten habe. Als ich mich von diesem Albtraum freigekämpft habe, ist Audrey verschwunden.

»Bist du schwul?«, schleudert Chloe mir entgegen, die ich wegschiebe, um Ausschau nach Audrey zu halten.

»Wie bitte?«, frage ich und sehe mich fieberhaft um.

»Na, wenn du nichts von mir willst, kannst du schließlich

schlecht auf Mädels stehen«, sagt sie, kichert über sich selbst und tippt gegen meine Krone, die an mir herunterrutscht und auf den Boden fällt.

Ich verpasse dem blöden Ding einen Tritt, der es unter den nächstbesten Tisch verfrachtet, und mache mich vom Acker, während ich mir gleich noch Chloes DNA von den Lippen wische.

Die Flure sind verlassen, manche liegen sogar völlig im Dunkeln, es herrscht gespenstische Stille. An den Seiten reihen sich die Schließfächer aneinander, jedes Hüter der Geheimnisse seines Besitzers. Ich werfe einen Blick in den Flügel für die Achten, dann den der Neunten. Nada. Endlich, im stockschwarzen Flur der Zehnten meine ich etwas zu hören. Ich laufe in die Richtung und rufe: »Audrey?«

Als ich hinterm Chemielabor um die Ecke biege, entdecke ich zwei Gestalten am Ende des Gangs – eine große, mit dem Rücken gegen die Schließfächer gelehnt, und eine kleinere, die davorkniet. Eine kurzen Moment lang fürchte ich, dass das Audrey ist, dabei wird, je näher ich den beiden komme, überdeutlich, dass da ein dünner Typ vor dem größeren kniet.

Ich will mich gerade unbemerkt davonstehlen, aber als ich mich umdrehe, quietschen meine Turnschuhe und der Größere schaut erschrocken zu mir. Ich erkenne ihn sofort: Buster, mein Offensive Lineman, dessen Eltern ihm wohl eigenhändig eine Fahrkarte in die Hölle lösen würden, wenn sie wüssten, dass er auf Männer steht.

»Du Schwuchtel, lass mich in Ruhe!«, höre ich Busters theatralischen Ausruf. Er packt den anderen im Nacken, reißt ihn hoch und schleudert ihn in die Schließfächer auf der anderen Seite des Ganges. Wie eine Stoffpuppe knallt der Kleinere dagegen und rutscht zu Boden. Hastig zieht Buster den Reißverschluss seiner Hose zu, marschiert rüber und tritt dann auf den am Boden liegenden Jungen ein.

In mir brennt eine Sicherung durch. Ich renne hin und reiße Buster mit mir zu Boden.

»Was zum Teufel machst du da?«, brülle ich und presse ihm meinen Ellbogen gegen den Hals.

»Runter von mir!«, schreit er. Spucke fliegt mir ins Gesicht.

Ich rühre mich nicht vom Fleck, drehe den Kopf, um nach dem kleineren Typen zu sehen, und da merke ich, *oh Gott*, es ist Kris. Seine Lippe ist aufgeplatzt und auch an der Schläfe blutet er gewaltig. »Alles in Ordnung?«, frage ich, während er versucht, wieder auf die Beine zu kommen, aber offenbar seine Füße nicht finden kann.

In dem Moment kriegt Buster einen Arm frei und boxt mir gegen das Kinn. Der Schlag trifft mich unerwartet, tut aber dank Adrenalin und meiner Alphamännlichkeit kaum weh. Liebend gern würde ich Buster piñatagleich verdreschen, aber ich unterdrücke diesen Impuls und knalle ihn stattdessen noch einmal fest auf den Boden, so fest, dass ihm die Puste ausgeht.

»Reiß dich ZUSAMMEN!«, brülle ich ihn an. »Kris, geht es dir gut?«

Er antwortet noch immer nicht, hat es aber geschafft, sich aufzusetzen, und hält sich nun ein Tuch gegen die Lippe.

Da taucht Audrey am Ende des Gangs auf. Sie fängt an zu rennen, und ihre schicken Schuhe klackern laut auf dem polierten Linoleum. Meine Ablenkung nutzt Buster, um sich aus meinem Griff zu befreien, auf die Füße zu kommen und wegzurennen. Da ist Audrey auch schon da, kniet sich neben Kris und berührt vorsichtig sein Gesicht.

»Oh, mein Gott, was ist passiert?«, fragt sie ihn, aber er schiebt ihre Hand weg.

»Nichts«, sagt Kris, zieht sich hoch und humpelt Richtung Toiletten davon.

»Ich komm mit«, sagt Audrey sanft und legt ihm einen Arm um.

»Lass mich in Ruhe!«, schreit Kris, schüttelt ihren Arm ab und stürmt durch die nächstgelegene Tür, die zum Mädchenklo.

Kaum ist sie hinter ihm zugefallen, fragt Audrey: »WAS IST DENN PASSIERT?«

Auch ich gebe ihr darauf keine Antwort. Wie soll ich denn all die psychologischen Mechanismen erklären, die hier gerade ablaufen? Busters Selbsthass, seine Angst vor dem eigenen Verlangen. Kris' Sehnsucht, gewollt zu werden, selbst von jemandem, der das nicht offen zeigen kann. Egal, wie viele Leute sich als queer oder nicht-binär definieren, es gibt ja trotzdem noch das sogenannte »Normale« und »Unnormale«, und die »normalen« Leute entscheiden, wie viel »unnormal« sie zu jedem x-beliebigen Zeitpunkt tolerieren wollen, und die Folgen, wenn diese beiden Vorstellungen aufeinandertreffen, kann man unmissverständlich an Kris' Gesicht ablesen.

Ich weiß, dass Audrey meint, sie gehört dazu. Aber sie hat sich nie geoutet, das volle Programm mitgemacht, ihrer Familie, ihren Freunden und ihrer Kirche gesagt, dass sie bisexuell, lesbisch, pansexuell oder was auch immer ist. Sie hat es für sich behalten. Und das ist in Ordnung. Trotzdem unterscheidet es sich massiv vom Alltag eines Kris, der jeden Tag buchstäblich sein Leben dafür aufs Spiel setzt, auf diesem Planeten ganz er selbst sein zu können. Oder nicht »er«, sondern als undefinierter Mensch, worauf es wohl, wenn ich raten müsste, hinauslaufen wird.

Kris hat sein Zuhause, seine Familie verloren, weil er nicht bereit war, auf eine einzige seiner Facetten zu verzichten. Dafür braucht man Mut. Und Herz. Und Kraft. Und Ausdauer. Das zumindest kann ich Audrey erklären.

»Kris wird schon wieder«, sage ich.

CHANGE 4

TAG 52

Lieber Kyle,

ich hoffe, das kommt jetzt nicht total falsch an und wirkt zu »Downton Abbey«-mäßig, dass ich dir einen Brief schreibe, aber ich wollte dich etwas fragen, und irgendwie bleiben uns nie mehr als ein paar kurze Momente in der ersten Stunde oder in den Pausen, um zu reden. Dabei würde ich mich wirklich gern einmal richtig mit dir austauschen, was diese flüchtigen Treffen nie zulassen.
Ich weiß, du bist superbeschäftigt mit (Schwachkopf-)Football und den Play-offs. Deshalb dachte ich, so ein Brief ist vielleicht am einfachsten, damit du nicht das Gefühl hast, du musst so-

fort reagieren. So hast du Zeit zum Nachdenken und kannst dann antworten. Oder auch nicht. Ganz wie du magst.
Tja, wie fange ich das jetzt am besten an? Vielleicht freiheraus? Denn nach allem, was ich bisher von dir mitbekommen habe, gehe ich davon aus, du nimmst das nicht als Beleidigung auf. Aber ich frage mich: Bist du schwul? Keine Ahnung, ob du das weißt, aber Buster und Chloe verbreiten entsprechende Gerüchte über dich. Ich persönlich gebe nichts auf Gerüchte. Und fände es übrigens total in Ordnung, wenn du schwul wärst. Denn, um ehrlich zu sein, bin ich mehr oder weniger bisexuell. Zuletzt war ich nämlich mit einem Mädchen zusammen. Und davor mit einem Jungen. Und davor mit einem anderen Mädchen ... und ich kann gar nicht glauben, dass ich dir das gerade schreibe, ich habe das nämlich noch niemandem erzählt. Du genießt also einen ziemlichen Vertrauensbonus von meiner Seite. Aber ich will halt deutlich machen, dass du offen mit mir reden kannst, wenn du willst. Falls du dich fragst, warum ich das wissen will: weil ich dich mag. Also, ich mag dich wirklich sehr.
Du bist ein guter Kerl, Kyle. Ich erkenne so was.
Aus irgendeinem Grund – und jetzt flipp bitte nicht aus – fühle ich mich dir sehr verbunden. Und ich kann mir nicht helfen, aber ich habe den Eindruck, du fühlst das auch ein bisschen. Bitte sag mir, wenn ich falschliege. (Ich halte das aus, ich bin ein großes Mädchen! Ich habe eine Menge Scheiß hinter mir, kannst du mir glauben.) Aber ich will nicht weiter so tun, als wäre da nichts.
Ein lieber Mensch hat mir mal gesagt, dass Geheimnisse krank machen. Und dass das Leben kürzer ist, als wir glauben. Ich

weiß, dass ich nie aufhören würde, mir diese Frage zu stellen, wenn ich nicht den Mut aufbringe, sie zu stellen. Insofern … bin ich gerade mal mutig …

xo,

Audrey

PS: Was du letztens für Kris getan hast, war wirklich großartig. Irgendwie fühle ich mich bei dir sicher.

CHANGE 4

TAG 54

Ich glaube, wir haben noch nie so kämpfen müssen wie heute. Wir standen der mit Abstand besten Mannschaft der Saison gegenüber, und als ich nach achtundvierzig Spielminuten vom Feld humpelte, tat mir alles weh – vom Streifen oben auf meinem Helm bis in die Stollen meiner Schuhe. In den letzten Sekunden des letzten Viertels sicherten wir uns erst den Sieg, als mein dritter Pass, ein 30-Yard-Geschoss, einem meiner Receiver genau in die ausgestreckten Hände fiel – noch nie hat man ein Highschoolstadion so ausrasten hören. Ich zumindest nicht.

Ich will nicht lügen: Dieser Sieg fühlte sich toll an. Vermutlich, weil ich für jedes einzelne Yard, das wir uns erkämpften, arbeiten musste. Und weil es das erste Play-off-Spiel der Nachsaison war.

Sofort nach Spielende wurden Stimmen laut, dass, wenn wir so weiterspielen würden, wir vielleicht eine Chance hätten, die Tennessee-State-Meisterschaft zu gewinnen.

Warum es mich freut, dass die Leute denken, wir könnten die Meisterschaft des Bundesstaates gewinnen? Keinen blassen Schimmer. Aber es freut mich. Nicht einmal Jason hat das in seinen vier Jahren als Quarterback geschafft. Woran er mich bei jeder Gelegenheit erinnert. »Mit deinem Arm und meiner Erfahrung könnte das was werden«, flüsterte er mir zu, als die letzten Sekunden des Spiels runtertickten. Es verwirrt mich nach wie vor zutiefst, wie wichtig es für Jason ist, dass ich ihn brauche.

Nach dem Abpfiff stürmte meine Mannschaft auf mich zu. Ich wurde hochgehoben und herumgetragen, wie ein Herrscher, der siegreich von Eroberungsfeldzügen zurückgekehrt war. Chloe und die anderen Cheerleader machten wie die Irren Flickflacks quer übers Feld, rotbraune Pompoms flogen wild in alle Richtungen und landeten fluffig im Gras. Die Fahnenträger rannten um das Spielfeld, die gigantischen Schulfahnen flatterten hinter ihnen im Wind und die Blaskapelle gab eine Knallerversion von Daft Punks »*Get Lucky*« zum Besten, was die gesamte Tribüne zum Tanzen animierte.

Natürlich könnte ich jetzt noch ewig aus der Spielerstatistik zitieren und so, aber das wird es nicht sein, woran ich mich in fünfzig Jahren erinnern werde. Wer immer ich dann sein werde, mir wird das Gefühl bleiben, der Typ an der Spitze des Rudels zu sein, der, den alle anhimmeln, über den alle reden, wie der alle sein wollen – meine Teamkameraden, längst erwachsene Männer, Kinder, Frauen jeden Alters. Ich hatte das Gefühl, in dem Moment alles haben zu können. Und das ist ein Gefühl, das sich selbst am Leben erhält, so wie wenn man Ryan Gosling ist oder Bruno Mars und nichts falsch machen kann (obwohl man, wie jedes menschliche Wesen, im Leben sehr viele Fehler macht) und alle einen lieben, wohin man auch kommt, und man irgendwie nicht anders kann, als auf den Gedanken zu kommen: *Klar, vielleicht BIN ich wirklich besser als andere. Ich HABE alles verdient, was ich kriege.*

Von da ist es dann nur noch ein kleiner Sprung zu: *Und der da verdient es nicht so sehr wie ich.*

Ich könnte mich echt daran gewöhnen, so durch die Welt zu spazieren. Denn wenn man wie Kyle durchs Leben geht, geliebt und verhätschelt, muss man sich nur ein Zehntel so sehr anstrengen wie eine Frau oder ein Mensch mit abweichender Hautfarbe oder jeder, der irgendwie anders ist, um EINFACH ALLES zu kriegen. Ich weiß das, weil, logo, ich ein Mädchen war und ein Mensch mit abweichender Hautfarbe und eine, die keine Anforderung von »normal« erreicht hat, egal welche Maßtabelle zugrunde gelegt wurde. Weil ich von so Versuchen gelesen habe, wo man auf identischen Lebensläufen einen »normalen« und einen »schwarz klingenden« Namen geschrieben hat und dieser fiktive schwarze Mensch dann nicht zum Vorstellungsgespräch eingeladen wurde. Oder diese Fälle, wo absichtlich ein männlicher Name auf das Manuskript einer Frau gekrakelt wird, das dann – wie durch ein Wunder – sofort veröffentlicht wird; wo anonyme Tests unter Computerprogrammierern gemacht werden und die Frauen vorne liegen, aber trotzdem nicht eingestellt werden; wo den Betrachtern von Fotos, auf denen Menschen mit Übergrößen zu sehen sind, nur Negatives zu den Models einfällt, während sie nur Positives über genau dieselben Models auf anderen Fotos zu sagen haben, auf denen sie schlanker retuschiert worden sind.

Ich weiß das, weil ich nicht so auf die Welt gekommen bin. Als dieser weiße, heterosexuelle, moderne Adonis, den man herumträgt und anbetet, dessen Füße kaum je den Boden berühren müssen. Und als ich so von den Schultern aus die Zuschauer auf der Tribüne sah, eine wogende und jubelnde Menge, die mir den Daumen zeigte, mir auf die Schenkel klopfte, im Grunde all ihre Hoffnungen und Träume in meine Fähigkeit setzte, ein Team zum Sieg zu führen – konnte ich nichts anderes denken, als dass sie sich in die Hose machen würden, wenn sie es wüssten.

Wenn sie wüssten, dass ich vor gerade mal fünfundfünfzig Tagen noch Brüste hatte. Und eine Vagina. Und nicht weiß war. Nicht hetero. Nicht schlank. Nicht blond. Und bei diesen Ritualen nicht willkommen gewesen wäre. Dort oben, auf den Schultern der anderen, dämmerte es mir, dass Kyle eigentlich nichts als eine Verkleidung ist – eine Verkleidung, die jeden Anspruch an Männlichkeit verkörpert, den diese Leute hatten.

Das ist alles ein bisschen viel auf einmal und, davon abgesehen, wem bleibt schon Zeit zum Nachdenken, denn nachdem das Lokalfernsehen seine Kamera auf mich gerichtet hatte (derselbe Reporter, der auch über die Demo der RaChas berichtet hat, als ich Kim war), teilt sich die Menge und ein ganz orange gekleideter Mann nähert sich mit selbstbewussten Schritten.

Wie sich herausstellt, ist er Talentscout vom College, und er dröhnt: »Tolles Spiel, tolles Spiel, Kyle!«, und streckt die Hand aus.

»Danke, Sir«, sage ich, während meine Teamkameraden, Trainer und Fans mich im Vorbeigehen berühren, als trüge ich kein einfaches Trikot, sondern das Gewand von Jesus persönlich. Der Typ gibt sich, als erwarte er etwas von mir, als könnte ich ihm helfen. Und er mir. Als trüge er die Antworten auf alle Fragen des Universums unter seiner leuchtend orangefarbenen Mütze.

Wir schütteln einander die Hand. »Dich erwartet eine leuchtende Zukunft an der Syracuse University«, versichert er mir und neigt sich dabei vor, sodass die Scheinwerfer die Schweißperlen auf seiner Stirn schimmern lassen. Hinter ihm wartet ein weiterer Mann, sein T-Shirt und seine Käppi haben einen anderen Orangeton, darauf, mit mir zu sprechen. Hinter ihm entdecke ich Audrey, die ebenfalls zu mir zu wollen scheint. Ich habe sie nicht mehr gesehen, seit sie den Brief in meinem Schließfach hinterlassen hat, und am liebsten würde ich diesen ganzen Zirkus hinter mir lassen, mit ihr zum Fluss gehen und ihr sagen, wie mutig dieser Brief war und dass ich auch so mutig sein will.

»Du hast gerade anderes zu tun«, sagt der Typ von der Syracuse, »aber ich melde mich. Ich melde mich auf jeden Fall.«

Der nächste Anwerber packt meine Hand, bevor Audrey bei mir ist, und schüttelt sie energisch. »Dave Daniels, Auburn, toll, dich kennenzulernen.«

»Kyle Smith«, sage ich.

»Oh, wir wissen, wer du bist, mein Junge, wir beobachten dich schon die ganze Saison. Ich wollte mich nur kurz vorstellen, hoffe aber, wir hören uns nach den Play-offs?«

»Klar«, sage ich und lächle Audrey an, um ihr zu signalisieren, dass sie als Nächste dran ist. (Wow. Ich denke schon wie ein Star, jemand, bei dem sich sogar die Freunde anstellen müssen, wenn sie mit ihm reden wollen.)

»Super gemacht«, sagt Audrey irgendwie halbherzig, als wir (einigermaßen) allein sind, wenn auch inmitten tumultartiger Feierlichkeiten.

»Das ist alles echt schräg.« Ich zeige auf die College-Scouts.

»Was wollten sie denn?«

»Wissen, wie man zum nächsten Imbiss kommt.«

»Hör schon auf, das ist echt eine Riesensache«, sagt sie und boxt mir gegen die gepolsterte Schulter. »Glaub mir, ich komme aus einer Footballfamilie.«

Wie auf Kommando springt einer meiner Mitspieler zwischen Audrey und mich, brüllt, so laut er kann: »WOOOOHOOOOO!«, und kippt sich einen Becher über dem Kopf aus, zerdrückt den leeren Becher an seiner Stirn, bevor er wieder weiterrennt.

»Wow«, sage ich.

»Ja, wow«, bestätigt Audrey. Immer noch kommen Leute zu mir, um zu gratulieren. Ich bedanke mich schnell und versuche, körpersprachlich und so wenig arschig wie möglich zu signalisieren, dass ich nicht gestört werden will. *(Keinen Blickkontakt!)*

»Ich sollte dich mal wieder freigeben«, sagt sie. »Aber ich wollte dir unbedingt gratulieren. Das war ein großartiger Pass.«

»Ich hab deinen Brief bekommen«, platzt es aus mir heraus.

»Oh, okay. Wir kommen gleich zur Sache«, sagt sie und wippt mit dem Kopf.

»Nein, ich m-meine«, stottere ich. Dann setze ich noch mal neu an: »Ich wollte nicht, dass du denkst, ich ignoriere das.«

»Das habe ich auch nicht gedacht.«

»Kann ich dich anrufen?«

»Klar.«

»Okay, super«, sage ich erleichtert.

»Willst du meine Nummer?«, fragt sie und ihre Wangen röten sich, wie immer, wenn sie aufgeregt ist.

Ich kann mich gerade noch zurückhalten, nicht noch gleich hinterherzuplatzen: *Die ist längst mental abgespeichert*. Ich nicke bloß.

»Kannst du dir gut Zahlen merken?« Ich nicke, obwohl das überhaupt nicht der Fall ist. Also sagt sie langsam ihre Telefonnummer auf, dreimal hintereinander, damit ich sie mir auch ja inmitten all des Wahnsinns merken werde.

»Ich ruf dich an!«, rufe ich ihr nach, während ich von Coach Tyler weggezerrt werde, der das Team zu einer kurzen Kritik zusammentrommelt. Darauf folgt die strenge Mahnung, dass wir ja gern unseren Sieg feiern dürften, aber nicht aus dem Sinn verlieren sollten, dass uns nur fünf Tage zur Vorbereitung aufs Halbfinale blieben, weshalb wir tunlichst dafür zu sorgen hätten, am Montag auch startklar zu sein.

Ich mag ja (gegenwärtig) eine dumme Sportskanone sein, aber eines habe ich trotzdem als Kyle gelernt: Keine After-Party ist so toll, wie immer alle denken. Ehrlich gesagt sind sie nach meiner (und Drews und Oryons) Erfahrung eher der ultimative und Furcht einflößende Beweis der Chaostheorie. Will heißen: Wenn ein menschliches Gehirn um die achtzig Milliarden Neuronen und eine Billion Synapsen hat, die alle jederzeit fehlzünden können, multipliziere man diese Ausgangswerte mit hundertfünfzig bis zweihundert Gehirnen auf einer Party – unter Berücksichtigung des Faktors von negativ null Anwesenheit von Eltern oder Erziehungsberechtigten – und schon potenziert sich die Wahrscheinlichkeit, dass sich eine handfeste Tragödie materialisiert, ausgelöst von nichts anderem als einem einzigen Rülpser (oder dem Schlag eines Schmetterlingsflügels).

Übersetzung: Kaum entließ uns Coach Tyler, ging ich sofort nach Hause und ins Bett.

Vorm Einschlafen las ich Audreys Brief noch sicher fünf Mal.

CHANGE 4

TAG 55

Ich wartete bis elf. Dann bahnte ich mir auf schweren und schmerzenden Beinen einen Weg durch das Chaos in meinem Zimmer, schloss mich im Bad ein und rief Audrey an. Nach nur einem Klingeln ging sie dran, flüsterte: »Warte kurz«, und suchte sich dann vermutlich ebenfalls ein Plätzchen, wo sie Ruhe vor ihrer Familie hatte. Verbotene Liebe, die jungen Liebenden aus den Häusern Capulet und Montague sind wieder da!

Als sie wieder dran ist, frage ich: »Wie geht's dir?«

»Sollte ich das nicht eher *dich* fragen?«, entgegnet sie. »Mein Bruder stolziert ununterbrochen mit nichts als einem alten Central-Trikot und einer eng anliegenden Sportunterhose durchs Haus. Als hätte *er* den letzten Touchdown geworfen.«

»Das glaubt er vermutlich wirklich.«

»Ich kann es nicht abwarten, bis sein Knie geheilt ist, damit er endlich aufs College geht und jemand anders sich mit ihm rumschlagen muss.« Ich schätze, sie ist nach draußen gegangen, denn gerade klingt es, als würde ein großer Lastwagen vorbeidonnern. »Meh, ich will jetzt nicht über ihn reden. Aaalso ...«

»Also«, sage ich.

»Also.«

Unser vertrautes Muster. Dabei weiß sie gar nicht, wie vertraut es mir eigentlich ist.

»Ich wollte mit dir über den Brief reden«, sage ich schließlich.

»Bin ich zu weit gegangen?«

»Nein!«

»Oh, puh. Ich hatte ja überlegt, ihn wegzuschmeißen.«

»Das wäre eine Katastrophe nationalen Ausmaßes gewesen.«

»Das bleibt abzuwarten.«

»Na gut, also ich ...«, setze ich an. Und stocke.

Der Moment ist gekommen. Ich hab die Grenze erreicht, sie ist unmittelbar vor mir. Ich muss mich entscheiden, ob ich sie überschreiten will. Jetzt und hier.

Audrey sagt kein Wort. Mir ist, als würde ich ihren sanften Atem am anderen Ende der Leitung hören. Mir tritt der Schweiß überallhin, wo er hintreten kann.

»Äh. Na ja, ich wollte nur sagen, dass du recht hast. Ich habe in der Tat Angst vor etwas.«

»Oh?«

»Und etwas lässt mich zögern«, fahre ich fort. »Aber das ist nicht dein, sondern mein Problem. Und ich werde das hinkriegen.«

»Okay, wow«, sagt sie. Es scheint, als hätte sie damit nicht gerechnet.

»Jedenfalls ...« Mein Herz trommelt. Weißt du was? *Scheiß drauf.*

SCHEISS.

DRAUF.

Ich kann doch mit Audrey zusammen sein, ohne ihr zu sagen, wer ich wirklich bin.

Uns verbindet irgendetwas. Welchen Unterschied macht es da, ob sie weiß, wer ich bin? Sie fühlt sich zu mir hingezogen, warum sollte der Grund dafür eine Rolle spielen? Ich bin jetzt lange genug Kyle, um mich unter Kontrolle zu haben. Wenn ich ein Team zur Meisterschaft führen kann, kann ich auch eine blöde Vision verhindern. Außerdem hat Tracy gesagt, dass gar nicht sicher ist, was genau sie bedeutet. Vielleicht ist der Unfall eine Metapher. Oder ein Täuschungsmanöver. Das muss es sein, denn egal was passiert, ich würde niemals etwas tun, das Audrey so zur Weißglut treiben könnte.

Das Schicksal kann gar nicht zuschlagen, wenn man schon weiß, was passieren wird. Wenn ich weiß, dass ein Reh zu genau diesem Zeitpunkt auf genau dieser Straße hinter genau diesem Baum hervorspringen wird, dann nehme ich eben nicht diese Straße. Problem gelöst.

Und sagen wir, nur der Vollständigkeit halber, dass ich trotzdem auf dieser Straße lande und mich dem Ort nähere, an dem das Reh auf die Straße springen wird: Dann kann ich immer noch auf die Bremse treten.

Ich habe die Kontrolle über mein Leben. Nicht meine Leben über mich.

Und wenn es so weit ist und ich meinen Mono wählen muss, wird Kyle vielleicht dran glauben müssen (unabhängig davon, wie toll ein solches Leben ist). Vielleicht auch nicht. Ich muss das schließlich nicht jetzt sofort entscheiden. Ich weiß nur, was ich weiß. Dass ich dieses Mädchen liebe und sie mich liebt. Und dass die ganze Changers-Sache sie ziemlich kaltgelassen hat und dass uns deshalb nichts auseinanderbringen wird. Nicht einmal diese Prophezeiung oder wie auch immer man die Vision nennen will.

Also räuspere ich mich und frage direkt in den Hörer, damit es keine Missverständnisse geben kann: »Audrey, willst du mit mir ausgehen?«

WINTER

FRÜHLING

CHANGE 4

TAG 240

Ich dachte, ich bin der Zukunft einen Schritt voraus.

Ich dachte, ich kann das Schicksal überlisten.

Ich habe mich geirrt.

CHANGE 4

TAG 241

Wenigstens lebt sie noch.

Ein kleines Zugeständnis des Universums.

Sie lebt. Künstlich beatmet, aber sie lebt.

Audrey liegt im Koma.

Sie hat eine Hirnschwellung, die unter Umständen dauerhafte Schäden zur Folge haben wird. Ein anschwellendes Gehirn hat keinen Platz. Der Schädel ist begrenzt, selbst wenn es der Verstand nicht ist.

Ich sitze an ihrem Krankenhausbett und starre sie an. Es ist drei Uhr morgens. Die Krankenschwester hat mich wieder reingeschmuggelt, denn glücklicherweise kennt Elyse jemanden am Vanderbilt, der jemanden kennt, der nachts in der Notaufnahme arbeitet. (Eigentlich dürfen nur Familienangehörige auf die Intensivstation.) Das Beatmungsgerät brummt Furcht einflößend; es pfeift und macht Geräusche, die mit echtem Atmen rein gar nichts zu tun haben. Ich hasse es. Aber es ist eins der wenigen Dinge, die Audrey am Leben halten.

Sie liegt einfach nur da. Spürt nichts, wenn jemand einen Schmerztest an ihren Füßen oder am Brustbein macht. Ein Teil ihres Kopfes ist rasiert, durch ein Loch wurde ein Drucküberwachungsgerät in ihren Schädel eingeführt. Fünf weitere Schläuche verschwinden in ihrem Körper oder kommen heraus. Vielleicht auch vier. Oder sechs. Eine Ernährungssonde, ein Katheter, eine Infusion und noch ein paar andere, die ich nicht mal benennen kann. Außerdem trägt sie Kompressionsstrümpfe, um Blutgerinnsel zu verhindern. Ihre Beine sind so dünn unter dem weißen Krankenhauslaken.

Es sieht grässlich aus, ganz so als wäre der Tod nicht mehr fern, aber Elyses Freundin versichert mir, dass ein Koma gerade das Beste für Audrey ist. Ihr Zustand sei völlig normal für das, was ihr Gehirn bei dem Unfall durchgemacht hat. *Nach allem, was ich ihrem Gehirn angetan habe*, denke ich, während die Schwester im Flüsterton mit mir spricht, für den Fall, dass Audrey uns hören kann. Was ich mir nur schwer vorstellen kann, aber die Schwester hat mir außerdem geraten, so viel wie möglich mit ihr zu reden, auch wenn es so aussieht, als ob sie nichts mitbekommt. Also mache ich das.

Ich lese ihr Artikel aus ihren Lieblingszeitschriften vor. Erzähle ihr die Handlung ihrer Lieblingsfilme von John Hughes: *Breakfast Club. Pretty in Pink. Ist sie nicht wunderbar?* Ich bringe Gedichtbücher mit und versuche, ihr die Gedichte vorzulesen, ohne in Tränen auszubrechen, weil es mich so rührt, welche Schönheit manche Dichter in nur einer einzigen Zeile einfangen können.

Ich erzähle von all den Dingen, die wir in den letzten Jahren zusammen gemacht haben. Cheerleading, Bowling, Karaoke, die Szene aus *Romeo und Julia*, die Arbeit an unserem Projekt über Liebe für die Literaturzeitschrift *Das Flugblatt*. Unser erster Kuss.

Die Schwester sagt, dass Audreys Hirndruck ganz langsam sinke. Noch ein kleines Geschenk. Also lese ich ihr weiter Geschichten vor.

Wie ist sie in diesem Bett gelandet? Wie konnte ich das zulassen? Weil ich egoistisch war, überheblich. Weil ich lieber ihr Leben aufs Spiel setzen musste, statt mich ein Jahr lang von ihr fernzuhalten – ein mickriges Jahr, wenn man das große Ganze betrachtet. Ich war zu arrogant, mir vorzustellen, ich würde scheitern. Ich konnte ihr nicht einfach zuschauen. Und nun sind wir hier.

Warum beichte ich nicht alles, wo der Chronikchip gerade aktiv ist? Wenn ich nicht ein paar Dinge loswerde, explodiere ich sonst noch. Oder gehe wieder zu der Brücke, von der ich mich an Tag 1 stürzen wollte. Ich fühle mich so hilflos, sitze einfach neben dem Bett, während Audreys Brustkorb sich mechanisch hebt und senkt, immer im Takt mit dem Piepen des Monitors. Da kann ich genauso gut mal wieder meine Gedanken aufzeichnen. Meine Form von Therapie. Und meine einzige. Außerdem sollte ich mich immer daran erinnern, damit es nicht mal eine Chance gibt, zu vergessen, was wegen meines Egos dem Menschen zugestoßen ist, den ich am meisten liebe.

Dabei dachte ich wirklich, es könnte klappen, aber das hat es ganz offensichtlich nicht. Und jetzt, wenn ich darüber nachdenke, hört es sich noch dümmer an, als es so schon ist. Ich habe geglaubt, wenn ich mich hier zurücknehme, nimmt das vielleicht den Fokus von mir. Lenkt von der Vorherbestimmung ab. Nimmt mir etwas der Changer-Bürde. Als Kyle war alles so einfach. Meine anderen Vs waren ein einziger Kampf. Aber als Kyle musste ich nie etwas tun, das ich nicht wollte. (Außer Audrey zu meiden.)

Jedenfalls: Gleich nach meinem ersten offiziellen Date mit Audrey – meinem ersten offiziellen Date mit Audrey als Kyle – wurden Mom, Dad und ich eingeladen, uns Tracys und Mr Crowells neues Haus anzuschauen und die unmittelbar bevorstehende Geburt mit einer Babyparty im kleinen Rahmen zu feiern. Geschenke, Knabbereien, alkoholfreier Champagner und gefühlt etwa tausend Ballons gefüllt mit Helium, das wir nicht inhalieren durften, weil, wie Tracy betonte, es »nicht *so* eine Party« ist.

Trotzdem konnte ich die ganze Zeit nur an Audrey denken, und fragte mich, wann ich sie wiedersehen würde, jetzt, wo wir wieder so dicke waren wie ein Elefantenarsch. Ich versuchte, mich am Partygeschehen zu beteiligen, lauschte den tränenreichen Ansprachen von Mr Crowells Eltern, hielt sogar selbst eine lahme Rede, aß ein bisschen was vom Krabbencocktail, trank eine rosa Limonade. Natürlich fehlten auch die üblichen kreativen Stationen nicht, und an einer solchen landete ich unter Tracys wachsamem Auge. Sie versuchte, einen Überblick darüber zu behalten (und zur Not zu beeinflussen), was wir auf die weißen, auf dem Esszimmertisch ausgebreiteten Baumwollstrampler malten, für die extra Textilstifte bereitlagen.

Ich malte den Körper eines Bodybuilders mit knapp sitzendem roten Bikiniunterteil, worüber Mr Crowell schmunzelte, Tracy jedoch (selbstverständlich) schockiert schnaubte, weil das so »geschmacklos« war.

Während die anderen ihre Strampler fertig bemalten, stahl ich mich unbemerkt davon, um mich einmal in Tracys neuer Hütte umzusehen. Unweigerlich fragte ich mich, ob Audrey und ich auch irgendwann mal zusammenziehen würden, Konstante und Changer, mit einem Baby im Bauch. Vielleicht war das ein bisschen verfrüht – also, natürlich war es das, aber ich konnte mir einfach nicht vorstellen, jemals mit jemand anders zusammen zu sein …

Gerade ist die Schwester reingekommen und hat einen neuen Infusionsbeutel an den Ständer gehängt.

CHANGE 4

TAG 241, TEIL 2

Also, abgesehen von Küche und Wohnzimmer, beide makellos für die Party hergerichtet, waren Mr Crowell und Tracy noch gar nicht richtig eingezogen. Überall standen Kisten und Koffer herum, hingen Berge von Klamotten inklusive Kleiderbügel über Stühlen, lagen Zeitungen und Luftpolsterfolie verstreut. (Mr Crowells Sachen, da bin ich sicher. Für Tracy ist Unordnung ein Fremdwort.) Im Schlafzimmer schimmerte etwas im Licht, eine Schmuckschatulle mit verspiegeltem Deckel. Als ich näher kam, erkannte ich das Changerszeichen, das mittig eingraviert war. Aus irgendeinem Grund verspürte ich das dringende Bedürfnis hineinzuschauen. Ich weiß, nicht die feine englische Art, und Tracy würde total ausflippen, wenn sie wüsste, dass ich in ihren persönlichen Sachen stöberte, aber das hab ich nun mal gemacht. (Wobei sie sich schon mal dran gewöhnen sollte, keine Privatsphäre mehr zu haben, schließlich bekommt sie bald ein Kind.)

Ich öffnete den Deckel und schaute in das Kästchen. Zuerst sah es aus wie ein Haufen Abzeichen, die der Rat Tracy für verschiedene Leistungen im Dienste der Changers verliehen hatte, ein bisschen wie Pfadfinderabzeichen. Doch dann sah ich es: das winzige Magnetding. Das Teil, mit dem Tracy jedes Jahr am ersten Morgen einer neuen V meinen Chronikchip neu startet und einrichtet – und so die Chronik für das neue Jahr startet.

Ich nahm es heraus, woraufhin es zweimal piepste und blau aufleuchtete. Blitzschnell schaute ich mich um, ob auch niemand das Piepsen gehört hatte. Und da kam mir plötzlich eine Idee. Schon möglich, dass ich zu viele Filme gesehen habe, in denen irgendein Nerd mit Persönlichkeitsstörung ein Signal blockieren muss, damit die latent psychopathischen, aber sehr kompetenten Kriminellen einen von der Security kontrollierten Laserstrahl zwischen sich und ihrem angepeilten Ziel überwinden können. Wieso nicht mal ausprobieren, ob sich so die Zukunft umlenken ließ? Den Chip abstellen, solange ich Kyle bin, und wieder einschalten, sobald die Gefahr gebannt ist.

Also drückte ich auf dieses komische Teil, wie ich es schon vier Mal bei Tracy gesehen hatte; es piepste wieder und leuchtete ein paar Mal rot auf. Dann hielt ich es mir an den Hals, wo mein Chronik-Chip sitzt.

Genau wie bei den vier vorherigen Gelegenheiten piepste es noch einmal, und dann spürte ich ein Klicken, gefolgt von einem Surren am Ansatz meines Schädels, und dann, *zack*, war sofort etwas anders. Vielmehr nicht anders, sondern wieder normal, so wie früher als Ethan (bevor mir der reiskorngroße Chip implantiert wurde!). Also versuchte ich, an etwas zu denken, um es aufzuzeichnen, aber es passierte nichts. Als hätte der Muskel aufgehört zu arbeiten oder so.

Ich war offline. Frei.

Ich meine, Benedict hatte so was in der Art erwähnt. Dass wir unsere Chronik-Chips hacken könnten. Ein paar RaChas hatten das getan, einerseits, um nicht länger Chroniken führen zu müssen, andererseits, um eine Möglichkeit zu haben, die nächste Wandlung hinauszuzögern. Soweit ich weiß, ist das niemandem gelungen, aber Benedict hatte von einem Changer erzählte, der sich den Chip eigenhändig entfernt hatte. Klingt grauenvoll, klar, aber jetzt konnte ich ihn verstehen. Ich wollte auch alles versuchen, um nicht länger an die Regeln und Abläufe der Changers gebunden zu sein. Um mit Audrey zusammen sein zu können und mir keine Sorgen wegen einer Vision machen zu müssen, die der Welt der Changers angehörte und nicht der echten.

In dem Moment hörte ich Schritte im Flur. Sofort verstaute ich das Ding wieder in seinem Kästchen, schloss den Deckel und schob beide Hände in die Hosentaschen, als würde ich einfach nur das riesige Schlafzimmer bewundern – und zwar genau bevor Mr Crowell den Kopf zur Tür hereinsteckte. »Hey, Kumpel, wir schneiden den Kuchen an«, sagte er und schien etwas verwirrt darüber, mich allein in seinem Schlafzimmer anzutreffen.

»Das ist ein Knallerhaus«, schwärmte ich. »Die Fliesen im Bad sind superretro.«

»Schön, danke«, antwortete er, wie immer gut gelaunt. Und

dann waren wir unterwegs zu den anderen, um feierlich den Kuchen anzuschneiden.

Danach ging ich nach Hause. Alles fühlte sich ein wenig anders an. Ich kann es nicht wirklich beschreiben. Aber ich wollte noch mehr wissen, noch einen Hinweis abgesehen von der Chronik-Sache. Mir ist völlig klar, wie verrückt das klingen muss – und wie radikal. Wer immer das hier überwacht, verständigt wahrscheinlich die nächste Psychiatrie, dabei zeigt es eben nur, wie verzweifelt ich dieser Realität entfliehen wollte. Ich nahm mein Schweizer Taschenmesser, verteilte etwas Alkohol auf der Klinge und schnitt mir in den Oberschenkel – um zu prüfen, wie lange der Schnitt heilen würde: die üblichen ein bis zwei Wochen, die es bei einem Konstanten dauert, oder die zwei bis drei Tage bei einem Changer. Ich dachte, wenn mein Chip abgeschaltet ist, wären auch die anderen Changers-Eigenschaften ebenfalls deaktiviert.

Es fiel mir überraschend leicht, mir in den Oberschenkel zu schneiden (weit oben, wo meine Boxershorts die Wunde verdecken und niemand – weder Mom, Andy oder sonst wer – sie nicht zufällig entdecken konnte). Als das erste Blut hervorquoll, zuckte ich unfreiwillig zusammen, weshalb der Schnitt länger wurde als geplant, insgesamt vielleicht fünf Zentimeter. Aber er war nicht tief. Kein Horrorfilmmaterial.

Ich ging ins Bad, presste etwas Mull auf die Wunde, bis sie zu bluten aufhörte, strich dann etwas antibiotische Salbe darauf und klebte schließlich ein paar Pflaster darauf.

Zufrieden damit, dass mein nächstes Experiment angeleiert war, rief ich Audrey an und machte ein neues Treffen mit ihr aus. Und noch eins und noch eins und noch eins.

Die nächsten Monate waren perfekt, einfach herrlich und wundervoll, als würden wir uns noch einmal ineinander verlieben, nur dieses Mal als Hochglanzversion. Wir verbrachten jede freie Sekunde miteinander, aßen in winzigen Restaurants in Nashville, waren am Fluss spazieren, wo wir bereits miteinander geschlafen hatten (Kim), wovon Audrey selbstverständlich nichts wusste, und verbrachten sogar hin und wieder Zeit mit Michelle Hu und Kris. Man könnte sagen, wir führten eine klassische Highschool-Beziehung.

An einem Wochenende waren Aud, Kris und ich bei einer Dolly-Parton-Drag-Party im Carousel (da wir in Tennessee sind, könnte man einwenden, dass jeder Abend im Carousel eine Dolly-Parton-Drag-Party ist). Wir tanzten unanständig mit Dragqueens, Dragkings, Jungs, Mädchen und allem Fantastischen dazwischen.

Das alles hielt ich selbstverständlich vor Tracy und meinen Eltern geheim. Tracy war in Bald-Mutter-Land und nahm jeden Geburtsvorbereitungskurs mit, den es gab, was sie beschäftigt und somit mir vom Leib hielt. Mom und Dad (hauptsächlich Dad) waren so dermaßen aus dem Häuschen über Schulsuperstar Kyle, dass sie die Leine etwas länger ließen als sonst.

Als Kyle strahlte ich Kompetenz aus oder vielmehr wurde sie mir von allen anderen zugeschrieben. Die Leute erwarteten, dass ich meinen Scheiß im Griff hatte, denn so war das doch bei attraktiven, weißen Typen, oder? Dieser völlig haltlose Vertrauensbonus war merkwürdig, trotzdem spielte ich mit und sträubte mich nicht. Ich saugte die Privilegien auf wie ein Schwamm. Was hätte ich auch sonst machen sollen? Mich in eine Kiste hocken und den Deckel vernageln lassen?

Und dennoch verwandelte ich mich dadurch nicht in Jason. Ja, ich hatte jetzt Macht. Ich stand an der Spitze der gesellschaftlichen Nahrungskette. Aber ich wusste, dass aus Macht große Verantwortung folgt. Ich hatte *Spider-Man* gesehen. Ich hab nicht den Arsch raushängen lassen. Nicht mal wortwörtlich. Ich habe Audrey nicht dazu gedrängt, mit mir zu schlafen. Nach der K.o.-Tropfen-Geschichte mit April und Jenny war Sex so ziemlich das Letzte, was ich auf die Agenda setzen wollte. Außerdem hatte ich schon Sex mit ihr gehabt, deshalb war dieses ständige Verlangen, jemanden auf diese Art zu entdecken, befriedigt (zumindest auf meiner Seite). Es gab aber umfangreichere Fummelmarathons. (Ich bin kein Mönch. Und Audrey auch nicht.)

Es dauerte knapp eine Woche, bis der Schnitt verheilt war (was mich so ziemlich mittig zwischen dem durchschnittlichen Konstanten und Changer ansiedelte, so meine wissenschaftliche Schlussfolgerung), also ging ich davon aus, dass die Deaktivierung meines Chips tatsächlich etwas »abschaltete«. Weil alles zwischen Audrey und mir so gut lief, im Leben von Kyle generell, überzeugte ich mich mit dem Ergebnis meines kleinen Schnittexperiments selbst davon, praktisch ein Konstanter zu sein, immun gegen alles, was in der Welt der Changers passierte.

Und als hätte ich noch mehr Überzeugung nötig, wurde ich, ein paar Wochen nachdem Audrey und ich zusammengekommen waren, im zweiten Viertel des Meisterschaftsspiels getackelt. Jetzt nicht superkrass, aber als ich unter den beiden schweren Defensivspielern im Gras landete, machte es erst *plopp* in meinen Ohren und fing dann an zu klingeln, weshalb die Trainer mich widerwillig (ganz ehrlich, sie sahen aus, als wären sie auf der Beerdigung ihres geliebten Großvaters oder so was) auf die Bank setzten, weil sie dachten, ich hätte eine Gehirnerschütterung.

Ich war wegen Audrey so high (und sie meinetwegen), dass mir unsere Niederlage, weil der Ersatzquarterback Darryl den Sieg nicht nach Hause bringen konnte, fast nichts ausmachte. Im Stadion gab es allerdings eine ganze Menge enttäuschter Gesichter, allen voran Jason. Er sah aus, als wären seine Träume erneut zerstört worden, aber diesmal von mir. Tat mir total leid für ihn. (Von wegen.) Natürlich war es scheiße zu verlieren, schließlich hatten wir die ganze Saison auf dieses Ziel hingearbeitet, das wir dann nicht erreichten. Trotzdem wäre das nicht der schönste Moment meines Lebens gewesen, das war klar. Ich hatte Wichtigeres vor.

Auf dem Heimweg vom Stadion in Knoxville, wo das Meisterschaftsspiel ausgetragen worden war, hielten Audrey und ich Händchen auf der Rückbank von Kris' Auto. Mein Kopf ruhte auf Audreys Schulter, während die Lichter an uns vorbeihuschten. Zu dem Klingeln hatte sich ein Pochen gesellt. Der Arzt im Stadion hatte gesagt, ich solle am Montag zu meinem Hausarzt gehen, weil manche Anzeichen einer Gehirnerschütterung erst Tage später auftreten. Ich hatte jedoch beschlossen, meinen Eltern nur dann davon zu erzählen, wenn es schlimmer würde. Und jedes Zeichen dafür, dass ich verletzlich war wie ein Konstanter, bestätigte mir meine dämliche Annahme, meine Abkehr von der Changerswelt würde das Unvermeidbare verhindern.

Der Rückspiegel warf ein Rechteck aus Licht auf Kris' Gesicht, unseren treuen Fahrer. Er warf immer wieder Blicke nach hinten zu uns. Schließlich drehte er den Achtziger-New-Wave-Mix leiser, der gerade über das Autoradio dudelte.

»Ihr Mainstreamschlampen, ich habe was zu verkünden«, sagte er.

»Du hast einen neuen Freund«, konterte Audrey.

»Ach du, nein. Wichtiger.«

»Wichtiger, als sich mit seinem Liebsten von der Welt abzuschotten?«, fragte sie.

»Ich mach das jetzt – mit der Angleichung.«

»Oh mein Gott!«, schrie Audrey und schoss neben mir hoch. »YEAAAHH!«

»Wenn ich achtzehn bin, mache ich einen Termin und informiere mich über Hormone«, erläuterte Kris.

»Das ist ja großartig, ich freu mich so für dich«, quietschte Audrey, schob sich zwischen die Vordersitze und umarmte Kris, sodass wir kurz auf den Standstreifen kamen.

»Das ist echt cool«, fügte ich hinzu und gab mir große Mühe, das warme Gefühl zu unterdrücken, das mein Herz erfüllte. Ich war, natürlich, wahnsinnig stolz, weil ich wusste, dass er sich sehr lange mit genau dieser Frage rumgeschlagen und sich darüber mit seinen Eltern zerstritten hatte. Aber ich konnte das ja nicht zu offensichtlich zeigen, Kyle wusste von seinen Qualen schließlich nichts. Oh Mann, apropos! Und ich nannte Kris hier permanent »er«!

»Sag mal, sollen wir dann jetzt mit *sie* von dir sprechen?«, fragte ich.

»Keine Ahnung«, sagte Kris, von der Frage kurz aus dem Konzept gebracht. Vielleicht auch nicht von der Frage, sondern von dem, der sie stellte.

»Also, wir unterstützen dich jedenfalls auf allen Ebenen – auf der Straße, bei der Klofrage, überall, wo du willst. Du musst es nur sagen«, verkündete ich, während Audrey sich wieder an mich kuschelte und ich meinen Arm um sie legte.

Nach vielleicht einem oder zwei Kilometern schweigend im Dunkeln sagte Kris: »Okay, mich haben wir dann jetzt also verstanden. Jetzt bist *du* dran.«

»Wer, ich?«, fragte ich.

»Ja, du.«

»Was gibt es denn da nicht zu verstehen?«, fragte Audrey und küsste meine verschwitzte Wange. »Mmmh, salzig.«

»Wieso sitzt du, Cis-Aushängeschild und noch dazu vermutlich feuchter Traum eines jeden Nazis, auf dem Rückweg vom vermeintlichen Höhepunkt deiner Highschoolkarriere im Auto einer bekennenden Homo-bald-Transfrau und bist mit einer angeblichen Lesbe zusammen?«, fragte er lächelnd.

»Ja, er hat mich zur Ex-Lesbe gemacht, oder?«, sagte Audrey.

»Ich meine es ernst«, beharrte Kris. »Macht dich das nicht wahnsinnig?«

»Was?«, fragte ich.

»Das. Ich, die Drag-Partys, der ganze Glitzerkram.«

»Wieso sollte mich das wahnsinnig machen?«, fragte ich, obwohl ich den Grund sehr genau benennen könnte, wenn ich schon immer Kyle gewesen wäre.

»*Kennst* du Transmenschen?«, fragte Kris.

»Er kommt aus Seattle«, sagte Audrey schnell.

Ich konnte Kris' Zweifel verstehen, die Skepsis, Befürchtungen mir gegenüber. Ich meine, Typen wie Kyle haben Kris im Grunde genommen von Anfang an das Leben zur Hölle gemacht.

»Nichts davon ist dir also unangenehm?«, hakte Kris weiter nach. »Ich frage ja bloß.«

»Na ja, du musst dich ja trotzdem nicht so aufführen«, sagte Audrey.

Mir gefiel, wie sie mich ein bisschen verteidigte.

»Was sollte mir daran unangenehm sein, wenn ein Mensch so ist, wie er ist?«, fragte ich. »Als weißer Cis nichts zu sagen, ist im Prinzip doch auch schon Gewalt, oder nicht?«

Audrey strahlte wie ein Honigkuchenpferd. Und Kris war mit dieser Aussage ruhiggestellt. Im Rückspiegel sah ich aber, dass sich einer der Mundwinkel nach oben bog. Audrey lehnte sich ganz nah zu meinem Ohr und flüsterte so leise, dass nur ich sie hören konnte: »Ich liebe dich.«

Gerade war ein Pfleger da, um die Schublade mit Elektrodenpads wieder aufzufüllen. Er hat mich kurz warm angelächelt, wie man das bei Freunden und Angehörigen eines Komapatienten eben macht, und dann den kleinen Rollwagen mit dem losen linken Hinterrad leise aus dem Zimmer geschoben.

CHANGE 4

TAG 241, TEIL 3

Schnitt, ein paar Monate später. Meine Eltern verkünden Andy und mir, dass wir das kommende Wochenende allein zu Hause sein werden. Dad muss zu einer Ratsklausur, wo er zweifellos mit Geschichten über seinen erfolgreichen Sohn prahlen wird. Und damit, dass ich ganz bestimmt Kyle als Mono wählen werde, damit ich uns als *#retterdernation* in den entscheidenden Kampf mit den Getreuen führen kann. Mom fährt zu einer Konferenz über »Evolution der Psychotherapie« in Atlanta.

Weshalb ich Andy eröffne, dass er eine alternative Unterkunft für sich und Snoopy auftreiben muss, damit Audrey und ich das Haus am Samstagabend für uns haben. Ich bin bereit, ihm ein Motel zu zahlen.

Am Mittwoch vor besagtem Wochenende treffen Audrey und ich uns nach der Schule im Café. Ich frage sie: »Sag mal, hast du Samstag schon was vor?«

»Nur, Zeit mit dir zu verbringen«, antwortet sie.

»Ich meine, den *ganzen* Samstag. Meine Eltern sind nämlich nicht da …« Ich lasse den Satz so stehen, damit es sich hoffentlich nicht so anhört, als würde ich irgendwas erwarten.

»Und …«

»Und … na ja, ich hab mich gefragt, ob du dann vielleicht bei mir übernachten willst.«

»Gewagt. Gefällt mir.« Sie neigt den Kopf, als würde sie mich mit neuen Augen sehen. Erinnert sie sich daran, dass ich sie schon mal gefragt habe, ob sie bei mir übernachten will? Damals wohnten wir noch in der alten Wohnung, ich war Oryon, und anstatt sie persönlich zu fragen, schrieb ich ihr einen Zettel und versprach, auf der Couch zu schlafen, weil ich lediglich die ganze Nacht alte Filme mit ihr gucken und gebuttertes Popcorn essen wollte. Und wohin das geführt hat, ist ja kein Geheimnis …

Wie auf Kommando fragt sie unvermittelt: »Hast du schon mal was von den Changers gehört?«

Ich pruste den Kaffee aus, hauptsächlich in meinen Schoß.

Audrey springt auf, um ein Bündel Servietten zu holen. Sie tupft damit meinen Bauch und meine Hose ab, gefährlich nah an meinem Schritt.

»Alles gut, passt schon, passt schon, der Kaffee war einfach noch zu heiß«, sage ich und flippe innerlich völlig aus, versuche aber, das nicht zu zeigen. Wieso kommt sie jetzt damit? Sie muss wohl auch an die Nacht mit Oryon gedacht haben.

»Ja, also, jedenfalls habe ich den Blog von so einem Typen gelesen und der schrieb von so Leuten, die es satthaben, sich zu verstecken. Das ist eigentlich ziemlich unglaublich. Sie sind während ihrer Highschoolzeit jedes Jahr ein anderer Mensch.«

»Nö, nie davon gehört«, sage ich. »Und wie soll das gehen? Verkleiden die sich?«

»Nein. Sie *werden* zu einem anderen Menschen. Eine genetische Mutation oder so ähnlich. Ich weiß, wie krass das klingt.«

»Nicht so krass, wie du denkst. Ich gucke schließlich *Orphan Black*«, sage ich.

»Es gibt nicht viele von ihnen«, fährt sie fort, »aber letztes Jahr haben sie in der Innenstadt eine Demo veranstaltet.«

»Cool.« *War das ein Test? Wie schnitt ich ab?*

»Und übrigens, ja«, sagt sie dann.

»Ja, was?«

»Ja, ich übernachte am Samstag bei dir.«

Und wieder war da diese Grenze direkt vor mir – aber dieses Mal entschied ich ganz bewusst, sie NICHT zu überschreiten. Eine weitere fatale Entscheidung. Die Entscheidung, die uns auf die Intensivstation der Vanderbilt gebracht hat. Denn natürlich spürte sie irgendetwas, was mal wieder das Verlangen bei mir auslöste, reinen Tisch zu machen und ihr alles zu gestehen. Dass ich Kim (Oryon, Drew) war und ihr das nie erzählt habe, weil mir eine Zukunftsvision verriet, dass Kyle sie einmal so wütend machen würde, dass sie einen scheinbar tödlichen Autounfall hatte.

Am besten hätte ich ihr das alles genau da in diesem Moment hingeknallt und ihr damit die Möglichkeit gegeben, selbst zu entscheiden, ob sie weiter mit mir zusammen sein und damit das Risiko eingehen will, dass die Vision Wirklichkeit wird. Dann hätten wir beide aufpassen können. Hätten vier Füße gehabt, die auf die Bremse treten und dem Reh hätten ausweichen können.

Aber nein. Ich wollte dieses Wochenende mit ihr. Mir war vollkommen bewusst, dass ich mir meine Chancen darauf verbauen würde, wenn ich ihr jetzt alles gestand. Also vertagte ich das. Sagte mir, ich würde es ein andermal machen. Ohne zu bedenken, dass es vielleicht kein Andermal geben würde.

Die Nacht war perfekt, was auch sonst? (Und ich werde hier keine Details verraten, das wäre eh schon irgendwie krank, ist aber umso kränker, wo sie hier gerade bewusstlos vor mir in einem Krankenhausbett liegt.) Irgendwann in den frühen Morgenstunden, bevor wir langsam wegdämmerten, schaute Audrey mir so voller Vertrauen in die Augen, als könnte sie mir direkt in die Seele blicken, auch wenn natürlich nicht alle Puzzleteile sichtbar waren. Es fühlte sich an wie die lebendige Version des Zitats von Aristoteles: *Liebe ist eine Seele in zwei Körpern*. Oder auch fünf.

Am nächsten Morgen wälzte ich mich aus dem Bett, um pinkeln zu gehen, und nahm an, dass Audrey noch schlief, weshalb ich mir nicht die Mühe machte, das Brandzeichen zu bedecken. Anders als Oryon vor zwei Jahren, der sich eilig die Boxershorts angezogen hatte, um uns etwas zu trinken zu holen (bevor sie das Armband fand, das ihr den entscheidenden Hinweis gab und den Rest unseres gemeinsamen Jahres in Rauch und Asche aufgehen ließ). Ich wähnte mich wohl zu sehr in Sicherheit, denn dieses Mal lag das Armband sicher und gut sichtbar auf meinem Nachttisch, neben ihrer Uhr und anderem Schmuck. Es gab nichts zu entdecken.

Als ich aber ins Zimmer zurückkam, saß Audrey an die Wand gelehnt da.

»Was ist das auf deinem Hintern?«, fragt sie beiläufig, als ich wieder zu ihr unter die Decke schlüpfe.

»Was denn?«, weiche ich aus.

»Diese Narbe auf deiner linken Pobacke.«

»Welche?« Ich versuche, Zeit zu schinden. »Ach das. Das ist beim Baseball passiert. Ganz knappe Geschichte an der Homeplate, ich musste runter und hab mir die Hose und den Hintern aufgeschürft.« *Das darf nicht wahr sein. Ich habe das alles unter Kontrolle, ich hab das alles unter Kontrolle.*

»Du hast mal Baseball gespielt?«

»Yepp, aber dann hab ich mich lieber auf Football konzentriert. Mehr Mädels, du verstehst. Haha.«

Sie verzieht das Gesicht.

Schnell, ablenken: »Komm, wir gehen frühstücken, was hältst du davon?«

Sie denkt darüber nach.

»Und?«

Nach einer weiteren Weile sagt sie: »Na gut.«

Sie scheint zufrieden ... vorerst.

Wir ziehen uns an. Ich schnappe mein Portemonnaie und den Haustürschlüssel. »Wir treffen uns am Auto«, sage ich und gehe ins Bad, um mir noch schnell die Zähne zu putzen. Damit meine ich das Auto ihrer Eltern, mit dem sie gestern hergekommen ist und das vorm Haus steht. Nicht den Wagen meiner Eltern, der unter normalen Umständen in der Garage stünde, jetzt aber bei meinem Vater auf dem Changers-Gelände ist.

Audrey muss aber zur Garage gegangen sein.

Als ich aus dem Bad komme, spüre ich, dass ich nicht allein bin im Haus wie gedacht. Audrey wartet nämlich nicht am Auto auf mich. Sie steht leichenblass im Flur, als ich um die Ecke biege.

»Wem gehört der Roller?«, fragt sie.

»Mir«, antworte ich.

»Wo hast du den her?«

»Äh, was meinst du?«

»Wo hast du diesen Roller her?«, fragt sie mit zitternder Stimme.

»Ich –«

»Woher?«

»Ich hab ihn letztes Jahr von so einem Mädchen über Craigslist gekauft«, ist das Erste, was mir einfällt.

»Was für ein Mädchen?«

»Ich weiß nicht, so ein nettes, asiatisches Mädchen. Ich weiß nicht mehr, wie sie hieß«, stammele ich.

»Ich wusste es, ich wusste es.« Im Rhythmus ihrer Worte hämmert sie mit der Faust gegen die Wand.

»Er hatte dieselbe Narbe, aber ich dachte, die ist von einem Skateboardunfall. Und die da hast du nicht von einem Baseballspiel. Ich WUSSTE es. Wieso lügst du mich an? WIESO?«

»Audrey, lass mich bitte erkl–«

»Du hast versprochen, dass du mich nicht anlügen wirst. Du, Kim, du hast es mir versprochen. Du hast gesagt, du wirst es mir am ersten Schultag sagen, und das hast du nicht. Du hast mich wieder und wieder ANGELOGEN!« Sie schreit beinahe und läuft in mein Zimmer. »Und weshalb steht ein Hundenapf in der Küche, wenn hier gar kein verdammter Hund lebt?«

Die Tür knallt zu.

Da stehe ich und muss zusehen, wie alles aus den Fugen gerät, aber ich weigere mich zu glauben, dass das schon wieder passiert. Mein persönlicher Murmeltiertag aus der Hölle. Ich atme tief durch, sage mir, dass ich steuern kann, was passiert, und, noch viel wichtiger, was nicht passiert. Tritt auf die Bremse, Kyle.

Ich schleiche hinter ihr her, lausche an meiner Tür. Ich höre Rascheln, Klimpern, Schritte auf dem Teppich. Sie packt ihre Sachen. Also atme ich drei Mal tief durch, gleichmäßig, lang, erdend. *Wir werden nicht streiten. Sie muss im Haus bleiben.*

Ich klopfe leise.

»Nein!«

»Audrey, bitte.«

»Verschwinde!«

»Bitte, ich muss dir nur was erklären«, sage ich ruhig, »und dann kannst du gehen.«

Die Tür geht auf. »Was willst du mir denn erklären? Als ob ich dir je wieder glauben könnte! Du bist ein Lügner, Kyle. Ein elender Lügner. Nein, gleich mehrere! Kim, Oryon, Drew!«

Sie versucht, die Zimmertür wieder zuzuschlagen, aber ich stoppe sie mit der Hand. »Hör mir doch bitte zu. Ich kann dir erklären, warum ich dir nicht alles gesagt habe.«

»Du meinst, warum du GELOGEN hast?«, sagt Audrey. Sie umklammert ihren Schlüssel mit der Hand, macht ihn so zur Waffe.

»Fünf Minuten.«

»Okay.«

»Willst du dich hinsetzen?«

»Du hast noch vier Minuten und fünfundfünfzig Sekunden.«

»Okay.« Also setze ich mich auf das ungemachte Bett. »Okay.«

»Vier Minuten fünfzig.«

»Ja. Ich bin Drew, Oryon und Kim«, fange ich an. »Aber als ich am ersten Schultag als Kyle aufgewacht bin, wurde mir klar, dass du in Gefahr bist, und deshalb konnte ich dir nicht sagen, dass ich Kyle bin, weil ich dich beschützen wollte.«

»Mit anderen Worten: Du hast gesehen, wer du bist, und vor allem, wie attraktiv zu bist, und da wolltest du dir erst mal keine Freundin ans Bein binden?«, zischt sie wütend. »Ich kann nicht fassen, dass ich darauf reingefallen bin. Ich kann nicht fassen, dass ich auf DICH reingefallen bin.«

»Audrey, ich bitte dich. Ich wollte immer nur dich. Ich will niemand anderen als dich.«

»Das glaube ich dir nicht. Wieso sollte ich auch?«

»Es war zu gefährlich, dich einzuweihen«, sage ich, lauter werdend.

»Inwiefern gefährlich?«

Ich weiß nicht, was ich darauf antworten soll. Ich muss verhindern, dass sie komplett ausrastet.

»Und diese angebliche Gefahr ist dann auf magische Weise verschwunden, als du dich zum ersten Mal mit mir verabredet hast?«, drängt sie.

»Nein, sie besteht immer noch.« Ich höre selbst, wie unglaubwürdig sich das anhört. »Deshalb habe ich versucht, mich von dir fernzuhalten, aber ich konnte nicht. Ich hab es ohne dich nicht ausgehalten.«

»Du klingst wie beim Casting für eine Soap-Opera.«

»Hör mir doch zu. Changers – und das hab ich dir schon mal erklärt – dürfen nicht mit anderen Changers zusammenkommen. Wir sollen verständnisvolle Konstante finden, Nicht-Changers, wie du. Das ist der Kern der Mission.«

»Der Mission?«

»Ganz ehrlich? Ja. Und wenn ein Changers-Konstante-Paar dann ein Kind bekommt, ist das Kind mit großer Wahrscheinlichkeit auch ein Changer. Der Gedanke dahinter ist, dass in ein paar Generationen genügend Menschen auf der Erde wandeln, die durch ihre Erfahrungen während der unterschiedlichen Vs so viel Empathie und Weisheit entwickelt haben, dass die Angst vor dem anderen überwunden werden kann.«

»Und, wie läuft das bisher so bei dir?«, fragt Audrey direkt.

»Das System ist nicht perfekt. Aber es kann funktionieren, ich hab es selbst erlebt. Es ist schwer, jemanden zu hassen, wenn man schon einmal in derselben Situation war.«

»Und was ist mit Homosexuellen?«, fragt sie.

»Was meinst du?«

»Wie sollen gleichgeschlechtliche Paare aus Changers und Konstanten Kinder kriegen?«, fragt sie. Dass sie so intensiv darüber nachdenkt, scheint sie zu beruhigen.

»Oh, na ja«, sage ich, kurz aus dem Konzept gebracht, aber erleichtert über eine Frage. »Alle Changers sind irgendwie posthomo und postgender. Im Fall der Fälle kümmert sich der jeweils zuständige Changers-Rat um einen Spender oder eine Leihmutter. Es wird dafür gesorgt, dass jeder sein Leben so leben kann, wie er will.«

»Verstehe«, sagt Audrey und lässt sich endlich auf meinen Schreibtischstuhl sinken.

Puh.

Einen Moment schweigen wir, ich betrachte sie genau, suche nach Zeichen für die bevorstehende Katastrophe. Selbst so gestresst ist Audrey himmlisch schön, mit ihrem strubbeligen Haar und den geröteten Wangen. Ich wünschte, ich könnte sie küssen. Ich wünschte, wir würden uns einfach wieder ins Bett legen und die nächsten hundert Jahre einfach zusammen dort bleiben.

»Ich glaube, du bist meine Konstante«, sage ich leise.

Sie reagiert nicht. Ihre Augen sind glasig.

»Eigentlich sollen wir erst nach vollständig durchlaufenem Zyklus über Partner nachdenken«, fahre ich fort. »Weil wir uns so extrem verändern. Sie wollen nicht, dass wir unsere Entscheidung davon abhängig machen, wen unser Partner am liebsten hätte. Oder dass wir unsere Konstanten mit all unserem Kram belasten, bevor wir sind, wer wir sind. Außerdem sind wir jung, also …«

»Das stimmt«, sagt sie.

Ich gehe langsam zu ihr; dieses Mal schreckt sie nicht zurück. Ich nehme sie in die Arme, und sie lässt es zu.

»Aber ich weiß halt einfach, dass du die Richtige für mich bist«, flüstere ich. Und halte sie ganz nah, drücke sie an mich, und die Morgensonne bahnt sich ihren Weg durch die nicht ganz ordentlich zugezogene Gardine.

Ich kann jederzeit auf die Bremse treten.

»Ich glaube, du bist auch der Richtige für mich«, sagt sie und fängt dann an zu weinen.

»Was ist denn los?«, frage ich sanft.

»Das ist alles so viel auf einmal. Und so verwirrend. Das ist echt ’ne Menge.«

»Stimmt.«

»Und jetzt machst du es schon wieder. Bringst mich dazu, dir zu glauben, an uns zu glauben. In deinen Augen muss ich doch wie ein Depp aussehen.« Sie löst sich von mir. »Du sagst mir nur die Wahrheit, weil du erwischt wurdest.«

Ich schlage die Hände vors Gesicht. Allmählich verliere ich die Geduld. »Ich hab dir doch gerade gesagt, warum: Ich wollte dich beschützen.«

»Wovor?«, fragt sie und wird lauter. »Wenn ich deine Konstante bin, die Richtige, dann sag mir, wovor.«

»Ich traue mich nicht!«

»Warum?«

»Vor mir! Ich will dich VOR MIR beschützen!«

Audrey wirkt panisch. »Was soll das heißen? Bist du gefährlich?«

»Nein. Bin ich nicht. Eigentlich nicht. Das ist so ein Changers-Ding.« Ich verheddere mich in meinen Gedanken.

»Sind Changers gefährlich?«

Sie hat Angst. Das ist auch nicht weiter verwunderlich. Alles, was sie über Changers weiß, hat sie von mir, und jetzt gerade ist sie davon überzeugt, dass sie mir nicht trauen kann. Alles, was ich je gesagt habe, könnte gelogen sein. Vielleicht sind wir Changers ja Serienmörder und ich nur scharf drauf, ihr Eizellen zu entnehmen, während sie schläft. Es ist nicht zu übersehen, wie ihr Gehirn rotiert, wie Logik gegen Gefühl kämpft und Erinnerung um Erinnerung verliert.

»Changers an sich sind nicht gefährlich, Audrey. Aber ich habe etwas gesehen«, sage ich.

»Wenn du wusstest, dass du gefährlich für mich bist, wieso bist du dann nicht einfach weggeblieben? Was immer du gesehen hast, wieso bringst du mich trotzdem in Gefahr? Verstehst du das wirklich unter Liebe?«

»Audrey, bitte.« Aber ich spüre, dass es zu spät ist.

»Ich muss hier raus«, sagt sie und steht auf. Ich will sie zurückhalten, doch sie weicht mir aus. »Bleib bloß weg.«

Bei diesen Worten schaltet mein Hirn um. Ich sehe rot, eine so abgegriffene Redewendung, die ich nie verstanden habe, bis mir tatsächlich blutrote Punkte vor den Augen explodiert sind.

»Was weißt DU denn schon von LIEBE?«, platzt es aus mir heraus, ohne dass ich etwas dagegen tun kann. »Du hast mich doch in der Sekunde vergessen, in der Kyle auf der Bildfläche erschien! Du solltest auf mich warten. Aber ich hab dich genau beobachtet. Vom ersten Tag an wolltest du Kyle. Von Sehnsucht nach Kim habe ich rein gar nichts mitbekommen.«

»Geh mir aus dem Weg!«, schreit sie, aber ich blockiere die Tür.

»Und wie hast du Kim überhaupt die ganze Zeit davor behandelt? Und vor allem: Wieso? Weil ich fett und uncool war? Weil Chloe mich nicht abgenickt hat? Warst du da etwa ein toller Mensch, Aud? Arme kleine Audrey. Hin- und hergerissen zwischen dem Wunsch, beliebt oder doch einfach nur anständig zu sein. Ist das etwa LIEBE für dich?«

»Wie kannst du nur so etwas sagen?«, fragt sie, wirklich verletzt. »Ich mochte Kim.«

»Nicht so, wie du Kyle mochtest.«

»Das ist doch verrückt. Du BIST Kyle! Du bist derselbe Mensch, verdammt!«

»Klar, aber das *wusstest* du nicht. Du erzählst so einen Scheiß, Audrey.«

»Weißt du was? Ich kann das nicht.« Sie schiebt sich an mir vorbei. »Ich versteh das alles nicht. Ich versteh dich nicht. Du redest Schwachsinn. Und zwar zum letzten Mal! Ich will nie wieder was mit dir zu tun haben.«

»Warte.« Ich packe ihr Handgelenk, fest, und sie zuckt vor Schmerz zusammen, reißt sich los.

Unser Schicksal ist besiegelt.

Ich rannte ihr nach.

Und dann lief alles exakt so ab, wie es mir erschienen war.

Audrey saß im Wagen, das Fenster wegen der Hitze runtergelassen.

Ich stritt weiter mit ihr, durchs Fenster.

Sie schrie. Ich schrie.

Sie griff nach dem Schlüssel, um zu starten. Ich packte nach ihrem Arm.

Der Motor sprang trotzdem an.

Ich versuchte, durchs Lenkrad hindurchzugreifen, um ihn auszuschalten.

»Ich hasse dich, Kyle!«

Sie trat aufs Gaspedal. Raste davon.

Ein Quietschen, gefolgt von einem lauten KNALL, der den Gehsteig erzittern ließ, der meine Füße, meine Knie durchfuhr.

Sofort Rauch, dann Flammen. Das ununterbrochene Tuten einer Hupe.

Ich rannte hin.

Die Fahrerseite umschloss die Vorderseite eines schweren Lastwagens. Audrey lag auf dem Lenkrad, auf der Hupe, der Airbag hatte nicht ausgelöst, Flammen züngelten an der Windschutzscheibe. Der Fahrer des Lastwagens war ausgestiegen, taumelte benommen auf der Straße.

Ich stemmte die Beifahrertür auf. Die Hitze war fast unerträglich. Ich legte die Arme um Audreys schlaffen Körper, sofort verstummte die Hupe. Dann zerrte ich Audrey auf den Gehweg. Ich nahm sie richtig auf den Arm und legte sie in einem Vorgarten auf die Wiese, weit genug von Unfallort entfernt, damit sie in Sicherheit war, falls der Wagen hochging. Was er auch tat. Ich schirmte ihren Körper mit meinem ab, bis keine Autoteile mehr vom Himmel fielen.

Dann hörte ich die Sirenen.

CHANGE 4

TAG 242

Ich wurde ausgerechnet von der Stimme geweckt, die ich absolut nicht gleich morgens als Erstes hören will.

»Alter, du musst weg hier.« Jason zerrte energisch an mir.

Erst wusste ich gar nicht, wo ich war. Aber als ich das Geräusch von Audreys Beatmungsgerät hörte, wurde mir klar, dass ich auf dem Stuhl neben ihrem Krankenhausbett eingeschlafen sein musste.

»Los, mein Alter dreht durch, wenn er dich hier sieht«, zischte Jason.

Aber zu spät.

Audreys Vater kam herein und drehte durch, ganz wie Jason vermutet hatte: Wie man mich überhaupt hier reinlassen könne, schließlich wäre Audrey gar nicht erst im Krankenhaus, wenn sie sich nicht weggeschlichen hätte, um mit mir die Nacht zu verbringen.

Jason hinderte seinen Vater daran, sich auf mich zu stürzen, und die Schwester mahnte: »Bitte, Sir, das sind sehr empfindliche Geräte. Sie könnten Ihrer Tochter schaden.«

Ich konnte nicht fassen, dass er das machte, während Audrey so dalag. Wer konnte wissen, wie viel sie mitbekam und wie verwirrend es dann für sie sein musste, dass wir uns stritten. Weil ich das Drama nicht künstlich verlängern wollte, schnappte ich meinen Rucksack und haute ab, bevor es noch schlimmer werden konnte.

»Und komm bloß nicht wieder!«, brüllte mir Audreys Vater hinterher, während das Personal aufgebracht und vorwurfsvoll nach dem Quell des Lärms Ausschau hielt. Wer wagte es, die empfindliche Ruhe der Kranken und ihrer emotional angeschlagenen Besucher zu stören?

Wie gern wäre ich umgekehrt und hätte ihm mal ein paar Takte über seine Unfähigkeit erzählt, ich wusste schließlich, wie wenig er in den letzten vier Jahren für seine Tochter da gewesen war. Aber ich tat es nicht, sondern ging nach Hause, wo meine Eltern auf mich warteten, die widerwillig akzeptiert hatten, dass ich mein Leben komplett auf den Kopf gestellt hatte, um des Nachts an Audreys Bett sitzen zu können.

Das Schlimmste war eingetreten, und es war meine Schuld. Keine Strafe von ihnen oder dem Rat hätte mich auch nur im Geringsten interessiert. Und das wussten sie.

CHANGE 4

TAG 244

Meine Verbündete hatte wieder Nachtschicht und schmuggelte mich an Audreys Bett. Sie sagte, dass Audreys Werte immer ein kleines bisschen besser aussahen, wenn ich da war. Aber vielleicht sagte sie das auch nur, damit es mir besser ging.

Dieses Mal stellte ich mir den Wecker am Handy, damit ich auch sicher wach war, bevor die offizielle Besuchszeit anfing.

Zur Schule gehe ich nicht mehr.

CHANGE 4

TAG 245

Heute Morgen haben sie Audrey vom Beatmungsgerät genommen.

Sie kann das jetzt wieder selbst.

Ihre äußeren Verletzungen heilen.

Aber ihr Bewusstsein hat sie noch nicht wiedererlangt.

Niemand weiß, ob und in welcher Verfassung sie wieder zu sich kommen wird.

Man hat mir gesagt, ich soll nicht zu viel erwarten.

CHANGE 4

TAG 246

War über Nacht bei Audrey, wie es mittlerweile meine Gewohnheit ist.

Ohne den Schlauch und mit der durchsichtigen Sauerstoffmaske sah sie mehr wie sie selbst aus. Außerdem hatte die Schwester die Klebestreifen von den Lidern entfernt, die mittlerweile manchmal zucken, manchmal öffneten sich ihre Augen sogar unbewusst.

Als wir allein waren, gab ich ihr einen Kuss auf die Wange.

Einer ihrer Finger bewegte sich.

CHANGE 4

TAG 247

Letzte Nacht habe ich zum ersten Mal dort im Krankenhaus vor Audrey geweint.

Ich habe mich endlich bei ihr entschuldigt.

Entschuldigt dafür, dass ich sie aus dem Haus gejagt hatte. Dass ich gesagt hatte, sie würde mich nicht richtig lieben. Dass sie meinetwegen im Krankenhaus lag. Dass ich alles, was ich wollte, immer sofort haben musste.

Entschuldigt dafür, dass ich Jason nie für seine sexuellen Übergriffe bei der Polizei angezeigt hatte. Dass ich ihn nie zur Rede stellte. Dass ich meine Macht nicht für das Gute eingesetzt hatte. Dass ich das Einfache getan hatte und nicht das Richtige

Entschuldigt dafür, dass ich geglaubt habe, was die Gesellschaft mir spiegelte: ich sei unantastbar. Mir konnte nichts Schlimmes passieren. Tragödien waren anderen vorbehalten. Mir stand alles zu, was ich mir ausdachte. Die Welt und alles auf ihr lag auf dem Silbertablett für mich bereit.

Je länger ich sprach, desto erleichterter und dankbarer war ich, dass es da überhaupt eine Audrey gab, bei der ich mich entschuldigen konnte. Mein Tränenstrom wollte gar nicht versiegen. Ich legte mich mit der Stirn neben ihr auf das Bett, bis ich mich endlich beruhigte.

Die Decke war klatschnass.

»Es tut mir so unglaublich leid, Audrey«, schluchzte ich.

Ich spürte etwas an meinem Kopf. Sie hatte ihre Hand daraufgelegt.

»Kyle«, krächzte sie.

CHANGE 4

TAG 253

Audrey wurde vor ein paar Tagen aus dem Krankenhaus entlassen, und obwohl ich mich dort eigentlich nicht blicken lassen wollte, war ich heute in der Schule, um die Unterlagen für sie zu holen, die sie zum Nacharbeiten brauchte. Durch meine nächtlichen Krankenhausbesuche und mein alles überwältigendes Schuldgefühl, habe ich selbst so viel Unterricht verpasst, dass Mr Crowell mich abfing, um mir eine Standpauke zu halten.

»Wenn du dich hier nicht langsam mal wieder sehen lässt, wirst du deinen Abschluss nicht machen können«, sagte er.

»Ist mir egal.«

»Das mag ja sein, aber ich kenne einige, denen das nicht egal ist.«

Ich brummte: »Ich werde nicht dastehen und zugucken, wie Audrey wegen alldem ihren Abschluss nicht kriegt.«

»Das ist ja sehr bewundernswert, aber was ist mit *deinem* Abschluss?«, fragte er.

Ich zuckte die Achseln. Ganz ehrlich, wie einem so ein Ritual im Angesicht einer wahren Tragödie wichtig sein kann, wird mir immer ein Rätsel bleiben.

»Wie geht es ihr?«, fragte er also und hörte endlich mit seinen Gewissensfragen auf.

»Besser«, sagte ich. »Es ist ein langsamer Prozess, aber ...«

»Und wie geht es *dir*? Wir haben dich kaum gesehen, seit ... kurz nach dem Unfall.«

(Ah, stimmt, als ich mal eben auf einen Sprung bei den Crowells vorbeischaute, angeblich, um »das Baby zu begrüßen«, in Wahrheit aber, um mich an Tracys verspiegeltes Kästchen zu schleichen und mit dem Magnetteil meinen Chronik-Chip zu reaktivieren. Nachdem meine Superidee gescheitert war, musste ich schließlich dafür sorgen, nicht für immer in dieser Hölle gefangen zu bleiben, zu der mein Zyklus nun verkommen war. Ich wollte nicht, dass irgendetwas meine Ewigkeitszeremonie verhinderte.)

»Es geht mir gut«, sagte ich, weil ich nicht darüber reden wollte. »Ich nehme an, Tracy hat Sie auf dem Laufenden gehalten?«

Er nickte. »Schreckliche Geschichte.«

»Tja, ich hab den Stift aus der Granate gezogen.«

»Nicht nach dem, was ich weiß. Es war doch vorherbestimmt«, bekundete er.

»Na, ich kann jedenfalls nicht behaupten, ich hätte es nicht kommen sehen«, versuchte ich mich an Galgenhumor.

Mr Crowell schien sich ernsthafte Sorgen um mich zu machen. Er hatte gesehen, wie schlecht ich aussah. *Wie ein Gespenst*, mit den Worten von Tracy bei unserem letzten Treffen. Es stand so schlimm um mich nach dem Unfall – ich nahm sieben Kilo ab, schlief nicht mehr und ähnelte deshalb recht schnell einem Junkie –, dass sie nicht mal versuchte, mich zurechtzuweisen. Sie sagte bloß: *Ich kann mir nicht vorstellen, was du gerade durchmachst*. Dabei hatte ich sie mal wieder in die Scheiße geritten hatte, weil ich – gegen ihre ausdrückliche Anweisung – mit Audrey zusammengekommen war. Aber vielleicht hatte das Baby Tracy sanftmütiger gemacht. Oder sie litt derart unter Schlafentzug, dass da keine Energie mehr für Belehrungen war.

»Das Schuljahr hat noch zehn Tage«, sagte Mr Crowell abschließend. »Du musst an neun davon anwesend sein, um zur Prüfung zugelassen zu werden. Und die Prüfung ist wichtig.«

»Yepp. Danke. Das meine ich ernst.« Das tat ich wirklich. Denn Mr Crowell war immer für mich da gewesen, selbst wenn ich nicht anwesend war.

Das Paradebeispiel eines guten Vaters.

»Oh, wir hatten noch gar keine Gelegenheit, dir zu sagen, dass wir uns auf einen Namen für das Baby geeinigt haben«, sagte er, als ich gerade gehen wollte.

Ich drehte mich um. »Ach ja, auf welchen?«

»Ethan.«

Die Schule war längst vorbei und ich unterwegs zu Audrey, als mich die Tatsache überwältigte, dass Tracy ihr Kind Ethan genannt hatte. Mir stiegen die Tränen in die Augen (was in letzter

Zeit oft passierte, egal wie viel schwieriger es ist – ich weiß, wovon ich rede –, als Oryon oder Kyle zu weinen im Vergleich zu Drew oder Kim). Tracy ist wirklich unvorhersehbar. Haut einem immer dann ihre Zuneigung um die Ohren, wenn man es am wenigsten erwartet. Ich muss echt einiges wiedergutmachen, bevor das alles hier vorbei ist. Um beider Ethans willen.

Nach zwanzig Minuten war ich am anderen Ende der Stadt. Als ich zur Tür hereinkam, machte Audrey gerade Ergotherapie. Sie verdrehte die Augen in meine Richtung, als wäre nichts auf der Welt dämlicher, als eine Dose Erbsen zehn Mal nacheinander auf ein Regal zu stellen zu müssen. Was es ja irgendwie auch ist – für sie. Aber ein kurzer Blick in die Runde der anderen Patienten zeigte, dass sie zu den Glücklichen gehört, die sich nur von einem weniger schlimmen Gehirntrauma erholen müssen.

Wir setzten uns an einen der runden Tische und ich berichtete, welche Aufgaben die Lehrer mir für sie mitgegeben hatten. Welche davon man erst einmal ignorieren oder verschieben konnte, welche sie unbedingt machen musste, um die nötigen Punkte zu sammeln. Außerdem hatten mehrere Lehrer angeboten, sie könne alternative Arbeiten einreichen und so komplett um die Abschlussprüfung in diesem Fach herumkommen. (Was sie, typisch Audrey, vermutlich gar nicht will, obwohl die Ärzte und ihre Eltern eigentlich von der Teilnahme abraten, damit ihr Gehirn und ihr Körper mehr Zeit zum Erholen hat.)

»Wieso hab ich solches Glück gehabt?«, fragt Audrey plötzlich.

»Ich bin wohl eher derjenige, der Glück gehabt hat«, sage ich.

»Oh Gott, du bist so süß. Er sieht wirklich gut aus, findest du nicht?«, fragt sie ihre Physiotherapeutin Hillary.

»Er ist ein Schnuckelchen«, antwortet Hillary, mittlerweile an Fragen dieser Art gewöhnt. »Lass uns noch ein bisschen Krafttraining machen, dann könnt ihr beiden Turteltauben auch schon abhauen.«

Hillary hilft Audrey, sich bäuchlings auf einem dieser Physiofoltergeräte zu platzieren, um die Beinmuskulatur aufzubauen, und schon legt Audrey los. Dabei liest sie *»Vor ihren Augen sahen sie Gott«*. Statt an der Prüfung teilzunehmen, darf sie einen Aufsatz über die Neuverteilung traditioneller Geschlechterrollen schreiben. (In dem Punkt kann ich definitiv behilflich sein.)

Ständig bekommen wir zu hören, wie viel Glück sie gehabt hat. Dass sie nach einem so heftigen Unfall mit einem umso heftigeren Hirntrauma überhaupt wieder auf die Beine kommt. Selbst ihre Eltern haben eingelenkt und mir erlaubt, Audrey zu besuchen. Hauptsächlich, weil Audrey an jenem Morgen, als sie das Bewusstsein wiedererlangt hatte, so laut »NEIN!« krächzte, wie es ihr noch immer von dem Beatmungsschlauch malträtierter Hals zuließ, als ihr Vater mich rausschmeißen wollte. Vieles wird vergeben, wenn man ein Leben zurückgewinnt. Und Audrey ist der Star der Reha, die Patientin, die in etwa einer Woche hier rausmarschieren wird und im Wesentlichen ihr Leben ohne große Einschränkungen wieder aufnehmen kann. Eine, für die dieser Unfall bald nichts weiter als einer von vielen Steinen auf ihrem Weg sein wird.

Was man leider von den meisten anderen Patienten hier nicht behaupten kann, obwohl sie sich mindestens genauso viel Mühe geben wie Audrey.

Auf dem Kipptisch zum Beispiel liegt der sechzehnjährige Zach, der sich bei einem Footballspiel eine Hirnblutung zuzog. Während der OP wurde ihm die Schädeldecke entfernt, sein Gehirn ist also stellenweise von nichts als Kopfhaut geschützt. Er muss praktisch die ganze Zeit einen Helm tragen, außer wenn er ans Bett gesichert daliegt und keine Gefahr besteht, dass er rausfällt. Seine Arme sind vollständig gelähmt, allerdings kann er seine Beine ein kleines bisschen bewegen, auch wenn es ihn große Anstrengung kostet. Sprechen gelingt ihm nicht – obwohl seine Mutter darauf schwört, dass er alles versteht, was um ihn herum vor sich geht.

Jaime war als halbprofessioneller Motocrossfahrer unterwegs, bis er bei einem Rennen im Norden von Georgia verunglückt ist. Mithilfe farbiger Magnete am Kühlschrank lernt er das Alphabet neu.

Dann ist da noch Madison, die von einer Schlinge gehalten zwischen zwei Stangen entlang über eine Matte geht. Sie hatte auch einen Autounfall, ein Betrunkener steuerte seinen Wagen frontal in ihren. In dieser Vorrichtung inklusive Beinschienen kann sie allein kleine Schritte machen. Sie spricht undeutlich, da eine Gesichtshälfte gelähmt ist.

Wenn ich sehe, wie sehr diese Jugendlichen kämpfen, um auch nur einen Löffel zu greifen oder ihren Namen zu sagen, ruft mir das immer wieder ins Gedächtnis, wie belanglos meine Probleme eigentlich sind. Da sitze ich und grüble, wer ich in ein paar Wochen sein werde. Dabei ist es ein unfassbares Privileg, darüber überhaupt nachdenken zu können. Ein gesundes Leben ist ja schon mehr, als man sich wünschen darf, ich kann sogar aus einem von vieren wählen.

Dabei will ich eigentlich nichts anderes, als dass es Audrey gut geht. Ich tue alles in meiner Macht Stehende dafür, dass ihr Leben sich so leicht wie möglich gestaltet, jetzt, da sie eine zweite Chance bekommen hat. Ich helfe ihr, damit sie den Abschluss dieses Jahr schafft. Damit sie so schnell wie möglich ins College ziehen kann, ganz wie sie es geplant hat. Sie hat die Zulassung für die Barnard in New York am Tag vor ihrem Unfall angenommen; ich habe mit eigenen Augen gesehen, wie sie das Bestätigungsschreiben in den Briefkasten geworfen hat.

Audrey macht die Übung mittlerweile mit den Armen, während Hillary auf einem Klemmbrett ihre Fortschritte notiert. Madison sagt sehr laut etwas am anderen Ende des Raumes, dreht den Kopf in meine Richtung und schenkt mir ein breites Lächeln, das wegen der Lähmung zwar leicht schief, aber total niedlich aussieht. Sie besteht darauf, etwas auf eine abwischbare Magnettafel zu schreiben, und gibt keine Ruhe, bis die Schwester einwilligt und die Tafel festhält, während Madison langsam schreibt. Die Schwester kichert und bringt mir die Tafel, um mir zu zeigen, was darauf steht: *Falls Audrey mit dir Schluss macht, ruf mich an.*

»Abgemacht!«, rufe ich rüber und recke den Daumen in die Luft.

»Was für ein Lieber!«, schwärmt die Schwester.

Dabei finde ich mich in Wahrheit nicht sonderlich lieb.

Es gibt da nämlich ein kleines Problem. Bei mir gibt's immer ein kleines Problem.

Die Ärztin erklärte uns noch am Tag selbst, an dem Audrey aus dem Koma aufwachte, wie unwahrscheinlich es sei, dass Audrey sich jemals wieder an den Tag des Unfalls erinnern würde. Wahrscheinlich gäbe es auch große Lücken in ihrem Langzeitgedächtnis. Ihre gesamte Highschoolzeit futsch. (Beneidenswert.) Die meisten Patienten mit Schädel-Hirn-Trauma könnten sich nicht an den Unfallhergang erinnern, fügte sie hinzu. Mit der Zeit käme ein großer Teile von Auds Gedächtnis zwar zurück, aber dann würde mitunter nicht alles immer lückenlos zusammenpassen. Was eigentlich eine ziemlich treffende Beschreibung unserer Beziehung ist – viele große Teile, die einzeln gesehen irgendwie einen Sinn ergeben, zusammengesetzt nicht zwingend.

Auf eine gewisse Weise bekam ich heute eine Bestätigung dieser Prognose, ich brachte ihr nämlich endlich das Armband mit, das auf meinem Nachttisch gelegen hatte, seit sie es an jenem tragischen Tag dort hatte liegen lassen. Während ihres Krankenhausaufenthalts wagte ich nicht, es anzurühren, aus Angst, ihren Heilungsprozess damit negativ zu beeinflussen. Tag für Tag betrachtete ich es wie einen vergifteten Talisman, den Zeugen eines Fluches.

Heute war es dann so weit. Weil Audrey körperlich auf so einem guten Weg war, nahm ich es endlich in die Hand und stopfte es in die Hosentasche. Für später. Audrey und ich haben noch über nichts wirklich geredet. Müssen wir auch nicht, solange sie nicht will. Oder solange sie sich nicht daran erinnert. Einzelheiten, für immer verloren. Für den Moment begnüge ich mich damit zu sein, wofür sie mich hält: ihr gut aussehender, aufopferungsvoller, langjähriger Freund. Und in gewisser Weise – in der, auf die es ankommt – trifft das ja sogar zu. Wozu soll ich das ganze Chaos wieder heraufbeschwören? Besonders jetzt.

Nach der Reha gehe ich mit Audrey zu Pho Sure, dem vietnamesischen Restaurant, in dem wir in meinem zweiten Jahr zum ersten Mal waren. Meine Hand liegt unterstützend auf ihren Rücken, während wir hineingehen (ihr Gang wird immer geschmeidiger, aber sie hat eine Gehstütze, weil sie insgesamt noch unsicher auftritt).

»Ist toll hier«, sagt sie, nachdem wir an unseren Tisch gebracht wurden und ich einen Stuhl für sie herausziehe. »Wie bist du auf dieses Lokal gekommen?«

Genau diese Frage hat sie mir vor zwei Jahren gestellt. Kaum sitzt sie, lehne ich die Krücke an die Wand, wie damals Oryons Krücken, nachdem Jason und Baron mir absichtlich beim Footballtraining den Fuß zertrümmert hatten. Tja, ist das einer dieser »Je mehr sich Dinge ändern, umso mehr bleiben sie, wie sie sind«-Momente oder »Der Kreis schließt sich«. Vielleicht passt »Alles rächt sich irgendwann« am besten.

Als die vegetarischen Frühlingsrollen mit Erdnusssoße gebracht werden, bitte ich Audrey, die Hand auszustrecken und die Augen zu schließen. Sie lächelt mich breit an und spielt mit. Einen Moment lang betrachte ich ihr Gesicht, dann lege ich ihr das Armband in die Hand. »Okay, du kannst sie wieder öffnen.«

»Oh, mein Gott!«, ruft sie, hebt es mit zwei Fingern hoch und betrachtet jeden Anhänger genau: das Flugzeug, das Schlagzeug, das Boot – und die vier Buchstaben.

Eine kleine Weile baumelt das Armband zwischen uns, dann fragt sie: »Sind das markante Punkte unserer Beziehung?«

»In gewisser Weise«, sage ich.

Woraufhin sie die Anhänger noch einmal genauer betrachtet, und für einen kurzen Moment wirkt es, als könne sie sich wieder erinnern. Aber dann fragt sie: »Wofür stehen D und O?«

»Das erzähle ich dir ein andermal. Gefällt es dir?«

»Total«, sagt sie. »Hilf mir, es umzumachen.«

CHANGE 4

TAG 255

Tracy hatte mir eine SMS geschickt. Sie stand vorm Haus und brauchte Hilfe dabei, Ethan und alles Zubehör hineinzutragen. Kinderwagen, Babytrage, Milchpumpe, Schnuller an der Kette, Wechselklamotten für den Fall, dass Ethan einkackt. (Himmel, manchmal nervt Amerika.) Kaum stand ich draußen auf dem Gehweg, hielt sie mir Ethan hin und sagte: »Hier, halt das mal.«

Ich hatte noch nie ein Baby auf dem Arm. Während ich das kleine Kerlchen betrachtete, das da zwischen uns hing, ergriff mich die irrationale Angst, ich könnte ihn fallen lassen, sonst wie kaputt machen oder genau die weiche Stelle auf seinem Kopf treffen, auf die man bei Babys doch besonders aufpassen muss. Es ist schon verrückt, wenn einem so ein winziges Leben überreicht wird.

Du kriegst das hin, Kyle; das ist nur ein kleines Baby, sagte ich mir, streckte die Arme aus, schob ihm die Hände unter die mini Achselhöhlen und ließ ihn sanft zu mir schweben. Dann bettete ich ihn vorsichtig auf meinen Arm, sein Kopf gestützt von meinen Muskeln. Er war so winzig und zerbrechlich. Aber irgendwie süß, jetzt, wo ich ihn mal genauer ansah.

»Bringen wir ihn lieber aus der Sonne, ich habe das Mützchen vergessen«, sagte Tracy, an deren Körper mehrere Tragetaschen mit Blumenmuster hingen, während sie die Babyschale vom Rücksitz hievte und der Autotür einen ungeschickten Tritt versetzte, die trotzdem zuknallte.

Vorsichtig trug ich Baby Ethan ins Haus. Mom nahm ihn mir nur zu gerne ab, kaum dass wir zur Tür reinkamen. Eigentlich wollte ich ihn gar nicht abgeben, aber Tracy und ich mussten reden. Ich wusste, was in einer dieser geblümten Taschen steckte: die Chroniken meiner letzten vier Jahre. Die persönliche Highschool-Seifenoper, praktisch gebunden in vier dicke Kladden.

»Kommt ihr klar?«, fragt Tracy meine Mom, die mit Ethan schäkert.

»Natürlich kommen wir klar. Nicht wahr, mein Kleiner?«, macht Mom.

Als wir in meinem Zimmer sind, holt Tracy die Kladden heraus und lässt sie auf meinen Schreitisch plumpsen. »Nicht ganz zu übersehen, dass V4 etwas schmaler ausfällt als die anderen drei«, sagt sie. »Ähem.«

»Ja, das wollte ich auch noch ansprechen. Ich muss dir was gestehen.«

»Ach, das weiß ich doch längst«, sagt Tracy.

»Hast du sie etwa gelesen?«

»Nein, wir lesen sie nicht! Die sind ausschließlich für euch. Wieso denken denn immer alle, dass wir die lesen? Als hätte man kein eigenes Leben!«, murrt sie und setzt sich. »Mit den Dingern kam eine Notiz, dass es vier Monate lang keine Aufzeichnungen gab. Ich hab bloß eins und eins zusammengezählt.«

»Tut mir leid, ich wusste mir nicht anders zu helfen.«

»Ich kann nicht behaupten, dass mir die Vorstellung gefällt, wie du in meinen Sachen rumschnüffelst.«

Sofort schäme ich mich zutiefst. »Tut mir wirklich leid.«

»Ist schon in Ordnung«, erwidert sie. »Lehrreicher Moment, oder?«

»Mehr als das.«

»Schön zu hören. Also, die Wahrheit ist: Nichts, was ich dir gesagt hätte, hätte etwas am Auskommen verändert. Das Eintreffen der Vision war unausweichlich, Punkt. Ganz egal, wie du es verhindern wolltest. Ich hab einfach nicht gewusst, wie ich dir das sagen soll. Gleichzeitig ist es aber auch etwas, dass du selbst lernen musstest. Das müssen wir alle.«

Vermutlich. Trotzdem wird mich meine Rolle in Audreys Unglück immer entsetzen. Ich nehme das V4-Heft und streiche mit dem Finger über das Changers-Zeichen, das auf den Einband geprägt ist.

»Da hast du ein ganz schönes Abenteuer hinter dir«, sagt Tracy. »Ich hätte nie gedacht, dass wir es bis hierher schaffen würden, und trotzdem sind wir hier. Es fühlt sich an, als wäre die Zeit nur so verflogen. Aber das ist wahrscheinlich ein ziemlicher Elternspruch. Weißt du eigentlich, dass du mein Erstes bist?«

»Dein erstes Changers-Projekt?«, frage ich.

»Ja, das auch, aber das meine ich nicht, du Dummerchen. Du bist mein erstes Kind. Zumindest fühlt es sich so an.«

Damit habe ich nicht gerechnet. Genauso wenig mit der Reaktion in mir drin, mir wird ganz warm und die Spucke bleibt mir weg, also greife ich schnell zu einem der Bücher, um mich abzulenken. Ich schlage das V4-Buch auf und blättere es wie ein Daumenkino durch, sodass mir die schweren Seiten Luft ins Gesicht fächeln. Als ich auf der letzten beschriebenen Seite angelange, sehe ich, dass, HEILIGE SCHEISSE, *die Wörter, die ich gerade aufzeichne, vor meinen Augen erscheinen.*

Wow. Das ist abgefahren.

»Das sieht nach ziemlich viel Reflexion aus, und ich habe nur so wenig Zeit. Wie soll ich das alles denn in zwei Wochen verdauen?« Ich lasse die Kladde wieder auf die anderen drei fallen.

»Wenn du einmal angefangen hast, geht es ganz schnell. Als würdest du einen Film über dein Leben gucken«, sagt Tracy.

»Einen Horrorfilm, zweifellos.«

»Ach was«, erwidert sie. »Du solltest die Geschichten hören, die ich im Hauptquartier so mitbekomme. Echt abgefahren. Wie dem auch sei, hast du schon eine Ahnung, wen du wählen wirst?«

Ich verziehe das Gesicht. »Überhaupt nicht.«

Es ist zermürbend, nicht zu wissen, wer man in ein paar Wochen sein wird. Obwohl das genau genommen ja gar keiner von uns so genau wissen kann, wie mich Audreys Unfall gelehrt hat. Das Leben kann sich in einer einzigen Sekunde ändern. Ob man nun darauf vorbereitet ist oder nicht.

»Du wirst die richtige Wahl treffen«, sagt Tracy.

»Du wusstest es zu diesem Zeitpunkt schon, oder? Dir war es ab dem Moment klar, als du als Tracy aufgewacht bist.«

»Ja, schon. Aber das heißt nicht, dass ich nicht über die anderen Optionen nachgedacht habe.«

»Und trotzdem hast du dich für Tracy entschieden?«, scherze ich.

»Du bist nicht zu groß, um dich übers Knie zu legen, Kyle. Also, beherrsch dich.«

Ein bisschen bricht es mir das Herz, wenn ich daran denke, Tracy als meine Advokatin zu verlieren, jetzt, wo sie zu Hause gebraucht wird. Die meiste Zeit habe ich sie für selbstverständlich genommen. Sie hat mich nie im Stich gelassen. Nie gezögert. Klein-Ethan weiß gar nicht, was für ein Glück er hat.

»Fakt ist: Nichts im Universum ist überflüssig«, sagt sie. »Stell es dir vor wie eine riesige Maschine, die das Leben am Laufen hält. Jedes Teil hat seinen Platz und seine Aufgabe. Manche sind Pumpen, andere Riemen, wieder andere Muttern oder Schrauben, die alles zusammenhalten. Manche sind der Treibstoff, der durch das System fließt und dafür sorgt, dass alle Teile funktionieren. Im Laufe der Zeit warst du vier unterschiedliche Teile, die allesamt etwas bewirkt haben. Jetzt liegt es an dir zu entscheiden, als welches Teil du dich am wohlsten gefühlt hast. Welche Aufgabe dir am meisten lag, wo du dich künftig am ehesten siehst.«

»Kein Thema.« Schon wieder erschlagen von der Tragweite meiner Entscheidung.

»Ich habe ein Geschenk für dich.« Sie wühlt in ihrer Tasche und holt eine Schachtel heraus, die in grünes (geschlechtsneutrales!) Papier gewickelt ist. »Mach's auf.«

Also mache ich es auf. Darin ist eine Tasse.

»*Was andere über mich denken, geht mich nichts an*«, lese ich laut vor.

»Genau!«, ruft Tracy und streckt mir ihre Faust entgegen. »Hab ich recht?«

Wir machen eine Gettofaust, wie nur zwei Weiße es können.

»Danke. Tut mir leid, dass ich die meiste Zeit so ein Depp war«, sage ich.

»Dank dir habe ich diese Falten, mein Kind.« Sie deutet auf ihre Stirn. »Aber ich mache mir keinerlei Sorgen, dass du das Richtige tun wirst. Weißt du, warum?«

»Nein.«

»Weil es kein Richtig und kein Falsch gibt. Es gibt nur die Sache an sich.«

(Ich möchte wetten, dass sie den Spruch auch auf einer Tasse gesehen hat.)

CHANGE 4

TAG 259

Dad kam schlecht gelaunt nach Hause.

Er hat den ganzen Nachmittag in der Hauptzentrale verbracht, um sich indoktrinieren zu lassen – äh, ich meine natürlich, um sich beim Jahresbericht der Ratsklausur auf den neuesten Stand bringen zu lassen. Kaum war er wieder da, stürmte er durch die Küche und fragte brüllend, wo sein Tablet sei und warum dieses Haus immer wie ein Saustall aussehe.

Mom scheuchte ihn ins Schlafzimmer, und nach einer halben Stunde wütenden Geflüsters kehrte Dad in die Küche zurück, schenkte sich ein großes Glas Scotch ein und bat mich, ihm Gesellschaft zu leisten. Anscheinend hatten wir etwas zu besprechen.

Selbstverständlich dachte ich, es ginge um Audrey. Oder darum, was für ein beschissener Changer ich war. Oder irgendeinen Käse, mit dem ich ihn oder die Familie enttäuscht hatte. Aber als ich mich zu ihm an den Tisch setzte, verriet sein Gesichtsausdruck, dass er gar nicht wütend, sondern vielmehr sehr, sehr verzweifelt war.

»Setz dich, mein Junge«, fing er an. »Ich muss dir etwas sagen.«

Oh Mann.

»Während der Besprechung heute hat man mich auf ein paar Dinge aufmerksam gemacht. Um Mitglied des Rats zu werden, musste ich schwören, alles vertraulich zu behandeln, was ich im Zuge meiner Position erfahre. Was ich im Begriff bin zu tun, wird gegen meinen Eid verstoßen und wahrscheinlich zu meinem meinen sofortigen Ausschluss aus dem Ratsvorstand führen.«

»Aber Dad, du hast doch jahrelang auf diese Position hingearbeitet«, sagte ich.

Er nickte und trank einen Schluck Scotch. »Nach einer kurzen Beratung mit deiner Mutter habe ich beschlossen, dass mir das scheißegal ist.«

Dann erzählte er mir alles: Das Hauptquartier der RaChas war nicht von Getreuen in Brand gesteckt worden, und es war auch kein Unfall gewesen; das Feuer war vom Rat selbst gelegt worden. Sie hatten entdeckt, dass Benedict jeden Changer outete, den er kannte, indem er Fotos und Angaben zur Person auf seinen Blog stellte. Der Rat entschied, dass man ihn nur aufhalten konnte, indem man ihm seine Mittel nahm und ihm so große Angst einjagte, dass er die Stadt verließ.

Verdammter Benedict.

»Als ich das gehört habe«, sagte Dad, »war mein erster Gedanke, dass du da mal gewohnt hast. Du hättest in dem Gebäude sein können. Mein Kind hätte sterben können.«

»Niemand ist gestorben, Dad.«

»Darum geht es nicht. Ich bin so weit abgekommen von dem, der ich zu sein glaubte. Die letzten Jahre habe ich nur noch die Mission gesehen, deine Chance, mutiger und besser zu sein als ich. Ich wollte, dass du meine Verfehlungen wiedergutmachst. Deshalb war ich von Kyle begeistert. Weil Kyle nun mal Kyle ist. Er wäre ein unglaublich guter Changers-Soldat. Dachte ich zumindest.«

Er trank noch einen großen Schluck.

»Es ist schon ironisch. In meiner Besessenheit, die Changers-Art zu etwas Besserem zu machen, habe ich vergessen, was es bedeutet, ein Changer zu sein. Dass jede V Vorteile und Nachteile birgt. Dass jede V der Welt eine wertvolle Botschaft vermittelt. Wie wenig die äußerliche Hülle letzten Endes bedeutet.«

Da trank ich auch einen kleinen Schluck.

»Es tut mir leid, Kyle. Es tut mir leid, Kim. Oryon. Drew. Es tut mir so leid. Ich weiß nicht, wie ich so das Ziel aus den Augen verlieren konnte.«

Dad ließ den Kopf auf den Tisch fallen und verschränkte die Arme darüber. Er war leicht angetrunken, klar. Trotzdem nahm ich das, was er sagte, ernst.

»Wir kommen doch alle mal vom Weg ab, Dad«, sagte ich und wusste nicht, ob ich ihn berühren sollte. »Dafür haben wir eine Familie. Die uns zeigt, wie wir wieder nach Hause kommen.« Ich klopfte ihm auf den Rücken.

Er hob den Kopf, schaute mich müde an. »Du weißt, dass du und Mom immer mein Zuhause seid, oder?«

CHANGE 4

TAG 261

Die Chroniken zu lesen, hat ungefähr denselben furchtbaren Effekt, wie zum ersten Mal eine Aufnahme seiner eigenen Stimme zu hören. Nur dass so eine Chronik zigmal unangenehmer und peinlicher ist. Gezwungenermaßen noch einmal jede dumme Entscheidung durchleben zu müssen, die man – in diesem Fall ich – in den letzten vier Jahren getroffen hat. All meine Wünsche und Bedürfnisse triefen von den Seiten wie Teenieschlamm.

Ich habe die letzten sechs Tage mit diesen Aufzeichnungen zugebracht und bin trotzdem erst bei meinem letzten Tag als Oryon. Dabei will ich unbedingt alles gelesen haben, bevor ich meinen Abschlussprüfungen, die in zwei Tagen anstehen, ein hoffentlich ausreichendes Maß an Aufmerksamkeit zuwende.

Mir dämmert, dass mir eine andere Perspektive helfen könnte. In der Changers-Bibel gibt es nichts, was das verbietet. Also gehe ich ins Wohnzimmer, wo Andy im Schneidersitz auf der Ausziehcouch sitzt, aufgeschlagene Bücher und Blätter um sich ausgebreitet.

»Hey, was geht?«, frage ich.

»Wonach sieht es denn aus? Ich versuche, in Chemie nicht durchzufallen und nicht zum zweiten Mal das Schuljahr wiederholen zu müssen. Und bei dir?«

»Jedenfalls nix mit Lernen. Hab diese Ewigkeitszeremonie gleich nach dem Abschluss«, sage ich und lasse mich ihm gegenüber auf den Zweisitzer fallen. Er ist nicht gerade erfreut, dass ich ihm etwas von seiner Lernzeit abknapse. Zu Recht. Aber ich brauche einen Freund. Einen, der von Anfang an dabei war, auch wenn er zwischendurch nicht alles mitbekommen hat.

»Ja, deine Mom hat mir ein bisschen was darüber erzählt. Voll Sci-Fi, Alter.«

»Ich weiß nicht weiter«, sage ich. »Ein Teil von mir möchte einfach so bleiben, wie ich gerade bin, weil ich dann nicht noch mal eine komplette Verwandlung hinlegen müsste. Außerdem ist das jetzt auch nicht der schlimmste Mensch, als der man über diesen Planeten wandeln kann.«

»Was ist mit Audrey?«, fragt er und legt den Stift weg.

»Genau das spielt auch mit rein«, gebe ich zu. »Zu einem nicht unerheblichen Teil.«

»Was hast du vor?«

»Ich weiß es nicht«, sage ich und reibe mir intensiv die Augen. Als ich aufhöre, sitzen vier verschwommene Andys vor mir. »Ich liebe sie, aber wenn ich nicht Kyle wähle, dann kann ich nicht mit ihr zusammen sein. Weil sie sich an keine andere V erinnert.«

»Das ist echt hart.«

»Ey, das ist mein Ernst. Mich macht das noch fertig.«

»Ich kapier schon, wie ernst das ist. Ich wurde schon mal von einem Changer komplett ignoriert, falls du dich erinnerst?«

»Ich glaube, Audrey ist meine große Liebe«, gestehe ich zum ersten Mal einem anderen Menschen als ihr. »Aber was, wenn ich nicht dazu bestimmt bin, Kyle zu sein?«

Andy nickt langsam. Er denkt nach.

»Überzeuge ich dich als Kyle?«, frage ich ihn.

»Wie meinst du das?«

»Na, also, wirkt das hier so wie *ich*?« Ich weiß selbst nicht so ganz, was ich da gerade frage.

»Ich schätze schon«, sagt er.

»Also nicht wirklich?«

Er grübelt ein Weilchen, während ich Snoopy streichele, der angewackelt gekommen ist, um sich kraulen zu lassen. »Wenn ich ehrlich bin, wirkst du auf mich immer noch wie Ethan, oder zumindest sehe ich dich so.«

»Okay.«

Er fährt fort: »Aber du bist Ethan, der in den letzten Jahren viel erlebt hat, ganz egal als wer. Weißt du, wie ich das meine?«

»Ich altere also wie ein Präsident.«

Er fängt an zu lachen. »Eigentlich kommt es gar nicht drauf an, wen du als Körper wählst, denn du bist immer noch derselbe Mensch, den ich schon ewig kenne … ein totaler Versager.« Immerhin findet Andy sich gerade extrem witzig.

»Autsch, Alter«, sage ich tonlos. »Jetzt hast du's mir aber gegeben. Echt jetzt.«

»Eine ernst gemeinte Frage aber, wenn ich darf«, schiebt Andy nach, als ich aufstehe, um wieder in mein Zimmer zu gehen. »War Drew scharf? Hätte ich die flachlegen wollen? Wenn ja, nimm auf jeden Fall eine von den drei anderen.«

Ich werfe ein Kissen nach ihm und gehe wieder zurück zu meinen Aufzeichnungen, um einen kleinen Ausflug ins Land von Kim Cruz zu machen.

CHANGE 4

TAG 268

Anders als vorhergesagt regnet es nicht am Tag der Abschlussfeier. Der Himmel ist sogar klar, so weit man sehen kann.

Mom und Dad sitzen in der elften Reihe, Andy neben Dad und Tracy neben Mom. Die beiden Letzteren reichen Baby Ethan (der einen wahnwitzig großen Sonnenhut trägt) zwischen sich hin und her, sobald er einen Laut von sich gibt. Mr Crowell steht auf dem Podium, um die Preise für besondere Leistungen zu überreichen.

Ich sitze in Reihe S, bei den Leuten mit den einfachen blauen Kappen und Roben. Audrey hingegen ist selbstverständlich zusammen mit Michelle in den vorderen Reihen, wo die ganz Brillanten mit dem Einserschnitt sitzen. Deshalb dürfen sie auch schicke goldene Schärpen um den Hals tragen, wie es der intellektuellen Elite gebührt.

Immerhin bin ich hier hinten nicht ganz allein. Kris sitzt in Abschnitt T, eine Reihe und zwei Sitze hinter mir. Er (vielmehr sollte ich *sie* sagen) trägt unter der Robe ein gestreiftes Maxikleid, das unter dem Saum hervorblitzt. Dazu ein Paar klobige Schuhe mit Keilabsätzen, die genauso gut an einer Stripperin aufgehoben gewesen wären.

»*I'm coming out, I want the world to know, got to let it show*«, singt Kris im Flüsterton das Lied von Diana Ross.

»Pssst«, zischt jemand neben ihm.

»Echt jetzt?« Ich mache einen auf Schlägertyp und starre den Jungen an – ich, der Star-Quarterback mit dem Vollstipendium, um an einem der besten Colleges zu spielen – und im Handumdrehen kümmert er sich wieder um seine eigenen Angelegenheiten und schwitzt unter seiner viel zu eng gebundenen und viel zu breiten Krawatte.

Als Jahrgangsbeste wird Michelle aufgerufen, um eine Rede zu halten. Die Rede ist auf den Punkt. Alles drin: soziale Gerechtigkeit, Verantwortung für die Umwelt, Hoffnung für die Zukunft. Ihre Mütter drehen total durch, als sie zum Schluss kommt, das Blatt zerknüllt und dann so schief und wundervoll ins Publikum grinst, wie nur sie es kann.

Dann werden die wissenschaftlichen Preise vergeben (Michelle bekommt zwei), und erst danach ist der Pöbel dran, sprich: ich. Einer nach dem anderen gehen wir in alphabetischer Reihenfolge nach vorn, wie es bei jeder Highschoolabschlussfeier von jeher gemacht wird, während der Direktor immer wieder über das Mikro mahnt, es seien weder Rufe noch Applaus nach den einzelnen Absolventen erlaubt, weil wir sonst noch den ganzen Tag hier wären.

Mit der extremen Sonne und einem Nachnamen, der mit S anfängt, kommt es mir eh schon so vor, wenn ich ehrlich bin. Aber dann ist Audreys Reihe dran. Langsam geht sie zur Treppe, mit ihrer goldenen Schärpe, die hinter ihr im Wind flattert. Sie braucht immer noch die Krücke, und als ihr Name aufgerufen wird, bricht die Menge in Jubel aus, als sei sie gerade von den Toten auferstanden.

Mein Herz schwillt vor Stolz. Bewunderung. Sie hat es geschafft. Sie hat ihren Abschluss. Fick dich, Koma! Ich schaue über die Schulter nach hinten zu Kris. Sie hat Tränen in den Augen und fächelt wie eine Irre mit der Hand dagegen an, dass ihre künstlichen Wimpern hinfortsegeln.

Dann werfe ich einen Blick zu meinen Eltern und Tracy, die mit den Händen ein Herz formt, als sie mich sieht. Ich wette, sie ist froh, dass ich ihr erster und letzter Changer bin und sie nicht noch mal so eine endlose Abschlusszeremonie durchstehen muss, bis Ethan dran ist (in welcher V auch immer er sein letztes Highschooljahr erlebt).

Meine Reihe harrt gefühlt zehn Jahrhunderte aus, bis wir endlich aufgerufen werden. Blitzschnell sind wir auf der Bühne. Erst diese ewige Anspannung, das stundenlange Braten in der Sonne, und dann – zack! – nehme ich mit der linken Hand mein Zeugnis entgegen und schüttele mit der rechten die Hände der Reihe von Verwaltungsangestellten und Lehrern. Und schon ist es vorbei. Wie ein Fingerschnipsen.

Als ich an den Rand der Bühne komme, steht Mr Crowell irgendwie unbeholfen auf und umarmt mich. Was das Publikum sofort mit ein paar laut vernehmbaren »Ooohs« und Beifall quittiert.

»Ich bin so stolz auf das, was du erreicht hast«, flüstert er. Als er mich loslässt, sehe ich, dass seine Hände zittern.

Ich bin unterwegs zu meinem Platz, als Kris auf die Bühne geht; was mir verrät, dass sie dort vorn sein muss, ist das Gekicher im Publikum, besonders unter den Schülern, als gäbe es eine Störung im Geschlechterkraftfeld.

Ich kann mich gerade noch rechtzeitig umdrehen, um zu sehen, wie sie die Treppe hochstolziert und das kurze Stück über die Bühne rockt, als wäre es ein Laufsteg. Da Kris nie den einfachen Weg wählt, hat sie beschlossen, noch vor dem Abschluss mit der Angleichung zu beginnen. Ihre Familie hat damit gedroht, nicht zur Feier zu kommen, wenn Kris darauf bestünde, dieses Kleid zu tragen. Und sie glaubten echt, das würde Kris beeindrucken. Wie dumm man sein kann.

Nach der Zeugnisverleihung schlendere ich zum Spielfeld, weil ich zu meiner Familie will, aber Coach Tyler fängt mich ab, um mir zu gratulieren. Er will gar nicht aufhören, meine Hand zu schütteln, aber da tauchen zum Glück meine Eltern auf, Andy und Tracy im Schlepptau. Der Coach nickt mir noch mal zu: »Viel Glück nächstes Jahr. Wir behalten dich im Auge«, und geht, um die anderen Spieler zu suchen, die ihren Abschluss gemacht haben.

Mom und Dad heulen schon Rotz und Wasser. *Tracy* heult Rotz und Wasser. Ethan heult, weil es so verdammt heiß ist und er diesen riesigen Hut hasst. Andy heult nicht. Dem Himmel sei Dank. (Wie wird dann erst morgen die Ewigkeitszeremonie ablaufen, bei diesem sensiblen Haufen.)

Audrey bahnt sich langsam den Weg zu mir, ihre Familie ein paar Schritte hinter ihr. Ich laufe ihr entgegen, nehme sie in die Arme, als wäre sie die Neue bei *Der Bachelor*. Wir küssen uns vor allen – ihrer Familie, meiner Familie und der gesamten Abschlussklasse – und dann stelle ich sie langsam und vorsichtig wieder auf den Boden.

»Wir haben's geschafft!«

»Ohne dich hätte ich es nicht hingekriegt«, sagt sie.

»Willst du mich verarschen? Hab ich den Einserschnitt oder du?«

Kris kommt kreischend auf uns zu, küsst erst Audrey und dann mich.

»Kommst du mit?«, schlage ich vor, schließlich ist ihre Familie wirklich nicht hier, um sie zu unterstützen.

»Fünftes Rad, wie immer«, seufzt sie.

»Also, du siehst umwerfend aus«, sage ich zu ihr.

»Na, wen haben wir denn da?« Auftritt ... Jason. Wie aufs Stichwort schleimt er heran.

»Jason, du kennst doch noch meine Freundin Kris«, sagt Audrey bestimmt und betet sicherlich, dass er sich einmal in seinem Proletendasein ordentlich benimmt.

Kris streckt die Hand aus. »Entzückt, da bin ich sicher.«

»Fass mich nicht an, du Freak«, faucht Jason.

»Was hast du für ein Problem, Mann?« Ich gehe auf ihn zu.

»Mein Problem ist, dass man ein Typ ist, wenn man einen Schwanz hat. Ganz einfach.«

»Halt die Klappe, Jason«, sagt Audrey.

»Also, entschwuldige mal?«, schießt er zurück.

Da rücke ich ihm noch näher auf die Pelle, so nah, dass er vermutlich meinen Atem spüren kann. »Ich wollte dir schon lange mal was sagen«, fange ich an, so leise, dass nur er mich verstehen kann. »Ich weiß nicht, ob du wirklich ein Getreuer bist oder ob du nur am Wochenende einen spielst. Ist mir so oder so völlig egal. Denn du und deine Truppe von ängstlichen Arschlöchern, ihr seid alle Idioten. Ihr seid ignorant und merkt nicht mal, dass ihr euch langsam selbst ins Abseits katapultiert, weil eure Gedanken und Meinungen genauso unwichtig sind wie ihr. Egal, wie viel Hass ihr auskotzt oder wie vielen Leuten ihr mit euren rückwärtsgerichteten, urzeitlichen Theorien Schamgefühle einredet, in ein paar Jahren werdet ihr längst keine Rolle mehr spielen. Dieser Zug, mein Freund, ist längst abgefahren.«

Jason will einen Schritt rückwärts machen, aber ich packe ihn fest am Ellbogen.

»Ach, und eins noch: Ich weiß, wer du bist, Jason. Und ich werde dich für den Rest deines traurigen Lebens beobachten, da kannst du dir sicher sein. Wenn du auch nur einen einzigen winzigen Schritt aus der Reihe machst, werde ich dich anschwärzen. Bei jedem College-Coach, jedem potenziellen Arbeitgeber, bei jedem, der dir auch nur annähernd etwas bedeutet – als Vergewaltiger, Rassist, Lügner, Schläger. Ich zünde dein Leben an und wärme mir die Hände. Kapiert?«

Sprachlos steht Jason da. Also machen Kris, Audrey und ich auf dem Absatz kehrt und stolzieren davon – und zwar wortwörtlich.

Wir wackeln mit dem Hintern und rocken den imaginären Laufsteg, und ich kann mir nur ausmalen, wie Jasons Augen aus ihren Höhlen ploppen und ins Gras fallen.

CHANGE 4

TAG 268, TEIL 2

Ich habe meine Chroniken fertig gelesen. *Bis zu dieser Stelle, an der diese Wörter aufgezeichnet werden und ich gerade live dabei zusehen kann, wie sie auf den letzten noch leeren Seiten erscheinen.* (So faszinierend.)

In weniger als vierundzwanzig Stunden werde ich meinen Mono verkünden – für die Ewigkeit. Wie lange habe ich mir das gewünscht? Endlich wieder die Kontrolle über mein Leben zu haben? Geheult und gejammert: *Wieso kann ich mein eigenes Schicksal nicht bestimmen*?

Und jetzt, wo ich es kann? Danke, nein. Wische nach links.

Die offensichtliche Wahl ist selbstverständlich Kyle. Der Mann aller Träume. Mein Dad wäre überglücklich (auch wenn er in letzter Zeit durchaus auch andere Töne anschlägt). Das Leben wäre einfach. Und natürlich wäre da noch Audrey. Die nur Kyle kennt. Und ihn über alles liebt.

Video-Anruf. Elyse.

»Morgen ist Halloween!«, schreit sie, als die Verbindung steht. Sie zeigt mir beide Daumen.

»Hey.«

»Verdammt, du siehst alles andere als begeistert aus. Was geht bei dir ab? Sitzt du gerade an deiner Pro-und-Kontra-Liste? Du fährst doch total darauf ab.«

»Die funktionieren nicht«, stöhne ich.

»Die funktionieren nie. Wann kapieren das die Leute endlich?«

Ich sehe mich selbst in dem kleinen Rechteck oberhalb von Elyse. Ich sehe müde aus.

»Wie machen die anderen das nur?«

»Ich habe eine Münze geworfen«, sagt sie.

»Riesenidee.«

»Pass mal auf, das ist keine leichte Entscheidung. Alles andere wäre gelogen. Aber morgen um diese Zeit ist doch schon alles vorbei. ALLES! Dann kannst du es dir bequem machen mit der schrecklichen Entscheidung, die du getroffen hast und mit der du den Rest deiner Tage zubringen musst.«

Widerwillig lächle ich. »Danke für den Anruf, E. Du warst eine große Hilfe.«

»Wir sehen uns morgen, Schnuffi. Der Weg war lang. Aber der Spaß geht gerade erst los. Glaub mir«, sagt sie und macht das Victoryzeichen. »Bis dann!«

Ich klappe den Laptop zu und gehe ins Wohnzimmer, wo Mom

eine unglaublich öde britische Immobiliensendung guckt, nach der sie süchtig ist.

»Hast du kurz Zeit?«

»Natürlich.« Sie schaltet den Fernseher aus. »Alles in Ordnung?«

»Klar.« Ich lasse mich neben ihr auf die Couch fallen. »Nein, nicht wirklich.«

»Wegen morgen«, sagt sie in diesem perfekten Ton, der einem versichert, dass sie sich für dich interessiert, aber nicht zu sehr. (Sie ist wirklich gut in ihrem Job.)

»Es ist eine wichtige Entscheidung.«

»Ich beneide dich nicht darum.« Sie streicht einen Fussel vom Ärmel meines T-Shirts.

»Kann ich dich was fragen? Du musst ehrlich sein.«

»Immer.«

»Wen von mir mochtest du am liebsten?«

Sie holt tief Luft. »Schwierige Frage.«

»Sei ehrlich.«

»Ganz ehrlich? Es spielt doch überhaupt keine Rolle, wen ich am liebsten mochte. Wichtig ist, wer du am liebsten sein möchtest.«

»Komm schon«, sage ich. »Nicht so eine Therapeutinnen- oder Mütterantwort. Sondern eine richtige zwischen zwei Erwachsenen. Okay, Erwachsener und Fast-Erwachsener.«

»Diese Frage kann ich unmöglich beantworten«, sagt sie. »Du bist mein Kind. Ihr alle seid mein Kind. Und ich habe euch alle gleich lieb – weil ihr alle der gleiche Mensch seid.«

Gracias für *nothing*.

Ich weiß nicht, was ich erwartet habe. Vielleicht eine richtige Aussage: *Ich mochte Oryon am liebsten. Nimm Oryon!* Irgendwie will ich immer noch, dass mir jemand sagt, was ich tun soll. Was nicht passieren wird, zumindest nicht mit Mom.

»Hast du jemals versucht, jemand anders zu sein, damit dich jemand liebt?«, frage ich schließlich.

»Du warst zweimal ein Mädchen – sag du's mir«, antwortet sie und lacht dann so schrill, wie man eben lacht, wenn einem klar wird, wie gestört die Gesellschaft ist und man sonst vor lauter Wut über die eigene Machtlosigkeit implodieren würde.

»Hm, ja«, brummle ich, »vermutlich schon.«

»Ich will dir aber keine Antwort schuldig bleiben, also: Ja, und es funktioniert nie. Wer immer du meinst für jemand anderes sein zu müssen, es ist doch nie das, was sie wirklich suchen. Man kann eine Beziehung nicht so konstruieren, warum sollte man es also versuchen?«

»Ich glaube, ich weiß, was du meinst.«

»Meiner Meinung nach solltest du dich für das Ich entscheiden, das *du* am meisten mochtest. Dann wird der richtige Mensch dieses Ich finden und lieben. Aber das kannst du nicht, wenn du dir Sorgen darüber machst, wie dich jemand anders gern haben will.«

In dem Moment kommt Andy von der Spätschicht nach Hause. Er steckt den Kopf ins Wohnzimmer. »Oh, tut mir leid, ich wollte nicht stören.«

»Schon gut, wir waren ohnehin fertig«, sage ich und umarme Mom. »Danke.«

»Ich hab dich lieb. Du bist ein durch und durch liebenswerter Mensch und ich fühle mich geehrt, dich zu kennen.«

Ich lächele. »Ich hab dich auch lieb.«

Wieder in meinem Zimmer, durchstöbere ich die Kiste mit

Omas Sachen, die ich vor lauter Emo-Kram bisher nicht angerührt habe. Darin sind ein paar Taschentücher, die nach ihrem Parfum riechen, ein paar kleine Vasen, eine Schürze mit dem Aufdruck *Keine gewöhnliche Hausfrau* und noch mehr knittrige Schwarz-Weiß-Fotos. Bilder aus Omas gesamtem Leben – meine Güte, müssen Frauen damals viel Zeit auf ihre Frisur verwendet haben. Es gibt auch einen Stapel mit etwas neueren Bildern aus den Siebzigern, die Farben vergilbt, Oma im Hosenanzug mit Schildkrötenmuster, Oma in Shorts und Trägertop mit ebenso auffälligem Muster, Oma mit hohen Hacken. Oma war cool. Und glücklich, wenn man sich denn von diesen Fotos Rückschlüsse erlauben darf, aber ich glaube, in diesem Fall – anders als so oft – trifft das wirklich zu.

Die Aufnahmen von Oma erinnern mich an den Brief, den sie mir kurz vor ihrem Tod schrieb. Sofort gehe ich in meinem Schrank auf die Suche nach dem Karton. Der Brief liegt gleich obenauf, als hätte sie geahnt, dass ich ihn lesen muss.

Mein Engel,
ich weiß nicht, wie viel Zeit mir noch bleibt. Ich hätte dich so gern weiter durch deinen Zyklus begleitet und deine Ewigkeitszeremonie miterlebt, aber es sieht so aus, als wäre mir das nicht vergönnt. Ich spüre, dass mir die Tage entgleiten, und obwohl mir das nicht gefällt, kann ich nichts daran ändern, deshalb sollte ich das Leben wohl genießen, solange ich kann.
Aber egal ob mit mir oder ohne mich, du wirst deinen Weg finden und die richtige Entscheidung fällen.
Du bist etwas ganz Besonderes und ich bin sehr stolz

darauf, dich in mehreren deiner Leben gekannt zu haben. Mehr hätte ich mir nie von einem Enkelkind wünschen können.
Ich schreibe dir diesen Brief, weil ich dir etwas Wichtiges mitteilen möchte. Dein Vater wollte nicht, dass ich es dir sage, aber ich bin zu alt für Regeln und Vorschriften. Außerdem bin ich noch immer seine Mutter. Er meint vielleicht, er hätte das Sagen, aber da täuscht er sich.
Ich möchte dir etwas Trost spenden. Und das ist viel wichtiger als Regeln. Mir ist nicht entgangen, wie traurig du seit dem Tod deines Freundes Chase bist. Das war ein fürchterliches Unglück, und ich sehe, dass du dir daran die Schuld gibst. Das ist aber nicht nur eine völlig überflüssige Gefühlsregung, sondern auch eine große Energie- und Zeitverschwendung. Schuldgefühle ändern nichts und nutzen niemandem. Und auch wenn es dir jetzt schwerfällt, das zu glauben, so bin ich doch zuversichtlich, dass du das eines Tages selbst herausfinden wirst. Ganz besonders in diesem Fall sind Schuldgefühle überflüssig, weil dein Freund Chase nicht für immer fort ist. Ich schätze, sie wollen nicht, dass du das erfährst, weil es Einfluss darauf haben könnte, wie du dich während deines Zyklus verhältst und welchen Mono du letztlich wählst, aber ich verrate dir etwas: Es gibt ein System, das diesem ganzen Chaos zugrunde liegt.
Dein Chase war eine wiederaufbereitete Version vieler anderer Chases, die es in den letzten Jahrhunderten gab.

Wenn du dir das beigelegte Foto genau ansiehst, wirst du erkennen, dass ich selbst ein Jahr lang eine Chase-V war. Und weil ich ihn nicht als meinen Mono gewählt habe, wurde er wieder ins Universum entlassen, damit er später von einem anderen, neuen Changer in seinem Zyklus angenommen werden konnte.
Chase, als Identität, wird also zurückkehren. Und zwar so oft, bis ihn jemand als seinen Mono wählt und sein Leben in dieser V vollendet.
Das ist sicher sehr verwirrend und aufwühlend für dich, mein Schatz. Ich bin mir immer noch nicht sicher, ob ich dir das wirklich sagen sollte, obwohl ich ja gerade hier sitze und all das aufschreibe. Aber es ist kein Zufall, dass du dich zu diesem Jungen so hingezogen gefühlt hast, und genauso wenig ist es Zufall, dass er dich beschützt hat. Da überrascht es nicht, dass dich sein Verlust so schwer trifft. Aber das muss es nicht. Chase wird weiterleben. Irgendwo. Irgendwie.
Und eines Tages werden wir vielleicht alle wissen, was es bedeutet, jemand anderes zu sein. Als jemand anderes zu leben, seinen Schmerz und seine Freude zu spüren, seine Fehler zu machen, seine Erfolge zu feiern. Es ist wirklich ein Geschenk, so viel erleben und sehen zu dürfen. Ein Geschenk, das wir teilen müssen. Weil es etwas ausmacht, Kim. Was du tust, macht etwas aus.
Stell dir mal vor, wie die Welt erst aussehen wird, wenn wir erfolgreich waren. Wenn es keine Unterschiede mehr zu fürchten gibt. Keine Außenseiter. Kein »anders«.

Ich habe keine Angst davor, zu gehen, weil ich große Hoffnungen für diese Zukunft hege – deine Zukunft. Und damit komme ich zum Ende, mein Engel.

Ich wische mir eine Träne weg, falte den Brief wieder zusammen und lege ihn vorsichtig zurück in den Karton, Omas Rat und alles andere im Ohr ...

Der Spaß fängt gerade erst an.

Es gibt kein Richtig und kein Falsch. Es gibt nur die Sache.

Du musst entscheiden, wen du am liebsten hast.

Was andere Leute über mich denken, geht mich nichts an.

Meine Vs vermischen sich in meinem Kopf wie Farben in diesen Schleudern im Kindergarten, wo man Farbe auf ein rotierendes Blatt tropfen ließ, die sich dann verteilte. Wenn man zu viele unterschiedliche Farben nahm, wurde das Ergebnis nichts als grau.

Ich verschließe den Karton wieder und stelle ihn zurück in den Schrank. Verstaue die Vergangenheit sicher.

Denn morgen beginnt meine Zukunft.

Und ich weiß, was ich zu tun habe.

CHANGE 4

TAG 269

Ich bat Audrey via Textnachricht, mich heute Morgen am Fluss zu treffen – bevor meine Familie und ich zur Ewigkeitszeremonie aufbrechen mussten.

An unserem Fluss.

Sie kommt ein paar Minuten nach mir mit dem Wagen ihrer Mutter, parkt neben mir.

»Hey, Matrose«, sagt sie aus dem Fenster. »Willst du dich ein bisschen vergnügen?«

»Aber ja, Ma'am. Wo könnte ich das denn?«

»Etwa zwanzig Kilometer in die Richtung im *Bärenbau*«, sagt sie, schließt das Fenster und lacht sich schlapp.

Ich gehe zur Fahrertür und helfe ihr aus dem Auto. Um ihre Krücke hat sie eine schwarz-weiße Schleife gebunden, auf der *Herzlichen Glückwunsch zum Schulabschluss* steht.

»Sollen wir uns eine Bank am Wasser suchen?«, frage ich.

»Wenn sie in Humpelweite liegt«, erwidert sie.

Wir gehen los. Die Sonne ist gerade erst aufgegangen, die Frösche sind schon wach, erfüllen die warme Luft mit ihrem irren Gesang. Wir gehen in Audreys Tempo, langsam und vorsichtig, ganz anders als damals, als wir rumtollten und uns gegenseitig überholten wie Welpen, die in den Garten gelassen werden. Während wir uns durch Jogger und Radfahrer fädeln und eine freie Bank ansteuern, fällt mir auf, wie viel wir im Alltag eigentlich als selbstverständlich ansehen.

Sogar etwas so Simples, wie über einen Stein zu hüpfen.

»Was sagst du zu der?«, frage ich, wische mit einem Taschentuch die Bank ab und stecke es wieder ein.

»Du warst schon immer ein Gentleman.«

»Warst?«

Audrey setzt sich und klopft neben sich. »Ich mach das hier leicht für dich. Wir sollten uns trennen.«

Ich bin fassungslos. »Wie kommst du denn darauf, dass ich das vorhabe?«

»Ist es denn nicht so?« Audrey lächelt warm, ich erkenne kein bisschen Wut.

»Ich will mich nicht von dir trennen«, sage ich, meine Stimme bricht.

»Aber?«

Ich will mich abwenden, aber sie lässt es nicht zu. Sie nimmt meine Hände, alle beide, und hält sie auf ihrem Schoß fest.

»Das ist schon in Ordnung, ich verstehe das«, flüstert sie.

Selbstverständlich tut sie das nicht. Oder vielleicht doch. Audrey war mir immer weit voraus. Sie kannte meine Wünsche und Ängste, lange bevor ich sie überhaupt formulieren konnte.

»Wir gehen bald aufs College«, fängt sie an. »Wir werden weit voneinander entfernt wohnen. Getrennte Leben führen. Du wirst mit Bällen nach Schwachköpfen werfen; ich werde rumsitzen und über Intersektionalität innerhalb des Feminismus diskutieren. Unsere Wege trennen sich.«

»Ich liebe dich, Audrey.«

»Ich dich auch. So sehr.«

Es fühlt sich an, als würde ich mir das Herz rausreißen und aus dem fünften Stock werfen.

Es fühlt sich an wie Sterben.

»Wenn es doch bloß anders wäre. Andere Zeit, anderer Ort«, sage ich nur für den Fall, dass in Audreys wundervollem Kopf, der glücklicherweise fast wieder der alte ist, auch nur der Hauch eines Zweifels rumschwirrt.

»Ist es aber nicht«, sagt sie sanft. »Das ist unser Jetzt. Wir können es nicht ändern. Und wir sollten es nicht versuchen.«

Ich will sie küssen, aber ich habe Angst, das nicht zu überleben.

»Ich wünschte, ich könnte mich besser an unsere gemeinsame Zeit erinnern«, sagt sie dann, und zum ersten Mal an diesem Morgen kommen ihr die Tränen. »Irgendwo verstecken sich die Erinnerungen in meinem Kopf, irgendwann werden sie sich sicher zeigen. Vielleicht ist das ja auch gut so. Dann sind sie unerwartete Geschenke, schöne, kleine Überraschungen. Erinnerungen an dich, wenn ich sie am dringendsten brauche.«

»Du warst der Anfang von allem für mich, Audrey. Ich will, dass du weißt ...« Aber ich kann das nicht aussprechen.

Mir ist klar, was passieren muss. Um zu werden, wer ich sein soll, muss ich mich von dem Menschen frei machen, mit dem ich mich am meisten wie ich selbst fühle. Ich muss eigenständig sein.

Mir war nur nicht klar, dass dasselbe auch für Audrey gilt.

»Wenn ich eins gelernt habe aus meiner Nahtoderfahrung, dann, dass nur der Augenblick zählt«, sagt sie.

Sie steht auf, nimmt ihre Krücke zur Hand, beugt sich aber noch einmal zu mir und gibt mir einen sanften Kuss.

Und währenddessen habe ich eine Vision. Keine schicksalsschwere Changers-Vision, nein, ich sehe einfach meine Zukunft. Mich selbst inmitten gelber Blumen, über mir scheint die Sonne. Ich lache. Hunde balgen sich zu meinen Füßen. Ich bin nicht allein. Da ist jemand, der mich so kennt wie sie. Und ich bin glücklich.

»Ich gehe jetzt und du bleibst hier und schaust mir nach«, sagt sie und wendet sich ab. »Aber melde dich bloß bei mir. Und vergiss mich nicht.«

»Seit wann bin ich der mit den Gedächtnisproblemen von uns beiden«, rufe ich ihr hinterher.

»Haha! Blödmann!«

Und dann verfolge ich, wie die Frau, die ich vier Jahre lang geliebt habe, langsam und ein wenig humpelnd aus meinem Blickfeld verschwindet.

CHANGE 4

TAG 269, TEIL 2

Es ist so weit.

Zeit, zu verkünden, wer ich bin und künftig sein werde.

Will the real me please stand up?

Mom und Dad sitzen im Publikum.

Tracy, Mr Crowell und Ethan auch. Außerdem Elyse. (Andy nicht; Konstante, die keine Mitglieder von Changers-Familien sind, dürfen nicht bei einer Ewigkeitszeremonie anwesend sein.)

Videos werden abgespielt, Reden werden gehalten, alles in allem ähnelt die Zeremonie der von Destiny/Elyse vor einem Jahr. Alltagscoach Turner tritt mit seiner wallenden Robe auf die Bühne und schreitet durchs Scheinwerferlicht, während er in sein kleines, hautfarbenes Mikrofon spricht: »Aus vielen wird eins!«

Normalerweise würde ich über sein sektenähnliches Gebrabbel lachen. Aber heute spricht es etwas in mir an, die volle Bedeutung seiner Worte überrollt mich. Ich habe noch nie etwas Befreienderes gespürt. Alles, was ich bisher erlebt habe, läuft hier, in diesem einen Augenblick, zusammen. Und es ist in Ordnung, das alles loszulassen.

Jeden Touchdown.

Jeden Kuss.

Jeden Trommelschlag.

Jeden Kampf.

Jede Entscheidung.

Jeden Tod.

Sie alle haben mich hergeführt, alle wesentliche Bestandteile der Maschine, von der Tracy gesprochen hat. Der Maschine, die mich dahin bringen wird, wo ich hinwill.

Die Lichter werden gedimmt und Mom drückt meinen Arm, ich werde aufgerufen. Das Scheinwerferlicht verfolgt mich von meinem Platz bis auf die Bühne.

»Ich weiß, dass eine andere Welt möglich ist, weil ich ein Teil davon bin«, beginne ich meine Rede. Mit einfachen Worten versuche ich zu beschreiben, wie es war, über meine Wahlmöglichkeiten nachzudenken, über meinen Wachstumsprozess, der mir zeigte, wie viel ich noch wachsen muss. »Und nachdem das alles gesagt ist, möchte ich als die V weitermachen, als die ich mich nicht nur am wohlsten, sondern vielmehr als die beste Version von mir gefühlt habe.« Ich kämpfe Tränen zurück. »Ich wähle den Menschen, der mir gezeigt hat, welche Möglichkeiten ein Leben bietet. Den Menschen, dessen Geschichte ich weiterleben möchte.«

In dem Moment leuchten nacheinander all meine Vs auf der Leinwand hinter mir auf (ich selbst kann sie auf dem kleinen Bildschirm sehen, der vor mir ins Pult eingelassen ist). Erst Drew, dann Oryon, Kim und schließlich Kyle. Ich starre sie an, alle auf diesen kleinen Bildschirm gepresst. Beinahe scheint es, als würden sie sich unterhalten. (Oder zusammen in einer echt hippen Band sein.)

Ich drücke auf den Knopf, und als Erstes verschwindet Kyle von der Leinwand.

Irgendwo in den vorderen Reihen schnappt eine Frau nach Luft, aber ich kann nicht erkennen, wer es ist.

Tschüss, Kyle.

Da waren es nur noch drei.

Dann nur noch zwei.

Der Saal wird schwarz, und ich drehe mich um.

Und dann wende ich mich dem Publikum wieder zu.

HERBST

MONO

TAG 92

Wo ist dieses verdammte Café?

Laut Handy-App soll es in diesem Block sein, und ich habe gesucht und gesucht, aber ich kann es beim besten Willen zwischen diesen wogenden Menschenmassen auf dem Broadway nicht entdecken. Diesen Massen von wunderbaren, unterschiedlichen, unglaublichen und wundersamen Menschen in einer Stadt namens New York City, meinem neuen Zuhause für die nächsten vier Jahre (nachdem es dank ein bisschen Nachhilfe des Rates ein Klacks war, an der Columbia genommen zu werden).

»Autsch!« Ein Typ ist mir mit dem Rad über den Fuß gefahren.

»Pass auf, wo du hinläufst!«, schreit der Radfahrer über die Schulter.

Hach ja, New York. Wo offene Feindseligkeit am Straßenrand schwelt.

Es fühlt sich gut an, wieder in dem Bundesstaat zu sein, in dem Ethan geboren wurde, und in ein neues Abenteuer aufzubrechen. *College!*

Jetzt liegt mein erster Kurs vor mir: »Einführung in die Film- und Medienwissenschaft« im Dodge-Gebäude. Ich falte die laminierte Karte vom Unigelände auseinander, die man uns in der Orientierungswoche gegeben hat, und entdecke das Gebäude sofort, es liegt direkt an der nordöstlichen Ecke Broadway und 116. Straße. Simpel. Ich habe noch zwölf Minuten Zeit, bis der Kurs anfängt, was für einen schnellen Kaffee reichen sollte – wenn ich denn das verfluchte Café endlich finden würde.

Ich weiche weiter den Leuten aus, die sich an mir vorbeischieben, und recke den Hals.

Bingo! Hinter den Bäumen auf dem Mittelstreifen entdecke ich endlich das gesuchte grüne Logo, halb verdeckt von einem Baugerüst und neben einer ziemlich alten Kirche. Kaum schaltet die Ampel um, renne ich über die Straße und schlüpfe in den Laden.

Verdammt, eine Schlange. Aber es scheint schnell voranzugehen. Also gebe ich meine Bestellung auf, zahle und stelle mich zum Warten an die Seite.

Kommt schon, Leute. Arbeitet mal flott die Bestellungen ab. Meine Zukunft ist jetzt.

»Soja Latte?«, ruft der bärtige Barista über den Lärm hinweg.

Ich schaue mich um, wer denn die mir so wohlbekannte (und gleichzeitig auch ziemlich gewöhnliche) Bestellung abholt …

Und da ist sie.

Moment, das ist sie doch, oder?

Oder *will* ich bloß, dass sie es ist?

Die Haare sind länger, die Figur etwas kräftiger und sie hat keine Krücke am Arm ...

Aber es ist AUDREY. Meine Audrey.

Jetzt geht sie doch glatt mit ihrem Becher zum Tresen, um die üblichen zwei Stück Zucker im Kaffee zu versenken.

Der Barista ruft meinen Namen, also schnappe ich mir meinem Eiskaffee, mache den Deckel ab und haste zu Audrey, bevor sie fertig ist und zur Tür hinaus verschwindet. Als ich neben ihr bin, stoße ich in meiner Nervosität versehentlich gegen ihren Arm, weshalb ihr etwas Kaffee auf den Ärmel schwappt.

»Oh Gott, das tut mir so leid«, sage ich, zupfe sofort ein paar Servietten aus dem Spender und tupfe auf ihr herum.

»Das macht nichts, wirklich«, lacht Audrey. Nicht mal einen Hauch genervt.

»Hübsches Oberteil«, sage ich, während ich immer noch tupfe.

»Hier herrscht echt ein Chaos.« Sie wirkt ebenfalls nervös. »Als würden sie Werbung für guten Kaffee machen oder so.«

Wir lachen. Unsere Blicke treffen sich. So stehen wir da, sprachlos, und schauen uns viel länger an, als zwei vollkommen Fremde das normalerweise tun würden.

»Erster Tag?«, fragt Audrey schließlich.

»Äh, ja«, stottere ich. »Columbia. Und du?«

»Genau gegenüber, Barnard.«

Ich weiß.

»Dein Gesicht kommt mir bekannt vor.« Audrey verlagert ihr Gewicht von einem Bein aufs andere. »Kennen wir uns?«

Bevor ich irgendwas sagen kann, hebt sie ihren Kaffeebecher auf Augenhöhe und zeigt auf die Schrift: *Audrie*. »Wie du siehst, ich bin Audrey. Aber Audrey mit E-Y.«

»Freut mich, Audrey mit E-Y.«

»Und du bist …?«, fragt sie, langt gleichzeitig an mir vorbei und dreht meinen Becher so, dass sie den daraufgekritzelten Namen lesen kann.

Dabei berühren sich unsere Finger.

Ein Gefühl wie die Sonne.

Sie betrachtet den Becher.

»Freut mich sehr, dich kennenzulernen«, sie macht eine kurze Pause, »Drew.«

DER ANFANG

GEKÜRZTES GLOSSAR

(Auszüge aus der Changers-Bibel)

Advokat. Der offizielle Mentor eines Changers, der ihm im Augenblick seiner ersten Veränderung/Version (siehe *V*, unten) zugeteilt wird. Ein Advokat begleitet den Changer durch seinen gesamten Zyklus (siehe *Zyklus*, unten).

Changer. Ein Abkömmling einer alten Menschenart, der die Gabe hat, sich im Alter von etwa 14 bis 18 Jahren viermal in eine andere Person zu verwandeln. (In der heutigen Zeit vollzieht sich diese Veränderung zu Beginn eines jeden der vier Highschool-Jahre, siehe *Zyklus*, unten). Changers dürfen sich anderen, die keine Changers sind (siehe *Konstante*, unten), nicht zu erkennen geben. Nachdem sie alle vier Versionen ihrer selbst (siehe *V*, unten) durchlebt haben, müssen sich Changers für eine Version entscheiden, in der sie den Rest ihres Lebens verbringen (siehe *Mono*, unten). Die Changers-Doktrin besagt, dass die Changers die letzte Hoffnung für die gesamte Menschheit sind, den moralischen Verfall rückgängig zu machen, der um sich gegriffen hat. Changers glauben: Je mehr Changers es gibt, desto mehr Mitgefühl gibt es auch auf dem Planeten Erde, und dass die Menschheit nur durch Mitgefühl überleben kann. Nach ihrem Zyklus gehen Changers zu gegebener Zeit eine Beziehung mit Konstanten ein. Falls der Rat (siehe *Rat der Changers*, unten) zustimmt, geht aus der Changer-Konstanter-Einheit ein einzelner Changer-Abkömmling hervor.

Changers-Treffen. Obligatorische Versammlung, an der alle Changers während ihrer Highschool-Jahre teilzunehmen haben (erforderlich ist eine Teilnahme an mindestens zwei Meetings pro Schuljahr). Bei den Treffen werden den jungen Changers die Regeln und Anordnungen des Rates (siehe *Rat der Changers*, unten) vermittelt. Bisweilen erfordern die Treffen die Erledigung bestimmter Aufgaben oder die Teilnahme an Diskussionsrunden, hauptsächlich sind sie aber dazu bestimmt, den Kameradschaftsgeist zu fördern und Techniken für Problemlösungen anzubieten. Beides soll Changers darin unterstützen, einige der häufigsten Schwierigkeiten zu meistern, die während ihres Zyklus (siehe *Zyklus*, unten) auftreten können.

Changers-Zeichen. Eine Variation der Darstellung des vitruvianischen Menschen von Leonardo da Vinci, entstanden um 1490 n. Chr. (Abbildung 1). Das Changers-Zeichen besteht aus vier überlagerten Körperpositionen, nicht aus zwei (wie in da Vincis Darstellung), und erscheint im Auge des Betrachters zugleich wie vier und wie ein einziger Körper – da alle ein und denselben Kopf und dasselbe Herz haben. Ein Sinnbild für das Mantra der Changers: Aus vielen wird eins.

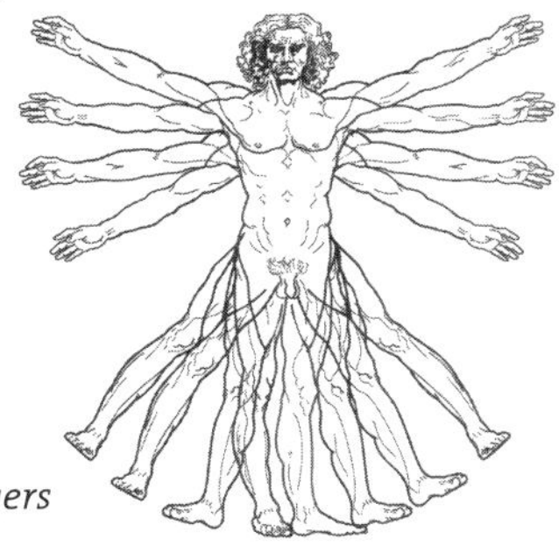

Abb. 1: Zeichen der Changers

Ewigkeitszeremonie. Regionale »Abschlussfeiern«, die am Tag nach dem Highschool-Abschluss für jeden Changer in einer ausgewiesenen Region stattfinden. Ein fröhliches, wenn auch privates Fest (ohne Konstante – ausgenommen Eltern-Konstante; siehe *Konstante*, unten), da jedes Jahr mehr und mehr Changers nach der Ewigkeitsfeier in die Welt entlassen werden und schließlich ihren Konstanten finden, mit dem sie eine Familie gründen und selbst Changer-Nachwuchs großziehen. Bei der Ewigkeitszeremonie werden die Changers nacheinander vorgestellt und jeder von ihnen erzählt ein wenig über seine Vs (siehe *V*, unten), bevor sie in Anwesenheit des Rates (siehe *Rat der Changers*, unten) und der Gemeinschaft erklären, als wer sie für den Rest ihres Lebens leben werden (siehe *Mono*, unten).

Getreue. Nichtchangers (siehe *Konstante*, unten), die zu einer Untergrundbewegung von Antichangers gehören und deren erklärtes Ziel die Auslöschung der Changers ist. Die Getreuen-Philosophie basiert auf dem Wunsch nach genetischer Reinheit, d.h., dass menschliches Blut sich nicht mit dem Blut von Changers mischen sollte. Die Anführer der Getreuen impfen Menschen Angst ein, denn wenn Menschen einander fürchten, lassen sie sich leichter kontrollieren. Manchmal haben Getreue zur Identifikation ein Tattoo, das das antike Symbol der römischen Ziffer I darstellt (Abbildung 2). Das Zeichen steht für Gleichartigkeit und für die Forderung der Getreuen, dass alle Menschen nur eine einzige Identität besitzen sollten.

Abb. 2: Zeichen der Getreuen

Konstante. Nichtchangers (d.h. die große Mehrheit der Weltbevölkerung). Außergewöhnlich einfühlsame Konstante stellen die idealen Partner für erwachsene Changers dar. Hat ein Changer seinen Zyklus (siehe *Zyklus*, unten) durchlaufen, wird er optimal darauf vorbereitet sein, zu beurteilen, wie offen ein Konstanter ist und wie leicht es ihm fällt, Unterschiede zu akzeptieren. Ist ein Changer sich sicher, dass er den idealen potenziellen Konstanten für eine Partnerschaft gefunden hat, darf er sich mit der Erlaubnis des Rates (siehe *Rat der Changers*, unten) diesem Konstanten zu erkennen geben. [*Notabene*: Diese Enthüllung darf erst erfolgen, wenn der komplette Zyklus abgeschlossen ist und der Changer bereits seinen Mono gewählt hat (siehe *Mono*, unten).]

Mono. Die »Ewigkeitsidentität« eines Changers bzw. die V (siehe *V*, unten), für die sich ein Changer entscheidet, nachdem er in jeder der vier verschiedenen Vs gelebt hat, die ihm zugeteilt wurden. Als Mono kann nicht die Person gewählt werden, als die der Changer gelebt hat, bevor der Zyklus (siehe *Zyklus*, unten) mit etwa 14 Jahren einsetzte.

RaChas. Gängige Abkürzung für »Radikale Changers«, eine kleine, aber stetig wachsende Splittergruppe von Changers, die nicht länger im Verborgenen leben wollen, wie der Rat (siehe *Rat der Changers*, unten) es eigentlich vorsieht. RaChas sind Freeganer, anarchistische Freigeister, die oft am Rande der menschlichen Gesellschaft leben und sich davon ernähren, was die Allgemeinheit wegwirft. Die RaChas-Philosophie ruft dazu auf, offen zu leben, und fordert die Befreiung und Akzeptanz aller Changers und

Konstanter. Die RaChas haben ihr früheres Zeichen (eine zur Seite gekippte römische Ziffer IV) durch ein neues ersetzt, und zwar durch eine Modifikation des Changers-Zeichens (siehe *Changers-Zeichen,* oben). Dieses verfügt über noch mehr Gliedmaßen (Abbildung 3) und symbolisiert so den Wunsch der RaChas, die traditionelle Changers-Philosophie zu erschüttern und auf die Beschränkungen des Vier-V-Zyklus (siehe *V,* unten; siehe *Zyklus,* unten) aufmerksam zu machen, den jeder Changer durchlaufen muss. RaChas sind darauf aus, andere Changers zu radikalisieren und in RaChas-Aktivitäten einzubeziehen. RaChas sind auch dafür bekannt, dass sie gegen Getreue (siehe *Getreue,* oben) kämpfen und sogar geheime Missionen durchführen, um Changers zu retten, die von Getreuen entführt und in Umprogrammierungslager gebracht wurden. [*Notabene*: Auch wenn der Rat der Changers mit der RaChas-Bewegung in Konflikt steht, kann er deren Existenz nicht länger leugnen.]

Abb. 3: Neues Zeichen der RaChas

Rat der Changers. Die offizielle Changers-Behörde. Der Rat der Changers besteht aus regionalen Einheiten, die über den ganzen Globus verteilt sind. Jede dieser Einheiten ist für alle grundlegenden Entscheidungen verantwortlich, die die Changers dieser Region betreffen.

Scheingrund. Die Geschichte, die eine Changers-Familie anderen, die keine Changers sind (siehe *Konstante*, oben), erzählt, um die Abwesenheit einer V (siehe *V*, unten) im folgenden Jahr der Highschool zu erklären. Die genauen Einzelheiten der Scheingründe werden vom Rat (siehe *Rat der Changers*, oben) vorgegeben, es sei denn, ein Changer und seine Eltern reichen einen formellen Antrag auf einen alternativen Scheingrund ein, was unter bestimmten Umständen notwendig ist (z.B. wenn Konstante auf besondere Weise in eine bestimmte V des Changers eingebunden sind oder wenn ein anderer Scheingrund die Identität des Changers und seiner Familie besser schützt).

V. Eine der vier Changers-Versionen, in die er/sie sich zu Beginn eines Highschool-Jahrs verwandelt. Im Alter von etwa 14 bis 18 Jahren leben die Changers jeweils ein Jahr lang diese V.

Zyklus. Die vierjährige Periode mit verschiedenen Stadien oder Versionen (siehe *V*, oben), die ein Changer im Alter von etwa 14 bis 18 Jahren durchläuft. Eine V für jedes der vier Jahre auf der Highschool.

ALLISON GLOCK-COOPER und **T COOPER** sind preisgekrönte Bestsellerautoren und Journalisten. Sie haben bisher insgesamt elf Bücher veröffentlicht, zwei Kinder großgezogen und sechs Hunde gerettet. Die Changers-Reihe ist ihre erste Kooperation im Printbereich. Die beiden schreiben auch für Fernsehen und Kino. Derzeit adaptieren sie die Changers fürs Fernsehen (Lionsgate und YouTube Red).

Mehr Informationen über die Autoren unter www.t-cooper.com sowie www.allisonglock.com.

Was wissen wir über die, die wir lieben – und über uns selbst?

288 Seiten, €/D 14,99

Ella und Maddy sind eineiige Zwillinge und könnten doch unterschiedlicher nicht sein: Maddy ist beliebt und selbstbewusst, Ella still und introvertiert. Nach einer Party kommt es zu einem tragischen Unfall, bei dem Maddy stirbt. Als Ella erwacht, denken alle, sie sei Maddy – und Ella lässt sie in dem Glauben. Doch schon bald wird sie mit dunklen Geheimnissen konfrontiert, von denen niemand wusste. Niemand außer Maddy.

kosmos.de Preisänderungen vorbehalten